ein Ullstein Buch

Ullstein Buch Nr. 20446
im Verlag Ullstein GmbH,
Frankfurt/M – Berlin – Wien
Titel der Originalausgabe:
LEVEL 7
Aus dem Amerikanischen übersetzt
von Heinz Bingenheimer

Umschlagentwurf:
Theodor Bayer-Eynck

Redaktion: Ronald M. Hahn
Printed in Germany 1984
Gesamtherstellung:
Ebner Ulm
ISBN 3 548 20446 5

Februar 1984
13.–17. Tsd.

CIP-Kurztitelaufnahme
der Deutschen Bibliothek

Roshwald, Mordecai:
Das Ultimatum: Roman / Mordecai
Roshwald. Hrsg. u. mit e. Nachw. von
Herbert W. Franke. [Aus d. Amerikan.
übers. von Heinz Bingenheimer]. –
Frankfurt/M; Berlin; Wien: Ullstein,
1984.
(Ullstein-Buch; Nr. 20446:
Ozean. Bibliothek 1984)
Einheitssacht.: Level seven <dt.>
ISBN 3-548-20446-5
NE: GT

Mordecai
Roshwald

Das Ultimatum

Roman

Herausgegeben und
mit einem Nachwort von
Herbert W. Franke

Ozeanische Bibliothek
1984

Der Autor ist Mr. Jonathan Price für
viele wertvolle Vorschläge zu Dank verpflichtet

Wie ich begann, dieses Tagebuch zu schreiben

Es ist einige Zeit vergangen – 37 Tage, um genau zu sein –, seit ich mich entschloß, dieses Tagebuch zu schreiben, und auch damit begann. Mir ist die Zeit länger vorgekommen, und diese 37 Tage scheinen mir eine Ewigkeit zu sein. Mein vorheriges Leben liegt wie ein Traum hinter mir, ein entrücktes Bild, das Leben eines anderen Mannes. In gewisser Beziehung habe ich mich schnell an mein neues Leben gewöhnt, wenn ich mich dabei auch nicht gerade sehr glücklich fühle.

Jetzt, da mein Tagebuch Tatsache geworden ist, kam mir der Gedanke, auch eine Art Einleitung dazu zu schreiben.

Einleitung für wen? frage ich mich. Welche Möglichkeit besteht, daß mein Tagebuch jemals das Tageslicht erblickt? Ich meine das sehr wörtlich. Denn, mein unbekannter und nicht wissender Leser in der fernen Zukunft, dieses Tagebuch wurde in unterirdischen Verliesen geschrieben.

Diese Verliese liegen so tief unter der Erdoberfläche, daß nicht die geringste Möglichkeit eines natürlichen Lichtstrahls gegeben ist. Nicht, daß wir darauf angewiesen wären, o nein, unser Licht hier unten ist so stark, wie wir es uns nur wünschen. Seine Intensität ist wissenschaftlich geregelt und auf den menschlichen Organismus eingestellt. In gewisser Beziehung ist es sogar perfekter als richtiger Sonnenschein: Es wird niemals von Wolken bedeckt, und man benötigt keine Sonnengläser. Auch die Temperatur ist stets gleichbleibend – etwa 19 Grad Celsius, wenn ich nicht irre. Hier wird niemals vom Wetter gesprochen, weil es keines gibt.

Da wäre ich also, 1350 m unter der Erdoberfläche, mit der Aussicht, nie mehr die Sonne zu sehen, und an einem Tagebuch schreibend, das wahrscheinlich niemand je zu Gesicht bekommt. Die Idee zu dem Tagebuch kam mir wenige Stunden nach meiner Ankunft hier unten. Es waren sehr schwere Stunden, in denen mir klar wurde, daß ich nicht mehr nach oben kommen würde. Aber ich muß noch weiter zurückgreifen, um Ihnen zu erzählen, wie alles kam . . .

Es war am 21. März um acht Uhr früh. Ich saß in meinem Zimmer des KD-Übungslagers. KD ist die Abkürzung für Knopfdruck. Ich hatte gerade mein Frühstück verzehrt und überschlug das vor mir liegende Tagesprogramm, als jemand an der Tür klopfte. Ein Melder steckte seinen Kopf durch den Spalt und sagte mir, der Lagerkommandant wünsche mich zu sprechen. Ich sah in den Spiegel, wischte ein Staubkorn von der Uniformjacke, nahm meine Mütze vom Haken hinter der Tür und ging aus meinem Zimmer.

Ich ahnte noch nicht, daß ich in dieser Sekunde mein altes Leben hinter mir zurückließ, um ein neues zu beginnen. Ich wunderte mich nicht einmal darüber, daß der Kommandant mich rufen ließ, das hatte er in der Vergangenheit schon oft genug getan. Manchmal aus gewichtigen Gründen – Abkommandierungen zu anderen Trainingslagern, Beförderungen oder Verweise. Manchmal aus weniger wichtigen – etwa um sich zu erkundigen, wie der Wochenendurlaub gewesen war und ob man die Bekanntschaft von Menschen gemacht hatte, die sich für militärische Dinge zu interessieren schienen. Und manchmal mußte man auch zu ihm kommen, um über die harmlosesten Dinge zu plaudern, so daß man sich hinterher unwillkürlich fragte, ob er einen versteckten Grund zu dem Gespräch gehabt habe oder nur aus Langeweile mit jemand reden wollte.

Denn der Kommandant war oft gelangweilt und einsam. Verwaltungstechnisch war er zwar unser Vorgesetzter, uns aber in technischer Hinsicht unterlegen. So gehorchte man ihm zwar, respektierte ihn jedoch nur selten; niemand behandelte ihn als Freund. Unser Verhältnis zu ihm glich dem aristokratischer Offiziersanwärter zu ihrem Ausbildungsfeldwebel, der zwar den Exerzierplatz als eine Art Gott beherrschte, mit dem man jedoch privat keinen Kontakt pflegte. Genau weiß ich es nicht, denn ich bin kein Aristokrat, und unsere Ausbildung hatte wenig mit den alten Methoden der Offizierslehrgänge gemeinsam.

Aber zurück zu meiner Geschichte. Als ich zum Kommandanten befohlen wurde, hatte ich keine Ahnung, was mir bevorstand. Ich dachte vage daran, es könne etwas mit meinem Urlaub zu tun haben. In den vergangenen drei Monaten hatte ich das Lager nicht verlassen dürfen, denn diese Zeit war die Endphase meiner Ausbildung gewesen. Nicht einmal zum Wochenende durfte ich raus. Ich hatte also das Gefühl, einen Urlaub verdient zu haben. Im Lager besaßen wir genug Möglichkeiten, unsere Freizeit angenehm zu gestalten, aber manchmal schienen uns selbst die Unannehmlichkeiten des Lebens draußen eine willkommene Abwechslung zu sein. Heute, tief unter der Erde, sehne ich mich sogar nach der Enge des Lagers zurück. Ganz zu schweigen von einem Urlaub und der Möglichkeit, hinzugehen, wohin ich wollte – nein, ich durfte jetzt nicht darüber nachdenken.

Der Gedanke an einen Urlaub erhöhte also meine gute Laune, als ich den Verwaltungsblock und das Zimmer des Kommandanten betrat. Er war ruhig und zurückhaltend wie immer, vielleicht – so will es mir heute scheinen – sogar noch ruhiger und zurückhaltender als jemals zuvor. Er bot mir einen Stuhl an und teilte mir mit, daß die Berichte meiner Vorgesetzten über mich sehr günstig ausgefallen seien. Ich würde bald zum Major befördert werden und damit einen höheren Sold empfangen können. »Tatsächlich«, fügte er mit einem überlegenen Lächeln hinzu, »werden Sie mehr bekommen als ich – Ihrer technischen Fähigkeiten wegen.« Ich dankte ihm für die Neuigkeiten und stellte dabei fest, wie gut er doch seine wahren Gefühle für mich verbergen konnte.

»Was Ihren Urlaub angeht«, fuhr er fort, während meine Hoffnungen sich steigerten, »muß ich Ihnen leider sagen, daß Sie ihn einen oder zwei Tage verschieben müssen. Sie sind nach unten befohlen worden.«

Das bedeutete Untergrund, hinab zu den tief unter der Erde liegenden militärischen Anlagen, von deren Existenz wir zwar wußten, sie aber noch nie gesehen hatten.

»Sie werden also Erfahrungen aus erster Hand sammeln können, Sie werden Dinge kennenlernen, mit denen Sie hier oben vertraut gemacht wurden, und Sie werden Gelegenheit finden, Ihre Pflicht dem Vaterland gegenüber zu erfüllen, das soviel Geld, Zeit und Kraft für Ihre Ausbildung opferte.«

Ich schluckte die Bemerkungen ziemlich leicht, denn die Aussicht auf Beförderung und mehr Geld hatte sie mir verzuckert.

»Wenn Sie Ihren Besuch dort unten beendet haben«, schloß der Kommandierende Offizier, »gehen Sie zwei Wochen auf Urlaub. Auch das ist ein Befehl von oben, den ich nicht ändern könnte, selbst wenn ich es wollte.« Selbst hübsche Dinge vermochte er nicht ohne Seitenhieb zu sagen, aber diesmal machte es mir nichts aus. Ich überlegte schon, was ich mit meinem befohlenen Urlaub beginnen sollte.

Wußte der Kommandant, daß die Sache mit dem Urlaub ein Trick war, mich und meine Kameraden gut unter die Oberfläche zu locken? Ich glaube nicht. Er gab sicherlich nur Befehle weiter, die er ebensowenig verstand wie ich.

Als ich ihn fragte, wann ich nach unten gehen müsse, antwortete er, ein Wagen warte bereits vor dem Block. Das kam mir dann doch ein wenig seltsam vor, denn für gewöhnlich mußte ein solches Unternehmen Zeit für persönliche Vorbereitungen lassen. Meine Ausbildung fußte jedoch auf dem Grundsatz, Befehle ohne Fragen auszuführen. Ich hatte daher auch eine andere merkwürdige Anordnung wortlos zu akzeptieren: Ich durfte nichts mit mir nehmen, nicht einmal meine Zahnbürste. »Sie erhalten alles Notwendige, wenn Sie unten ankommen«, sagte er. »Steigen Sie in den Wagen, das ist alles.«

Das schien ja interessant zu werden. Aber zum Nachdenken blieb mir jetzt keine Zeit. Ich erhob mich, grüßte, verließ das Zimmer und stieg in den wartenden Wagen, der sich sofort in Bewegung setzte. Ich erinnere mich, auf die Uhr gesehen zu haben. Es war genau 08.30 Uhr.

Erst einige Tage später, als mir mein Schicksal klar wurde, verstand ich die Gründe für diese überhastete Eile. Das Oberkommando wollte kein Risiko eingehen. Es wollte nicht, daß jemand, der nach unten befohlen wurde, zu einem anderen Menschen darüber sprach. Man mußte verschwinden, ohne Kontakt mit Freunden oder gar Verwandten zu erhalten. Der einzige Mensch, der wußte, daß wir – einige Kameraden aus dem Lager und ich – nach unten befohlen waren, war der Kommandant. Und der würde garantiert den Mund halten. Sogar die zurückgelassene Zahnbürste hatte ihren Zweck erfüllt. Sie würde als Beweis dafür dienen, daß mein Verschwinden nichts mit einem militärischen Auftrag zu tun hatte, sondern rein zufällig sein mußte. Wäre ich auf eine Dienstreise geschickt worden, hätte ich meine Zahnbürste mitgenommen. Mit anderen Worten: Meine Kameraden und ich mußten verschwinden, ohne den geringsten Verdacht zu erwecken. So, als habe sich die Erde aufgetan und uns verschlungen, was ja genau das war, was geschah.

Der Wagen, mit dem ich fuhr, war ein geschlossenes und unauffälliges Modell, wie sie vorwiegend von den Offizieren benutzt werden. Ich saß im Fond und fühlte mich recht wohl. Ich erinnere mich sehr genau daran, denn ich dachte noch, so müßte auch einem Major zumute sein. Heute erkenne ich, wie dumm es war, an meine in Aussicht gestellte Beförderung zu denken. In den weichen Polstern fühlte ich mich tatsächlich wie Napoleon nach der Schlacht bei Austerlitz.

Nachdem ich etwa eine Stunde so vor mich hingeträumt hatte, kam mir zum Bewußtsein, daß einiges an dem Wagen höchst ungewöhnlich war. Zwischen mir und dem Fahrer befand sich eine Trennwand, die den Wagen in zwei Kabinen unterteilte. In alten Filmen hatte ich oft gesehen, daß zwischen Fahrer und Fahrgast eine Glasscheibe war. Dies hier war aber keine eigentliche Glasscheibe, sondern eine Scheibe aus undurchsichtigem Stoff, der milchig schimmerte. Ich konnte weder mit dem Fahrer reden noch ihn sehen. Dabei hätte ich ihn gern nach dem Grund der Abtrennung gefragt. Wahrscheinlich hatte man sie aber gerade deswegen angebracht, um mich daran zu hindern. Nun, im Militärleben gewöhnt man sich an vieles. Ich lehnte mich also zurück und schaute, da ich nichts anderes zu tun hatte, aus dem kleinen Seitenfenster. Vielleicht konnte ich herausfinden, wohin wir fuhren.

Ich wurde enttäuscht. Wir mußten die Straße verlassen haben, denn wir fuhren über völlig unbekanntes Gelände, das ich nie zuvor gesehen hatte.

Gegen elf Uhr glitt der Wagen in einen Tunnel. Ich hatte gerade noch Gelegenheit, die ausgezeichnete Tarnung zu bemerken – felsiges Gelände, in dem zwei gewaltige Steinblöcke eine Art Bogen bildeten. Sie waren der Eingang zu dem Tunnel. Dann waren wir auch schon darin und fuhren eine gut beleuchtete Straße hinab, die sich ständig nach unten senkte. Sie war breit genug, zwei Wagen nebeneinander Platz zu bieten. Aber es kam uns keiner entgegen. Mein Fahrzeug verringerte nun seine Geschwindigkeit, und ich nahm an, daß vor uns noch andere sein mußten, die das gleiche Ziel wie wir hatten. Sehen konnte ich zwar nichts, aber wir hielten, fuhren an, hielten erneut – genau wie bei einer Verkehrsstockung. Plötzlich – der Wagen war wieder stehengeblieben – wurde die Tür von außen geöffnet. Wir waren da! Ich stieg aus.

Wir standen dicht vor einem Eingang, der in die Felsen führte. Es gab nur diesen einen Weg – durch den Eingang. An der Wand hing ein Plakat, auf dem geschrieben stand: Nicht stehenbleiben! Ich ging durch die Tür und stand in einem Aufzug.

Er war ziemlich groß, etwa neun Quadratmeter Bodenfläche. Es waren schon einige Leute anwesend, und weitere folgten. Dann schloß sich die Tür, und ab ging es nach unten. Die fühlbare Beschleunigung ließ mich schätzen, daß wir vielleicht 300 Meter in der Minute sanken – und wir sanken drei Minuten. Also tausend Meter Tiefe, dachte ich. Wie ich später erfuhr, waren es mehr gewesen. Unsere Verliese lagen genau 1350 Meter unter der Erdoberfläche.

Wir traten auf einen hellerleuchteten Korridor, zwei Meter breit und ebenso hoch, vielleicht zwanzig Meter lang. Die Wände waren bis auf einige unnötige Zeichen kahl. Die Tür des Liftes hatte sich hinter uns geschlossen, uns blieb somit nur eine Richtung. Eine Drehtür ließ uns nur einzeln passieren. Ich bemerkte, daß die Tür blockiert war – man konnte nur in einer Richtung durchgehen, die Rückkehr war verwehrt. Die wahre Bedeutung dieser Tatsache kam mir erst viel später zu Bewußtsein.

Der Gang führte zu einer Rolltreppe. Es war nur eine einzige Rolltreppe vorhanden, und sie führte nach unten. Eine Minute später stand ich in einem langgestreckten Raum, der im rechten Winkel zur Rolltreppe lag. Die Tür zur Rolltreppe lag genau in der Mitte der Längswand, daneben waren andere Türen, die verschiedene Aufschriften trugen. Aber sie interessierten mich im Augenblick weniger als der lange Tisch auf der anderen Seite. Er wurde an der Wand von Trägern gehalten. Beide Enden verschwanden in einer Ausbuchtung zu beiden Seiten des Raumes. Bevor ich jedoch Gelegenheit erhielt, mir den Tisch genauer anzusehen, kam über Lautsprecher die klare und ruhige Stimme einer Frau, die immerzu wiederholte:

»Gehen Sie bitte zum Tisch und setzen Sie sich auf die Bank. Blockieren Sie nicht den Eingang. Bleiben Sie auch nicht mitten im Raum stehen, sondern gehen Sie zum Tisch. Danke.«

Bald war die Bank besetzt, und von der Rolltreppe kam niemand mehr. Ich konnte nicht zählen, wieviel Menschen nun auf der Bank saßen, aber ich schätzte zwischen 150 und 200 Personen. Aus dem Lautsprecher drang wieder die Frauenstimme: »Achtung! Das Essen wird serviert.«

Es war wie ein Signal, und jeder begann zu sprechen. Obgleich ich meine Nachbarn noch nie im Leben gesehen hatte, redeten sie mich an, in der gleichen Sekunde, da auch ich sie ansprach.

»War das eine Fahrt!« – »So also sieht es im Erdinnern aus?« – »Wir müssen ziemlich tief unten sein.« – »Tausend Meter«, sagte ich. – »Viel mehr.« – »Und es ging so schnell.« – »Bin gespannt, was sie uns zu essen geben.« – »Ich habe Hunger!« – »Ich auch.« – »Ich aber nicht.«

So und ähnlich sprachen wir. Es waren oberflächliche, sinnlose Dinge, aber sie schienen uns wichtig. Und jetzt, da ein allgemeines Gespräch in Gang kam, fiel mir plötzlich auf, daß im Lift, auf der Rolltreppe und in den Korridoren niemand ein Wort gesprochen hatte. Es schien, als habe uns das Erlebnis des Herabkommens vergessen lassen, daß wir nicht allein waren. Erst der Hinweis auf das Mittagessen hatte den Bann, der über uns gelegen hatte, gebrochen.

Wieder war es der Lautsprecher, der uns unterbrach: »Achtung, bitte! Das Essen wird auf einem Rollband serviert. Warten Sie, bis das Band abstoppt, und beginnen Sie erst dann zu essen. Lassen Sie nichts übrig, denn Sie werden es gebrauchen können. Vergessen Sie auch nicht die Tabletten; sie sind für Ihre Diät wichtig. Wundern Sie sich auch nicht über das Essen, und halten Sie sich nicht auf. Es wurde für die Bedürfnisse von Frauen und Männern, die in dieser ungewohnten Umgebung leben, entwickelt. Danke.«

Klick.

Noch bevor die Stimme endete, rollte das Band auf dem Tisch an. Ich erkannte, was gemeint war. Vorher hatte ich nicht bemerkt, daß der Tisch mit einem genauso breiten Plastiküberzug bedeckt war, der nun von einer Seite des Raumes zur anderen glitt, um dort in der Wand zu verschwinden. Von der anderen Seite her kamen Teller und Schüsseln auf uns zu, glitten an uns vorbei, bis die ersten die andere Seite des Raumes erreichten. Dann blieb das Band stehen. Der Tisch war nun mit gleichen Tellern bedeckt, die sich nicht von der Stelle bewegen ließen, wie ich bald herausfand. Neben jedem Teller stand, durch eine Spiralfeder mit dem Tisch verbunden, eine Tasse auf einer magnetisierten Platte. Ein mittelgroßer Löffel war durch einen ähnlichen Draht mit dem Band verbunden. Die Tasse und der Löffel konnten nicht weggenommen werden. Es war das gleiche Prinzip, mit dem man auch in Büros Bleistifte und Kugelschreiber vor den Kunden sicherte. Die Magnetplatte hinderte die Tasse daran, während der Bandbewegung abzugleiten und hielt sie sicherlich auch fest, wenn das Band umgedreht und in umgekehrter Richtung durch eine Spülmaschine lief, die Teller, Tassen, Löffel und Tisch reinigte und die Abfälle wegschaffte. Später erfuhr ich, daß meine Vermutung richtig gewesen war und der ganze Prozeß völlig automatisch ablief, auch das Einfüllen des Essens.

Das Essen selbst – nun, es war sehr enttäuschend. Wenn wir keine Zeit fanden, das laut zu diskutieren, dann nur deshalb, weil es genug andere Dinge zu beobachten gab. Es war nur wenig auf den Tellern und schmeckte eigentlich nach nichts. Aber man wurde satt davon. Es bestand aus einem kleinen Stück rötlich gefärbter Materie – sicherlich synthetischen Ursprungs –, die mit dem Löffel gegessen wurde, dazu drei Tabletten. Man schluckte sie mit dem bißchen gelber Flüssigkeit, die in den Tassen war.

Ich weiß nicht, warum ich das alles in diesen Einzelheiten schildere, aber wahrscheinlich deswegen, weil sich mir diese ersten Eindrücke so scharf eingeprägt haben. Es geschieht bei Gelegenheit oft, daß wir uns die unwichtigsten Dinge am besten merken. Gerade diese erste Mahlzeit haftet als bemerkenswertes Ereignis in meinem Gedächtnis.

Als wir unsere Mahlzeit beendeten – viel Zeit hatte sie wahrhaftig nicht in Anspruch genommen – und die Teller und Tassen mit dem Band verschwunden waren, erwachte auch der Lautsprecher wieder zum Leben. Wir erhielten den Befehl, uns zu den entsprechenden

Abteilungen zu begeben. Die Türen zu diesen Abteilungen waren deutlich gekennzeichnet, und sehr bald fand ich eine, auf der stand: »Knopfdruck – X«. Ich versäumte es nicht, einen Blick auf die Beschriftung der anderen Türen zu werfen, und las: »Hospital – M«, »Verwaltung – Ad«, »Lufterneuerung – AS«. Mehr Zeit blieb mir nicht, denn ich war an die schnelle Ausführung von Befehlen gewöhnt worden. Also betrat ich »Knopfdruck – X«.

Nachdem ich durch einen engen Korridor gegangen war, der an jeder Seite eine Tür aufwies, betrat ich einen großen Raum, den ich sofort als »Knopfdruck-Zentrale« erkannte. Er unterschied sich in nichts von dem gleichen Übungsraum an der Oberfläche der Erde und war mir somit nicht fremd. Da ich die Anlage an anderer Stelle meines Tagebuches ausführlich beschreibe, will ich Sie damit jetzt nicht weiter aufhalten.

In der Zentrale erwartete mich ein Mann. Er trug die gleiche Uniform wie ich, war auch etwa gleich alt und besaß eine ähnliche Statur. Er kam mir bekannt vor, und vielleicht waren wir uns oben im Lager einmal begegnet. Bevor wir etwas zur Begrüßung sagen konnten, öffnete sich erneut die Tür, und zwei weitere Männer traten ein, einer hinter dem anderen. Einen erkannte ich sofort – er gehörte zu meiner Gruppe im Trainingslager. Der andere wiederum schien den bereits Wartenden zu kennen. Später erfuhr ich, daß sie Kameraden in einem KD-Übungslager gewesen waren.

Es blieb keine Zeit, uns gegenseitig vorzustellen, denn der Lautsprecher unterbrach uns: »Achtung! Wie Sie sehen, halten Sie sich jetzt in der KD-Zentrale auf. Sie sind gemeinsam und individuell für diesen Raum verantwortlich. Dieser Raum darf niemals – ich wiederhole: niemals – ohne Aufsicht gelassen werden. Darf ich das Amt der Vorstellung übernehmen? Der Herr neben der Tür ist KD-Offizier X-117; rechts neben ihm steht X-137; der Offizier in der Mitte der Zentrale heißt X-127, und der vierte ist X-107. Er beginnt mit dem Dienst. Um 18.00 Uhr wird X-117 ihn ablösen, aber auf keinen Fall darf X-107 die Zentrale vor dem tatsächlichen Eintreffen der Ablösung verlassen. Die anderen können sich nun in ihre Zimmer begeben. X-117 und X-137 wohnen in dem Zimmer rechts, wenn man auf dem Korridor steht. X-127 und X-107 haben das Zimmer links. Ich danke Ihnen, meine Herren.«

Das ganze Manöver schien mir außerordentlich echt gemacht zu sein. Wohnräume direkt neben der Zentrale, ein Mann stets auf Wache – eine sehr realistische Übung. Ich hatte ja noch nicht begriffen, daß . . . nun, ich fand es bald heraus.

Die Frau, deren Stimme wir durch den Lautsprecher hörten, konnte uns sicherlich auf einem Bildschirm ständig beobachten, aber der Gedanke störte mich nicht weiter. Ich schüttelte meinem Zimmerkameraden die Hand, begrüßte meinen alten Bekannten X-137 und wechselte einige Worte mit X-107, der auf Wache zu bleiben hatte.

Der kombinierte Wohn- und Schlafraum, den ich dann betrat, überraschte mich durch seine geringe Größe. Er erinnerte mich an die winzigen Kabinen, die ich in den militärischen Instruktionsbüchern gesehen hatte, welche in Illustrationen jene Tage beschrieben, in denen Schiffe, Tanks und Flugzeuge noch wichtige Bestandteile der Armee gewesen waren. Natürlich war es damals in der Hauptsache die elektronische Einrichtung gewesen, die den Männern ihre Bewegungsfreiheit genommen hatte. Hier unten mußte es sehr schwer gewesen sein, Hohlräume in den Felsen zu bohren. Anders konnte ich mir unser winziges Zimmer nicht erklären.

Zwei Betten, übereinander angebracht, nahmen den größten Teil des Gesamtplatzes ein. Ein gewöhnlicher Stuhl war vorhanden, ein anderer Notsitz konnte von der Decke herabgeholt werden. Genau das gleiche Prinzip betraf den kleinen Tisch. Unter dem Bett fanden wir einige Schubladen und Fächer, die zu unserer Überraschung mit säuberlich gefalteten Uniformen, Hemden, Unterwäsche und ähnlichen Gegenständen angefüllt waren. Auch Schreibmaterial war vorhanden. Eine schmale Tür führte in einen benachbarten Baderaum – Dusche, Waschbecken und Toilette. Dieser Luxus entschädigte ein wenig für das karge Wohnzimmer.

Nach diesen Aufregungen beschloß ich, die Füße ein wenig in die Höhe zu strecken und mich hinzulegen. Ich war müde geworden. Ich zog also Jacke und Schuhe aus, überließ meinem Kameraden das untere Bett und kletterte in das obere. Mir schien, es gab jetzt sowieso nichts Besseres zu tun.

Ich weiß nicht, wie lange ich gelegen habe, denn ich muß eingeschlafen sein. Eine sich immer wiederholende Frauenstimme riß mich aus meinem Schlummer. Es war dieselbe Stimme, die wir schon so oft über die Lautsprecher gehört hatten. Sie sagte: »Achtung, bitte! Achtung! Achtung, bitte! Achtung!«

Der Lautsprecher hing unter der Decke. Ich hatte ihn vorher nicht bemerkt. Da ich auf dem oberen Bett lag, kam es mir vor, als habe mich jemand bei den Ohren genommen und riefe nun laut in sie hinein, damit mir ja kein Wort entgehen könne.

Dieses »Achtung, bitte! Achtung!« klingt mir noch heute in den Ohren. Manchmal, wenn ich unter der Dusche stehe und das warme

Wasser an mir herabrieselt, wenn ich mich vom Dienst erhole und an die Vergangenheit auf der Oberfläche zurückdenke, dann formen meine Lippen leise Worte. Und wenn ich sie dann laut spreche, sind es immer wieder dieselben Worte: »Achtung, bitte! Achtung!«

Ich lag mit offenen Augen auf meinem Bett und erwartete die Ankündigung. Sie kam und war sehr deutlich.

»Achtung, bitte! Achtung! Diese Botschaft ist an die Untergrund-Streitkräfte auf Ebene 7 gerichtet.

Sie wurden nach hier gebracht, um als Vorposten unseres Landes, unseres Glaubens und unserer Lebensart zu dienen. Euch, Männer und Frauen der Ebene 7, hat man die Offensivabteilung der Kriegsmaschinerie unseres Landes und seiner Alliierten anvertraut.

Sie wurden somit die Verteidiger von Wahrheit und Gerechtigkeit. Unser verräterischer Feind ist in seinem Bemühen, eine schlagkräftige Waffe auszubauen, weit genug gegangen. Um uns vor einem Überraschungsangriff zu bewahren und die Vergeltung zu garantieren, ist es unerläßlich, daß wir unsere Beschützer ›beschützen‹ und für unsere Sicherheitskräfte die größtmögliche Sicherheit bieten. Das ist der Grund, aus dem Sie auf Ebene 7 gebracht wurden. Von hier aus können Sie unser Land verteidigen, ohne sich auch nur der geringsten Gefahr auszusetzen. Von hier aus können Sie angreifen, ohne jemals selbst angegriffen werden zu können. Für die Welt oben sind Sie unsichtbar, aber Sie halten das Schicksal dieser Welt unter Ihren Fingerspitzen. Vielleicht ist der Tag nicht mehr fern, an dem Ihnen befohlen wird, einen bestimmten Knopf zu drücken – und dann wird Ihr Finger es sein, der den Feind vernichtet und damit uns den Sieg garantiert.

Bis zu jenem Tag werden Sie unserem Land und der Menschheit auf Ebene 7 dienen. Sie stehen somit an hervorragender Stelle und dürfen stolz darauf sein, für diese Aufgabe ausgewählt worden zu sein. Erinnern Sie sich auch daran, daß Sie am sichersten Ort der Welt weilen, und seien Sie froh deswegen. Es ist alles getan worden, Ihnen den Aufenthalt hier so angenehm wie möglich zu gestalten. Sie haben alles, was Sie brauchen. Die Vorräte können uns niemals ausgehen, denn dank des wissenschaftlichen Fortschritts sind wir auf Ebene 7 völlig unabhängig. Wegen Ihrer Freunde und Verwandten machen Sie sich bitte keine Sorgen. Man wird ihnen mitteilen, daß Sie bei einem Unglück schnell und schmerzlos den Tod fanden und keine Überreste gefunden wurden. Wir bedauern es sehr, aber Ihr Verschwinden muß sehr diskret behandelt werden. Hier unten werden Sie neue Freunde finden und neue Familien gründen können.

Es gibt für Sie keine Rückkehr zur Oberfläche mehr. Vielleicht wird es Sie trösten zu erfahren, daß hier unten keinerlei Gefahr einer radioaktiven Verseuchung besteht, sollte eine solche jemals eintreten. Sie wird niemals bis hierher gelangen, denn Ebene 7 wurde nach Ihrem Eintreffen hermetisch von der Erdoberfläche abgeschlossen. Sie stehen damit nicht mehr in Verbindung mit ihr, ebensowenig wie mit den anderen sechs Ebenen. Wir wünschen Ihnen und auch uns – denn wir sind bei Ihnen – viel Glück. Versuchen Sie, sich schnell an Ihre neue Umgebung zu gewöhnen.

Wir müssen es alle. Ich danke Ihnen.«

Der Lautsprecher schwieg.

Ich lag, ohne auch nur einen Finger zu rühren, auf meinem Bett. Jedes Wort der Bekanntmachung hatte ich verstanden, aber ich war nicht so schockiert, wie man vielleicht erwarten konnte. Der Schlag war vielleicht auch so stark gewesen, daß meine Gefühle betäubt und ausgeschaltet wurden; oder unser Essen hatte ein Beruhigungsmittel erhalten. Es konnte aber auch sein, daß das Gehirn eine Art Selbstschutz einschaltete und einen Puffer zwischen Begreifen und Emotion legte.

So lag ich also da, ganz still, wußte, was die Bekanntmachung besagte – und wunderte mich. Wunderte ich mich etwa über meine ausbleibende Reaktion? Oder hatte ich einen Teil der Botschaft nicht voll verstanden?

Meine Augen waren weit geöffnet und starrten auf den Lautsprecher. Ein Satz war es, der sich in meinen Ohren immer und immer wieder wiederholte: Bis zu jenem Tag aber werden Sie unserem Land und der Menschheit auf Ebene 7 dienen . . . bis zu jenem Tag aber werden Sie unserm Land und der Menschheit auf Ebene 7 dienen . . . bis zu jenem Tag aber werden Sie . . .

Bis zu welchem Tag? fragte ich mich. Bis zum Tag des Sieges, gab ich mir die Antwort. Was aber, wenn es keinen Sieg gab? Wenn der Feind siegreich blieb?

Nun, unsere Chance, den Sieg zu erringen, stand fünfzig zu fünfzig, vielleicht besser. Kämpfende Soldaten waren niemals völlig frei, und noch niemals hatten sich welche in einer sichereren Position befunden als wir. Die Bekanntmachung hatte eindeutig klargemacht, daß Ebene 7 der sicherste Ort der Welt war. Wenn der Krieg ausbrach, konnte ihn kein Mensch auf der Oberfläche überleben. Ich wußte nur zu gut, wie ein Atomkrieg ausgehen würde. Selbst wenn wir den Sieg errangen, würde die atomare Verseuchung dort oben so intensiv sein, daß kein

Lebewesen mehr existieren konnte. Ich konnte froh sein, auf Ebene 7 leben zu dürfen.

Was aber, dachte ich weiter, wenn der Beginn des Krieges sich um fünf, zehn oder fünfzehn Jahre verschob? Was, wenn er nie ausbrach? Sollte ich den Rest meines Lebens hier unten in meinem Verlies verbringen und immer darauf warten, endlich auf den Knopf drücken zu können – auf ein Kommando warten, das niemals gegeben wurde?

»Bis zu jenem Tag aber werden Sie unserem Land und der Menschheit auf Ebene 7 dienen.«

Bis wann? Warum wurde der Krieg nicht sofort begonnen, damit wir es hinter uns hatten? Warum warten? Ich wollte hier raus, je schneller, desto besser.

Es war in diesem Augenblick, als ich dalag, den Lautsprecher über mir anstarrend, als ob die ganze Wahrheit auf mich niederstürzte. Sie begrub mich förmlich unter sich: Was immer auch geschah, ich würde mein ganzes Leben hier unten verbringen müssen. Selbst wenn wir in dieser Sekunde den Krieg erklärten und ihn heute noch gewannen, würde ich nie mehr zur Oberfläche zurückkehren können. Die radioaktive Verseuchung würde nach einem Atomkrieg ausreichen, die Kruste der Erde für Jahrzehnte, vielleicht für Jahrhunderte unbewohnbar zu machen.

Ich würde sie niemals wiedersehen.

Ich glaube, ich habe es gleich bei den ersten Worten aus dem Lautsprecher geahnt, aber nun wußte ich es. Ich begann zu begreifen, was die Schlußfolgerung und das Leben hier unten bedeuteten. Nie mehr wieder würde ich eine Stadt oder grüne Felder sehen. Nie mehr würde ich zwischen anderen Menschen eine Straße entlanggehen können. Und niemals mehr würde ich einen Sonnenstrahl zu Gesicht bekommen.

Es war gerade dieser Gedanke, der mir die größte Sorge bereitete. Keine Sonne mehr! Ebene 7 war schlimmer als ein Gefängnis, denn selbst Gefangene können im Hof spazierengehen und die Sonne sehen. Ich wollte ausbrechen, nach oben gelangen. Es war mir in dieser Sekunde völlig gleichgültig, wie gefährlich das Leben oben sein würde. Ich wollte unter der Sonne leben oder sterben und nicht langsam in dieser elenden Höhle verrecken.

Ich dachte in jenen Augenblicken nicht mehr klar und logisch. Pläne zur Flucht durchkreuzten mein Gehirn. Wie konnte ich hier herauskommen? Ich mußte raus! Dann entsann ich mich der Rolltreppen, die nur in einer Richtung liefen – nach unten; oder der Drehtür, die das Gehen in nur einer Richtung erlaubte. Dahinter lag der Liftschacht, der abgeschlossen war, wenn der Lautsprecher die Wahrheit gesagt hatte. Und selbst dann, wenn ich ihn über die abwärts gleitenden Treppen erreichen würde, wie sollte ich den Aufzug in Bewegung setzen? Ich konnte auf einen Knopf drücken, um die Welt zu vernichten, aber es gab keinen Knopf, mit dem man den Aufzug heranholen konnte.

Meine Verzweiflung wurde so groß, daß ich nicht mehr länger ruhig auf meinem Bett zu liegen vermochte. Ich mußte aufstehen und etwas tun, ich mußte mich beschäftigen. Was aber konnte ich tun? Es gab keine Bücher. Da war niemand, dem ich hätte schreiben können.

Doch, ich konnte schreiben! Ich entsann mich der Schreibutensilien in der Schublade. Ein Tagebuch, nur für mich allein. Meine Gedanken, Gefühle, Erlebnisse. Und eines Tages – wer konnte es wissen – würde vielleicht jemand mein Tagebuch finden, und es würde gedruckt werden, oben, wo die Sonne schien. Ein Teil meiner selbst würde dann die Sonne wiedersehen und von ihren Strahlen erwärmt werden.

Ich wußte, daß ich mir etwas vorzumachen versuchte. Es bestanden nur geringe Chancen, daß mein Tagebuch jemals die Oberfläche der Erde erreichen würde. Und selbst wenn, was würde es mir heute hier unten nützen können? Aber allein die Illusion gefiel mir. Sie tat gut und war ein wenig aufregend. Und so begann ich, dieses Tagebuch zu schreiben, und heute, wenn ich den Bericht des vergangenen Tages niederschreibe, verspüre ich wieder das gute Gefühl und die wohltuende Erregung.

Ich werde so lange an diesem Tagebuch schreiben, wie ich lebe. Denn für mich ist es die einzige Möglichkeit, die Sonnenstrahlen und ihre Wärme zu spüren.

27. April X-127.

21. März

Nun begreife ich endlich das Problem »Sein oder Nichtsein«. Bis heute kannte ich nur den Gedanken, jemand zu sein. Heute früh genoß ich das erhebende Gefühl, Major gewesen zu sein. »Zu sein oder nicht zu sein« schien mir eine bedeutungslose Phrase, gut für Philosophen oder Dichter, aber nicht für praktisch denkende Menschen. »Ich bin« war eine einfache Tatsache und daher keiner Diskussion wert. Was ich war, konnte jedoch als ein Problem angesehen werden, denn mein Dienstrang, meine soziale Stellung, meine Gesundheit und viele andere Dinge konnten sich ändern.

Aber je mehr ich darüber nachdenke, je mehr die Idee des bloßen Seins in mich eindringt, desto mehr verliert dieser Begriff seine simple Form und gebiert neue Ideen. Es beginnt mit der Vorstellung, frische Luft zu atmen, im Sonnenschein zu wandern und im Regen zu gehen – alles Beweise bloßer Existenz.

Nun, ist Leben hier unten »Sein« – oder ist es »Nichtsein«? Kommt Ebene 7 nicht der Hölle gleich, wo das Sein zumindest zu einem Halbsein wird? Ich atme, aber ist es frische Luft, die in meine Lungen strömt? Ich kann gehen, aber ich kann keinen Spaziergang machen. Und was Sonnenschein betrifft – ich vergesse ihn wohl besser. Ich fühle, daß ich fühlen kann, aber nicht in der gleichen spontanen Art und Weise wie oben.

Bin ich für den Rest meines Lebens verdammt, nur halb zu sein? Bin ich damit nur ein halber Major? Lieber wäre ich ein Nichts, als nur halb zu existieren.

Ist es nicht merkwürdig, daß man mich in die Tiefen der Erde verschleppen mußte, damit ich die Bedeutung einer kleinen Zeile von Shakespeare begriff? Vielleicht hat schon immer ein kleiner Philosoph, ein Hamlet, in mir gehaust, aber ich ahnte es niemals. Solange ich war, kümmerte ich mich nicht um mein Sein. Jetzt, da mein Leben nicht mehr als solches bezeichnet werden kann, beginne ich zu verstehen . . .

Was zu verstehen? Die Bedeutung des Seins? Unsinn, niemand wird den Sinn des Seins verstehen. Aber ich habe wenigstens die Bedeutungslosigkeit erkannt, jemand zu sein. Ich verstehe die Bedeutung des Seins, ohne zu wissen, was es ist. Meine Seele – oder das, was von ihr übrigblieb, schreit in einem fort: Sein! Sein oder . . .

Dann sagte der Lautsprecher wieder: »Achtung, bitte! Achtung!«

22. März

Heute hatte ich meinen ersten Dienst in der Knopfdruckzentrale. Täglich werde ich nun dort sechs Stunden Dienst machen, denn wir sind vier Offiziere, und die Zentrale muß ständig besetzt sein. Niemand kann behaupten, daß der Dienst anstrengend wäre. Langweilig vielleicht, aber wir haben ja schließlich Musik, auch in unserem Wohnraum. Man dreht an einem Knopf, und schon ertönt Musik. Es gibt zwei Programme zum Aussuchen. Das eine bringt leichte Musik, das andere klassische, und die Programme scheinen niemals zu enden. Bis jetzt wurde kein Stück zweimal abgespielt. Natürlich Tonband, denn hier unten ist kein Platz für Orchester und Künstler.

Aber ich wollte ja die Zentrale näher beschreiben. Sie ist klein, wenn auch im Vergleich zu unserem Wohnzimmer recht geräumig. Es gibt nur wenig Instrumente, und alle sind mir vom Lehrgang her gut bekannt.

An der Wand hängt ein konvexer Bildschirm, eine Art abgeflachter Globus von der anderen Seite der Erde, auf dem sich die Grenzen jener Länder, die unsere möglichen Gegner sind, deutlich abzeichnen. Die Karte ist schwach erleuchtet, so daß sie jeder Wachhabende ohne Schwierigkeit erkennen kann. Alle Punkte von strategischer Wichtigkeit – strategisch, nicht taktisch! – sind besonders markiert. Falls der Knopfdruckkrieg erklärt werden sollte, werden wir nicht zögern, alle diese Punkte sofort anzugreifen. Unsere Schläge werden genau das Herz des Feindes treffen. Taktische Maßnahmen lassen sich von hier aus nicht leiten, aber ich könnte auch nicht einsehen, was sie in einem künftigen Krieg nützen sollten. Ich glaube kaum, daß die Feindseligkeiten auf einen bestimmten Komplex begrenzt sein werden.

Die Bildschirmkarte ist in drei Zonen unterteilt, die durch dünne Linien voneinander getrennt sind. Diese Zonen werden durch ihren Abstand von unseren Raketenabschußbasen bestimmt. Die nächste ist mit A bezeichnet, dann folgt B, und die entfernteste ist C.

In der Zentrale stehen zwei Stühle, gleich weit von dem Schirm entfernt und so, daß man ihn gut beobachten kann. Einer steht rechts, der andere links. Vor jedem der Stühle steht ein Tisch, und auf jedem Tisch ruht etwas, das man leicht mit einer Schreibmaschine verwechseln könnte. In Wahrheit jedoch ist dieses Gerät der Grund, warum ich hier unten auf Ebene 7 weile.

Die Tastatur der Maschine besteht aus drei Reihen mit je vier Knöpfen. Die erste Reihe vorn betrifft Feindzone A; die mittlere Zone B und die dritte Zone C. Die daneben stehenden Zahlenknöpfe bestimmen die Art der Vernichtungswaffe – alles Raketen mit atomaren Sprengköpfen, selbstverständlich. Knopf 1 setzt ganze Batterien von Raketen in Marsch, deren Sprengköpfe beim Aufschlagen detonieren und eine Wirkung zwischen einer und fünf Megatonnen haben. Damit lassen sich besonders militärische Ziele wirkungsvoll bekämpfen. Die Raketenbomben, die mit Knopf 2 kontrolliert werden, haben eine wesentlich stärkere Wirkung. Sie schwankt zwischen zehn und fünfzehn Megatonnen. Sie detonieren bereits in der Luft und vernichten ganze Städte und weitverstreute Ansiedlungen. Ähnliche Bomben werden durch Knopf 3 ausgelöst, aber sie detonieren erst nach ihrem Eindringen in die Erde. Dadurch wird ein künstliches Erdbeben, das eine verheerende Wirkung haben soll, ausgelöst. Sie vernichten alle Untergrundanlagen und verursachen außerdem eine gefährliche radioaktive Strahlung. Das aber ist in erster Linie die Aufgabe jener Bomben, die Knopf 4 in Bewegung setzt. Es handelt sich hier um besonders ausgestattete Bomben; ihr Explosionskern steckt in einer Hülle aus einem Stoff, der durch die atomare Reaktion radioaktiv wird – beispielsweise aus Kobalt. Die Explosion verwandelt diese Hülle in feinen Staub, der eine tödliche Strahlung aussendet. Diese Waffe, die nicht allein durch Hitze und Schock vernichtet, sondern auch durch Strahlung, ist die tödlichste aller Bomben. Ihre Wirkung hält unter Umständen sehr lange an.

Jeder dieser zwölf Knöpfe schickt also Tausende kontrollierter Raketenbomben auf die Reise, die alle auf ein bestimmtes Ziel eingerichtet sind. Sie erreichen dieses Ziel je nach Entfernung in einer Zeit zwischen fünfzehn Minuten und einer Stunde.

Das alles mag sich sehr kompliziert anhören, ist aber in Wirklichkeit sehr einfach. Die Tastatur meiner »Schreibmaschine« sieht so aus:

C	1	2	3	4
B	1	2	3	4
A	1	2	3	4

Für uns ist es tatsächlich uninteressant zu wissen, was die einzelnen Knöpfe bedeuten, denn die Befehle werden sehr eindeutig sein: »Drücken Sie den Knopf A1« oder: »Drücken Sie Knopf B3«. Es ist nicht so sicher, ob der Knopf 4 jemals benutzt wird, denn es gibt Leute, die behaupten, daß seine Anwendung für das eigene Land genauso gefährlich ist wie für den Feind.

Alle Befehle kommen über Lautsprecher. Bevor jedoch der Knopfdruckbefehl kommt, wird eine Sichtvorwarnung gegeben. Zuerst leuchtet eine gelbe Lampe auf, um uns aufmerksam zu machen. Dann eine rote, wenn die gelbe kein falscher Alarm war. Sobald die rote Lampe brennt, können wir mit dem Kommando rechnen.

Als Vorsichtsmaßnahme gegen die Möglichkeit, daß ein Offizier versehentlich oder in geistiger Verwirrung einen Knopf drückt, ist es erforderlich, daß zwei Personen die gleichen Knöpfe zur gleichen Zeit drücken. Aus diesem einfachen Grund gibt es zwei Stühle, zwei Tische und zwei »Schreibmaschinen«. Sie sind weit genug voneinander entfernt, um zu verhindern, daß ein Mann beide Geräte zugleich berühren kann. Im Notfall muß also ein zweiter Mann in der Zentrale sein. Sie haben dann gemeinsam die Befehle auszuführen, die, durch das rote Licht sanktioniert, über den Lautsprecher kommen.

Beide Offiziere sind in der Lage, das Resultat ihrer Aktion zu beobachten. Ich betonte schon, daß die Ziele auf der Karte markiert sind. Wenn z. B. Knopf A1 gedrückt wird, erscheinen am Zielort rote Pünktchen. Sobald die Bombe detoniert, dehnen sich diese Pünktchen aus und bedecken das vernichtete Gebiet. Erreicht die Bombe ihr Ziel nicht, verschwindet der rote Punkt wieder.

Die Knöpfe 2, 3, und 4 werden genauso durch Blau, Gelb und Schwarz markiert.

Man beabsichtigte offenbar, die schwächeren Waffen zuerst einzusetzen und erst dann zu den stärkeren zu greifen, wenn der Erfolg nicht befriedigend war. Meine Kameraden und ich haben jedenfalls nicht zu entscheiden, wann der Krieg ausbricht. Wir haben nur zu warten, bis der Befehl über den Lautsprecher eintrifft. Unsere potentiale Arbeit besteht lediglich darin, diese zwölf Knöpfe niederzudrücken – zwölf Tasten einer Schreibmaschine besonderer Art. Wenn wir das getan haben, sind die Angriffswaffen unseres Landes verbraucht, aber die andere Hälfte der Erde ist völlig vernichtet.

23. März

»Warum, zum Teufel, haben sie ausgerechnet mich dazu auserwählt, Knopfdrücker zu werden? Warum suchten sie sich keinen anderen aus? Unser Kommandant im Lager hätte sicherlich seine Freude daran gehabt. Warum gerade ich?«

Ich muß an diesem Abend laut gedacht haben, denn ich bekam unerwartet Antwort auf meine Fragen. Der Lautsprecher! Es mußte somit ein Überwachungssystem existieren, das dem Oberkommando erlaubte, jederzeit unsere Gespräche abzuhören, uns zu belauschen.

Der Lautsprecher – es war wieder die Frauenstimme – sagte leise und ruhig: »Sie wurden Ihrer persönlichen Qualitäten wegen ausgewählt. Sie müssen somit gute Nerven, technisches Verständnis, Ehrgeiz, Intelligenz und eine ausgezeichnete Gesundheit besitzen. Auch müssen Sie die Klaustrophobietests mit Auszeichnung bestanden haben.«

Das war alles. Der Lautsprecher schwieg. Die Unterhaltung interessierte mich, und ich stellte einige Fragen, aber ich erhielt keine Antwort mehr. Entweder hatte man das Interesse an mir verloren, oder die Frau sprach nun mit jemand anders.

Ich kehrte zu meinem Problem zurück. Die Frau hatte recht. Ich war ehrgeizig! Nur darum hatte ich das Angebot zu dem Speziallehrgang angenommen. Ich war damals noch einfacher Soldat gewesen.

Nach medizinischen und psychologischen Spezialuntersuchungen wurde ich zum Leutnant befördert und erhielt Sondergehälter und viele Bevorzugungen. Die Zukunftsaussichten wurden verlockend dargestellt. Der Dienst mußte etwas mit Technik zu tun haben, und dafür war ich schon immer zu haben gewesen. Außerdem wurde die Wichtigkeit betont. Ich fiel darauf herein.

Wäre ich sensibler gewesen, wäre ich somit auch vorsichtiger gewesen. Ich hätte es mir gut überlegt, den Kontrakt zu unterzeichnen, der mich zu strengster Geheimhaltung verpflichtete und nichts darüber aussagte, was meine späteren Pflichten sein würden. Jemand anders hätte sich vielleicht vor dem Unbekannten gefürchtet, aber ich hatte ja in den Tests meine guten Nerven bewiesen.

Vielleicht würde ein anderer Mensch an meiner Stelle jetzt auch irrsinnig, wenn er wüßte, daß er ewig hier unten leben muß. Darum eben haben sie mich gewählt. Nun gut, aber das ist immer noch keine Garantie dafür, daß ich eines Tages nicht doch noch überschnappe.

Vielleicht wäre es besser gewesen, ich wäre bereits bei den Voruntersuchungen durchgefallen. Hingegen scheint es hier unten Menschen zu geben, die sich nichts bei der neuen Situation denken. Jene Frau am Lautsprecher, um ein Beispiel zu nennen. Ihre Stimme klingt so, als habe sie sich in ihrem ganzen Leben nie so wohl gefühlt wie hier unten.

24. März

Heute unterhielt ich mich sehr angeregt mit meinem Zimmergefährten X-107. Wir haben auch vorher schon miteinander gesprochen, aber ich hatte nie Lust zu einer ausgedehnten Unterhaltung – bis heute. Ich hatte zuviel mit mir selbst zu tun. Der Gedanke, den Rest meines Lebens auf Ebene 7 verbringen zu müssen, beschäftigte mich Tag und Nacht, und andere Menschen – die Nachbarn bei den Mahlzeiten, mein alter Lagerkamerad X-137, mein Zimmergenosse –, sie alle schienen nicht zu existieren. Sie waren wie Schatten in der Unterwelt, und wirklichen Kontakt hatte ich eigentlich nur zu den Seiten meines Tagebuches. Sie allein waren die Zeugen meiner innersten Gefühle und Erlebnisse. Und vielleicht waren sie auch meine einzige mögliche Verbindung zur Außenwelt. Sie allein waren es, durch die ich mit wirklichen Menschen, die unter der Sonne lebten, sprechen konnte.

Mein Freund X-107 mußte ähnliche Gedanken wie ich haben, denn auch er war nicht zum Sprechen aufgelegt. So merkwürdig das auch erscheinen mag, bis heute habe ich niemand ernsthaft über unsere Lage sprechen hören. Das ist ungewöhnlich. Schiffbrüchige zum Beispiel halten zusammen und werden sofort zu besten Kameraden, aber bei uns hier unten war das anders. Niemand hatte das geringste Bedürfnis, Freundschaften zu schließen, ja, man hielt sogar einen gewissen Abstand, als wolle man jeden anderen dafür verantwortlich machen, was mit einem geschehen war.

Jeder auf Ebene 7 wußte natürlich genau über seine Lage Bescheid, auch wenn er nicht darüber sprach. Man sah es jedem an. Die allgemeine Resignation machte sich überall bemerkbar – in der schleppenden Art des Gehens, beim Essen, den wenigen banalen und nichtssagenden Worten, die gesprochen wurden.

Heute jedoch, als ich die Seiten meines Tagebuches durchblätterte, sah X-107 plötzlich auf und sagte: »Schreibst du etwas?«

Der freundschaftliche Ton seiner Stimme und die direkte Frage zwangen mich dazu, ihm voll ins Gesicht zu sehen. Zum erstenmal kam mir zu Bewußtsein, wie er überhaupt aussah.

X-107 besitzt ein offenes und freundliches Gesicht. Es verrät einen gefestigten Charakter und ein ausgewogenes Gemüt. Er mag ein oder zwei Jahre älter als ich sein, daher hatte ich sofort das Gefühl, zu einem älteren Bruder zu sprechen, als ich seine Frage beantwortete: »Ja, ich schreibe – an einem Tagebuch. Ich fand Papier in einer der Schubladen, und ich denke, das Schreiben erleichtert.«

Meine Worte hatten das Eis zwischen uns gebrochen. Plötzlich war es, als würden wir uns schon seit Jahren kennen.

Er beschwerte sich nicht. Er hielt unser Dasein auf Ebene 7 für eine bittere Notwendigkeit. Für eine Konsequenz der politischen und militärischen Situation auf der Welt. »Sich zu beschweren«, sagte er,

»wäre genauso, als wolle man sich über den Tod beschweren. Man muß das Unvermeidliche ohne Murren akzeptieren, nur dann wird es erträglich.«

Ich sagte etwas von Verliesen, Gefängnissen und Einzelhaft. Er gab zu, am Anfang ähnlich gedacht zu haben, aber später hätte er erkannt, daß selbst Gefangenschaft nur ein relativer Begriff sei.

»Einige Menschen«, erklärte er, »fühlen sich eingeengt und der Freiheit beraubt, wenn sie nicht durch das Universum fliegen können, andere wiederum fühlen sich frei, wenn sie in einem engen Zimmer hocken und lesen oder schreiben können.« Er lächelte, als er das sagte, und blickte auf meine beschriebenen Tagebuchblätter. Ich wußte, was er sagen wollte, und ich hatte schon vorher eine entsprechende Bemerkung gemacht. Er hatte also recht. Und ich hoffte und wünschte, daß ich bald in jeder Beziehung genauso denken würde wie er.

Ich bin nicht so sicher, daß es mir völlig gelingen wird. Immerhin ist der Gedanke daran, mein Zimmer mit einem Mann teilen zu können, der stärker ist als ich, sehr beruhigend. Ich fühle mich weniger einsam und nicht so verzweifelt. Wenn es wahrhaftig einen Menschen gibt, der sich dem Leben auf Ebene 7 angepaßt hat, warum soll ich es dann nicht eines Tages auch können? Wenn ich schon nicht mehr fort kann, werde ich wenigstens mein Dasein ertragen. Solange ich lebe. Wenn . . .

Vielleicht ist es besser, nicht so viele »Wenns« zu untersuchen. Ich will mich umsehen, Menschen kennenlernen, Freunde gewinnen – mich eben anpassen.

25. März

Heute stellte X-107 eine Frage, die mich ebenfalls schon lange beschäftigte – eigentlich von der ersten Sekunde meines Hierseins an. Die Frage, warum wir unsere Freiheit verlieren mußten. Ich ahnte schon einige der Antworten, sie waren in der offiziellen Bekanntmachung enthalten, die wir alle gehört hatten. Aber trotzdem wünschte ich, über dieses Thema zu diskutieren.

»Warum«, fragte ich X-107, »sind wir dazu verurteilt, den Rest unseres Lebens hier unten zu verbringen? Könnten wir unsere Arbeit an der Oberfläche nicht genausogut tun? Vielleicht irgendwo in einer verlassenen Wüste. Warum hier, so tief, so völlig isoliert?«

»Du redest wie ein Kind«, antwortete er. »Das KD-Kommando

muß absolute Sicherheit besitzen. In der Wüste wären wir genauso gefährdet wie mitten in der Großstadt. Ein Überraschungsangriff kann die ganze Anlage vernichten, und das Land wäre wehrlos. Nicht einen einzigen Schuß hätten wir abgeben können. Hier auf Ebene 7 kann es für uns keine Überraschungsangriffe geben. Selbst wenn der Gegner unser ganzes Land vernichtet, sind wir in der Lage als Vergeltung das seine von der Erdoberfläche hinwegzufegen.«

»Und wenn schon«, argumentierte ich, »die Zentrale kann ja auch hier auf Ebene 7 eingerichtet sein, aber muß man uns deshalb für den Rest unseres Lebens einsperren? Warum gibt es keine Ablösung, keinen Urlaub?«

»Das wäre äußerst gefährlich«, sagte X-107. »Wenn du vom Urlaub zurückkehrst, kannst du eine verheerende Waffe bei dir tragen. Vielleicht bringst du auch nur eine demoralisierende Idee mit, die das KD-Kommando außer Gefecht setzt. Kontakt mit der Außenwelt bedeutet auch Kontakt mit Spionen, Feinden und Pazifisten. Die Regierung wäre leichtsinnig, ginge sie ein solches Risiko ein.«

»Wir sind also deshalb eingesperrt worden, damit unser Land die Möglichkeit der Vergeltung hat?«

»Genau!« antwortete er. »Aber wir garantieren auch den Fortbestand der Rasse. Selbst dann, wenn oben kein Mensch mehr existiert, geht das Leben hier unten weiter – nachdem wir Vergeltung geübt haben, selbstverständlich.«

»Und wenn es niemals einen Krieg geben wird?« fragte ich.

»Unsere Aufgabe ist es«, kam die unbeirrte Antwort meines Freundes, »am Drücker zu sitzen und jederzeit bereit zu sein, ihn zu betätigen. Selbst wenn der Befehl dazu niemals einträfe, hätten wir doch unserem Lande gedient. Wenn der Feind nicht angreift, so nur deshalb nicht, weil er sehr genau weiß, daß Ebene 7 existiert. Und allein darum müssen wir hierbleiben und warten.«

Ich fand keine Lücke in seinem Argument. Unsere Gefangenschaft in Ebene 7 ist eine Lebensnotwendigkeit.

26. März

Das freundschaftliche Verhältnis zu X-107 ist eine große Erleichterung für mich. Wir diskutieren über die verschiedensten Themen, und es kommt oft vor, daß ich meine Lage vergesse. Aber es gibt noch etwas, das unser Dasein erträglicher gestalten hilft: der Gemeinschaftsraum, der jedem auf Ebene 7 zur Verfügung steht.

Gestern nachmittag wurden die Anordnungen für seine Benutzung über den Lautsprecher bekanntgegeben – das scheint übrigens die einzige Methode der Verbindung zwischen uns und der vorgesetzten Dienststelle zu sein. Da der Gemeinschaftsraum nur sehr klein ist, steht jeder Person nur eine beschränkte Aufenthaltszeit zur Verfügung. Meine »Ration« beträgt eine halbe Stunde pro Tag.

Der Raum ist wirklich sehr klein, vielleicht fünf Meter breit und sieben lang. Als ich ihn betrat, waren bereits zehn oder fünfzehn Personen anwesend, von denen ich keine kannte.

Einige von ihnen waren Frauen – oder Mädchen. Sie machten alle einen sehr jungen und gesunden Eindruck und waren hübsch zu nennen, obwohl mir im ersten Augenblick keine von ihnen besonders gefiel. Ich ging zu einem Mädchen, das allein und abseits stand, und stellte mich vor. Sie war Krankenschwester und hieß N-527.

Ich liebte besonders ihre äußerliche Ruhe. Wie sie es machte, weiß ich nicht, aber sie schien mir noch ruhiger und gelassener als X-107 zu sein. Vielleicht sind Frauen genügsamer als Männer und weniger abhängig von ihrer Umgebung. Wenn das so ist, beneide ich sie – zum erstenmal in meinem Leben.

Nach einer Weile näherte sich uns ein Mann und stellte sich als E-647 vor – E bedeutete Elektroingenieur. Er benahm sich reichlich nervös und steckte mich regelrecht an. Bald war ich es leid und verabschiedete mich von der Krankenschwester. Ich hatte den Eindruck, daß E-647 sehr erleichtert war.

Für einen Augenblick stand ich allein da, dann näherte sich mir eine Frau, vielleicht ein wenig älter als N-527, aber kaum mehr als 25 Jahre alt. Sie war Psychologin und hieß P-867. Auch sie schien gelassen und ruhig, aber ich merkte bald, daß es eine gekünstelte Ruhe war. Sie schien auf ihre Stellung und unsere Aufgabe stolz zu sein. Ehrlich gesagt: Sie ging mir auf die Nerven!

Sie fragte mich, wie ich mich fühle. Warum sollte ich jemand, den ich gerade erst kennengelernt habe, in meine Gefühle einweihen? Also wich ich der Frage aus und sagte, ich hätte sehr viel zu tun und somit keine Zeit, über meine Gefühle nachzudenken. Sie schob mein Argument beiseite und behauptete glatt, entweder belöge ich sie oder wiche der Realität aus. In jedem Fall, meinte sie, sei meine Einstellung ungesund. »Sehen Sie den Tatsachen ins Auge und sprechen Sie mit anderen Menschen über Ihre Eindrücke. Das ist die beste Methode, sich einzugewöhnen.«

Ich versuchte, ihrer beruflich bedingten Veranlagung, die mich zum Versuchskaninchen machen wollte, zu entgehen, und fragte sie nun, wie sie sich fühle. »Ich fühle mich ausgezeichnet«, gab sie zur Antwort und erklärte mir auch, warum das so sei. Vom psychologischen Standpunkt aus gesehen war das Leben auf Ebene 7 sehr interessant. Am liebsten hätte sie richtige Forschungsarbeit geleistet und die hier lebenden Menschen auf ihre Reaktionen hin untersucht – ich war also tatsächlich ein Versuchskaninchen. Sie würde sicherlich einen großartigen Artikel über ihre Arbeit veröffentlichen können, meinte sie, was ihr aber aller Wahrscheinlichkeit nach auf Ebene 7 nicht möglich sei.

An diesem Punkt ihrer Ausführungen unterbrach ich sie: »Sie denken also auch in der Wenn-Form?« Sie verstand nicht sofort, und ich erklärte es ihr: »Wenn man mich nicht für diese Aufgabe ausgesucht hätte, wenn es möglich wäre, zur Oberfläche zurückzukehren, wenn ich wie eine Frau veranlagt wäre . . .«

»So dürfen Sie auf keinen Fall denken«, protestierte sie. »Das ist Flucht. Sie müssen hier und jetzt zu finden suchen, was Sie hier und jetzt auch finden können.« Das hörte sich fast wie ein Schlagwort an. »Schauen Sie nicht zurück, und denken Sie auch nicht hypothetisch. Ihr Leben hier unten hat eine Bedeutung. Sie haben eine Aufgabe! Sie haben einen Kontinent zu verteidigen. Menschliche Gesellschaft ist Ihnen nicht vorenthalten – ja, Sie haben sogar Frauen. Was sollte ein Mann mehr wollen?« lachte sie leise.

»Sonnenschein«, antwortete ich so leise, daß sie es kaum hören konnte.

Sie schwieg einige Sekunden, dann schüttelte sie den Kopf.

»Nein. Sonnenschein ist nicht lebensnotwendig. Ich habe Psychologie sehr eingehend studiert, aber niemals ist mir bestätigt worden, daß Sonnenschein die Ursache menschlicher Handlungen war. Auf keinen Fall ist das Fehlen des Sonnenscheins Grund für eine Neurose. Ganz bestimmt nicht. Für Ihre Einstellung muß es einen anderen Grund geben. Sonnenschein ist nichts als ein Symbol, aber was dahinter verborgen liegt, ist die eigentliche Ursache.«

Genau in diesem Augenblick gab der Lautsprecher bekannt, daß unsere Zeit im Aufenthaltsraum abgelaufen sei. Als wir uns draußen vor der Tür trennten, sagte sie: »Man kann nie wissen, vielleicht benötigen Sie eines Tages eine psychotherapeutische Behandlung. Es wird mir eine große Freude sein, Ihnen zu helfen.« Dabei kicherte sie kindisch.

27. März

Ich versuche mich abzulenken, indem ich die technischen Einrichtungen von Ebene 7 studiere. Sie sind auf ihre Art wirklich bemerkenswert. Es ist nur eine kleine Welt, aber sie erhält sich ohne fremde Hilfe. Obwohl sie tief unter der Erdoberfläche liegt, hat sie ihre eigenen Energiequellen und Lebensmittelvorräte. Es ist, als wären wir alle in einem riesigen Schiff, das für eine endlose Reise ausgerüstet wurde.

Wir werden zum Beispiel niemals mit Energie knapp werden. Unser Strom wird durch Dynamos erzeugt, die von einem Atomreaktor angetrieben werden, der tausend Jahre und darüber alle benötigte Energie liefern wird. Das Prinzip ist nicht neu, aber wenn man alle Einrichtungen hier unten, die im Verlauf von 24 Stunden eine Unmenge Strom verschlingen, zählt, wird man auch begreifen, warum ein Atomreaktor unerläßlich wurde.

Das Problem der Lebensmittelspeicherung war bereits schwieriger. Heute beim Essen stellte jemand eine sehr interessante Theorie auf. Er sagte – und es machte den Eindruck, als sei er sehr gut orientiert –, daß getrocknete Lebensmittel in gewaltigen Mengen in riesigen Kühlräumen gelagert seien. Zu jeder Mahlzeit würde die benötigte Menge automatisch losgelöst, gewärmt, mit Wasser vermischt und serviert. Trotz des von getrockneter Nahrung nur gering beanspruchten Raumes ist das Lagern von Lebensmitteln für 500 Personen für eine Zeitdauer von 500 Jahren keine Kleinigkeit.

Die 500 Jahre ließen uns plötzlich sehr schweigsam werden. Die Gedanken der anderen werden sich kaum von den meinen unterschieden haben. Oft kam es mir vor, als weile ich schon seit Monaten hier unten, nicht erst einige Tage. An Ebene 7 im Maßstab der Jahrhunderte zu denken, überstieg meine Phantasie und Vorstellung.

Eine der Frauen brach das Schweigen und fragte, wie man denn soviel Wasser speichern könne. »Sicherlich«, fügte sie hinzu, »kann man Wasser nicht eintrocknen.« Unser vages Lächeln belohnte ihren Scherz.

Der Experte berichtete uns jedoch, daß die Wasservorräte so gut wie unerschöpflich wären. Wir holen es aus noch größeren Tiefen, wo es sich immer wieder neu ansammelt. »Früher«, sagte er, »mußten wir befürchten, daß auch das Wasser radioaktiv verseucht werden könnte, wenn ein atomarer Krieg ausbricht. Dann aber stellten wir fest, daß die Erdschichten als hervorragender Filter wirken, wenn das Wasser durch sie hindurchsickert. Wir können es also ohne Risiko trinken und benutzen.«

Wir hatten fast fertig gegessen, als jemand die Sprache auf die Abfälle brachte. Irgendwo mußten doch auch die Abwässer bleiben. Das Problem war mindestens ebenso groß wie das der Vorräte.

Wir erfuhren, daß man es gelöst hatte. Alle Abwässer werden durch ein gewöhnliches Drainagesystem abgeleitet und gelangen in Spezialanlagen, wo die Flüssigkeit abgesondert wird. Diese wird dann in eine weit von Ebene 7 entfernte Erdschicht gepumpt, wo sie einsickert. Die festen Abfälle werden gepreßt und gelagert. Logischerweise – und als ich die Lösung hörte, traf es mich fast wie ein Schock – wird dazu der Raum benutzt, der inzwischen durch Entnahme von Lebensmitteln frei wurde. Die Konstrukteure von Ebene 7 hatten es sich nicht erlauben können, auch nur einen Kubikzentimeter zu verschwenden. Der gigantische Kühlspeicher enthält also die Lebensmittel auf der einen und durch eine sich ständig verschiebende Wand auf der anderen Seite die Abfälle. Die Lebensmittel werden weniger, die Wand schiebt sich vor, die Abfälle werden mehr. Und nach 500 Jahren ist der riesige Lagerraum nur noch mit konzentriertem Abfall gefüllt.

Das ist ja alles recht interessant, aber ich halte den Gedanken, daß es 500 Jahre dauern wird, bis dieser Prozeß beendet ist, für sehr bedrückend.

28. März

Als ich heute abend in den Aufenthaltsraum kam, bemerkte ich in einer Ecke drei Offiziere, die auf dem Boden hockten und spielten. Einer von ihnen warf eine Münze in die Höhe, und die anderen wetteten, ob Kopf oder Zahl nach oben zu liegen käme. Sie müssen eine hübsche Summe bei sich gehabt haben, als man sie nach unten brachte, denn die Häufchen mit Banknoten und Dollarstücken an ihrer Seite waren beträchtlich hoch.

Besonders einer der Offiziere war von dem Spiel begeistert. Zuerst verlor er, dann aber hatte er eine Glückssträhne. Er gewann andauernd und wurde immer aufgeregter. Doch die Göttin des Glücks blieb ihm nicht treu, und er begann, wieder zu verlieren. Verzweifelt versuchte er, den Verlust auszugleichen, aber es dauerte nur Minuten, bis er völlig blank war.

Er bat einen seiner Mitspieler, ihm Geld zu leihen. Dieser fragte jedoch, womit er seine Schulden bezahlen wolle, wenn er weiter verlöre. Er könne nicht mehr lange verlieren, behauptete der Pechvogel. Der Mitspieler lachte und zuckte mit den Achseln.

»Aber hört doch, Freunde, ich werde bestimmt wieder gewinnen. Das Gesetz der Wahrscheinlichkeit will es so. Ich hatte eben eine Pechsträhne, jetzt kommt es wieder umgekehrt.«

Das Argument machte keinen Eindruck auf die anderen, und er blieb ohne Geld. Aber er weigerte sich, aufzuhören. Er wurde sogar wütend und fuhr den Mann, der ihm kein Geld borgen wollte, an: »Du bist ein Narr, damit du es nur weißt! Warum hast du denn nur solche Angst davor, dein Geld zu verlieren? Was willst du denn mit dem lausigen Zeug hier unten anfangen? Kannst du dir etwas dafür kaufen? Einen Drink vielleicht? Du Idiot!«

Das war für den anderen Offizier zuviel, und schon hätte eine handfeste Keilerei begonnen, wenn nicht plötzlich der Lautsprecher den Streit unterbrochen hätte. Die drei Spieler wurden aufgefordert, sofort den Aufenthaltsraum zu verlassen und sich auf ihre Zimmer zu begeben.

Noch am gleichen Abend, gerade eben, kam eine Bekanntmachung über die Lautsprecher. Der Zwischenfall im Aufenthaltsraum wurde erwähnt, und man wies uns darauf hin, daß Glücksspiele auf Ebene 7 streng verboten seien. Sie wurden als Unsitte bezeichnet, für die hier unten kein Raum sei. Die Stimme endete: »Jedes Spiel ist ohnehin unsinnig, da Geld keinen Wert mehr besitzt. Geld ist die Wurzel allen Übels. Die besten Dinge des Lebens kosten nichts.«

Das erinnerte mich an den höheren Sold, den ich nun als Major erhalten hätte. Wie froh war ich vor einer Woche noch über diese Tatsache gewesen. Jetzt aber hatte das Geld natürlich jegliche Bedeutung verloren. Nichts auf Ebene 7 kostete etwas. Schließlich wäre auch für ein Bankgebäude kein Platz hier unten gewesen, nicht einmal für einen Boxring, wo erregte Glücksspieler sich abreagieren konnten. Lebensmittel und Abfälle waren wesentlich wichtiger.

29. März

Die Idee der Riesenabfallgrube, die sich in den nächsten 500 Jahren ständig vergrößern sollte, hat mich in den beiden vergangenen Tagen nicht losgelassen. Immer wieder stellte ich mir die bewegliche Wand vor, die sich langsam, Zentimeter für Zentimeter, unter dem Druck der aufgestapelten Fäule voranschob.

Gestern bildete ich mir ein, den Gestank plötzlich riechen zu können. Immer wieder mußte ich daran denken, ganz besonders bei den Mahlzeiten. Obwohl unser Essen so gut wie keinen Geschmack aufzuweisen hat, glaubte ich gestern, einen schwachen Geruch feststellen zu können – und es war kein angenehmer Geruch. Ich dachte bei mir: Was ist, wenn die Wand nun nicht dicht abschließt?

In der vergangenen Nacht ließ mir der Lagerraum sogar während des Schlafens keine Ruhe. Ich träumte: Ich schwamm inmitten eines herrlichen, von Gebirgen umgebenen blauen Sees und freute mich meines Lebens. Ich lag auf dem Rücken und schaute hinauf in den klaren Himmel und zu den Bergspitzen. Dann wollte ich aus dem Wasser, mußte aber feststellen, daß der Spiegel inzwischen abgesunken war und die schlüpfrigen Felsufer meinen suchenden Händen keinen Halt mehr boten. Ich schwamm von einer Seite zur anderen, aber nirgends fand ich eine geeignete Stelle. Dann ersetzten ganz unerwartet konkrete Mauern die Felswände und Gebirge, und statt des blauen Himmels sah ich eine graue Wand über dem See liegen, dessen bisher so klares Wasser plötzlich dunkel und ölig wurde und gräßlich stank. Noch einmal schwamm ich eine Runde und suchte verzweifelt nach einem Ausweg, als ich in der glatten Wand eine Skala erblickte. Sie war senkrecht angebracht und mit Zahlen versehen, die wohl die Wassertiefe angaben. Der Spiegel berührte gerade die Zahl 127, die ich fasziniert betrachtete. Und dann versank diese Zahl plötzlich im Wasser und eine neue wurde sichtbar: 137, 147, 157 . . . Es fiel mir plötzlich auf, daß das Wasser nicht mehr sank, sondern rapide stieg. Um mich herum waren nichts als glatte Wände, und die graue Decke über mir kam näher und näher. Die Zahlen auf der Skala glitten nach unten und verschwanden unter der Wasseroberfläche: 327, 337, 347. Und dann sah ich, ganz oben auf der Skala und direkt unter der Decke, eine größere, gedruckte Zahl: 500 Jahre. Ich wußte sofort, daß ich in dem Augenblick, da der Wasserspiegel die Decke erreichte, ertrinken würde. Aber – war das schlimmer, als diesen Gestank noch länger ertragen zu müssen?

Die Zahlen kletterten weiter: 457, 467, 477 . . .

Und dann wachte ich auf.

Es war ein Alptraum. Der Gestank, die Abfallgrube, die 500 Jahre – das alles will nicht aus meinem Kopf heraus. Es sieht ganz so aus, als sollten meine Versuche, mich an meine neue Umgebung zu gewöhnen, fehlschlagen. Ich habe Kontakt mit den Menschen hier unten gefunden und mich für unsere Aufgabe interessiert – soll das vergeblich gewesen sein? Es ist so wie in den ersten Tagen nach meiner Ankunft hier – vielleicht noch schlimmer.

Vielleicht wäre es leichter zu ertragen, wenn ich nicht andauernd den Gestank in der Nase hätte. Ich weiß, es ist pure Einbildung, denn ich habe X-107 und einige andere gefragt. Niemand von ihnen kann etwas riechen. Ich aber begegne ihm, wo ich auch immer bin. Ich kann mich nicht entsinnen, jemals etwas so Widerliches gerochen zu haben. Die Menschen sprechen von »Gespenster sehen« oder »Gespenster hören«. Noch niemals ist jemand auf den Gedanken gekommen, »Gespenster zu riechen«. Wenn ich mir doch nur die Nase zuhalten könnte!

31. März

X-107 tut sein möglichstes, mich von meiner Depression zu heilen. Er hat da eine besondere Methode. Er beginnt einfach mit mir eine Diskussion über diese oder jene Einrichtung auf Ebene 7 und versucht, eine vernünftige Erklärung für ihr Vorhandensein zu finden. Dieses intelligente Spiel vermag mich meist so abzulenken, daß ich den Gestank vergesse.

Stets resultieren unsere Diskussionen in der Feststellung, daß die Konstrukteure von Ebene 7 sorgfältig geplant und gebaut haben. Wenn wir glauben, verbesserungswürdige Einrichtungen entdeckt zu haben, erwiesen sich die vorhandenen nach eingehender Prüfung doch als die einzig richtigen. Die logische Folgerung aus unseren Beratungen ist, daß Ebene 7 die beste Ebene und damit auch die beste Welt überhaupt sein muß.

Um ein Beispiel zu nennen – die Knopfdruckzentrale. Hätte jeder ungehinderten Zutritt zu ihr, bestünde die Gefahr, daß zwei Verrückte sich zusammentäten, um die verhängnisvollen Knöpfe auf den »Schreibmaschinen« zu drücken. Auch wenn wir vier Offiziere Spezialschlüssel besäßen, wäre eine Katastrophe nicht ausgeschlossen. Schlüssel lassen sich stehlen, oder – was genauso schlimm wäre – man kann sie verlieren. In einem solchen Fall wären wir daran gehindert, in die Zentrale einzudringen.

Um alle diese Eventualitäten auszuschalten, öffnet sich die Tür selbsttätig, wenn wir unseren Dienst antreten; sie bleibt jedem anderen verschlossen. Das System ist einfach: Jeder, der vor die Tür tritt, wird auf einem Bildschirm sichtbar, der von einem anonymen

Wächter beobachtet wird. Dieser wiederum entscheidet jeweils, ob die Person die Zentrale betreten darf oder nicht.

»Aber angenommen«, sagte ich heute zu X-107, »wir beide entschließen uns dazu, während der Ablösung auf die Knöpfe zu drücken. Vielleicht sind wir das ewige Warten leid oder ertragen die Nervenanspannung nicht mehr länger. Was dann? Wer könnte uns beide daran hindern, den Atomkrieg auszulösen.«

Ehe X-107 antworten konnte, kam wieder die weibliche Stimme aus dem Lautsprecher: »Keine Sorge! Auf Ebene 7 gibt es einen Supervisor, der in seinem Raum seinen Knopf zu drücken hat, ehe die Zentrale mit den Raketenabschußbasen verbunden wird. Das ist der Sicherheitsfaktor gegen die Möglichkeit, die Sie soeben andeuteten, Offizier X-127.«

»Siehst du«, sagte X-107, »da hast du deine Antwort. Ein absolut sicheres System.«

»Und außerdem«, füge ich hinzu, »werden wir so intensiv bewacht, daß wir nicht einmal unbemerkt verrückt werden können. Ist es nicht so, Miss Lautsprecher?«

Der Lautsprecher schwieg. X-107 und ich begannen sofort eine Diskussion darüber, warum er diesmal keine Antwort gab. Es konnte viele Gründe geben. Vielleicht interessierte sich die Dame nicht mehr für unser Gespräch und hatte abgeschaltet. Oder sie hörte noch zu, machte sich aber nicht die Mühe, uns zu antworten.

Er meinte, sie höre nicht mehr zu, ich vertrat die Auffassung, sie wolle nicht antworten. X-107 führte aus, daß sie nur sehr selten reagiere, und wenn, dann habe sie stets die passenden Antworten zur Hand. Das bedeute, daß sie nicht sehr oft lausche, aber nur auf bestimmte Fragen antworten durfte. Niemand konnte seine Auffassung beweisen. Dann entsann ich mich, schon bei früheren Gelegenheit den Lautsprecher in meinem Tagebuch erwähnt zu haben. Vielleicht würde uns das einen Hinweis geben können. Zum erstenmal erhielt mein Tagebuch einen praktischen Wert, außerdem – ich weiß nicht, warum – machte mir die ganze Sache Spaß.

Ich fand die Eintragung sehr bald. Sie war am 23. März gemacht worden. Damals hatte ich mich laut darüber gewundert, warum ausgerechnet ich dazu ausersehen worden war, Knopfdrücker zu werden. Ich las X-107 die Eintragung aus dem Tagebuch laut vor und kam bis zu der Stelle, wo ich »Knopfdrücker« sagte, als im Lautsprecher unter der Decke ein kaum vernehmliches Klicken ertönte. Sofort schwieg ich und sah X-107 an. Der grinste und nickte. Er hatte es also auch gehört.

Wir warteten schweigend, aber kein Laut kam aus dem Gerät.

Plötzlich rief X-107: »Knopf drücken!«

Wieder das Klicken. Abermals warteten wir, aber der Lautsprecher blieb auch weiterhin stumm. X-107 sagte: »Da haben wir es. Oben an der Decke ist nicht nur ein Lautsprecher, sondern auch ein Mikrofon. Und dieses Mikrofon reagiert auf ein ganz bestimmtes Wort, das, das ich eben gebrauchte. Sobald man es ausspricht, schaltet sich das Mikrofon automatisch ein und überträgt der unbekannten ›Dame‹ unsere Worte. Sie hört zu und mischt sich ein, wenn sie es für richtig hält.«

»Ob sie sich dafür interessiert, daß wir hinter ihr Geheimnis gekommen sind?« fragte ich und mußte dabei zugeben, daß X-107 mit seiner Theorie recht haben konnte. Immerhin wollte ich noch einmal eine Bestätigung. »Knopf drücken!« sagte ich laut.

Diesmal hörten wir kein Klicken. Ich sah X-107 an und wartete auf eine Erklärung.

Er grinste. »Und ob sie sich für unser Gespräch interessiert«, sagte er. »Sie hatte noch nicht abgeschaltet, darum konnte sich das Mikrophon auch nicht einschalten. Es klickt nur, wenn es sich einschaltet.«

»Also gut«, nickte ich, »du hast recht. Aber wenn die Anlage dazu dienen soll, darüber zu wachen, daß wir keinen Krieg starten, ist sie wohl jetzt nicht mehr viel wert, was? Wir können soviel planen, wie wir nur wollen, ohne das Schlüsselwort zu sprechen.«

»Das war auch vorher der Fall«, antwortete X-107, »und sie haben bestimmt gewußt, daß eine Einrichtung, die auf nur ein Kennwort reagiert, keine ausreichende Sicherheit bedeutet. Ich glaube persönlich nicht, daß man uns überwachen will, denn sonst hätte man eine wirkungsvollere Methode angewandt. Das Kennwort betrifft unsere Arbeit hier unten, und ich glaube, man will uns dabei helfen und uns ab und zu einen Rat geben. Wir sollen uns unserer Pflichten wegen keine unnötigen Sorgen machen.«

Das Mädchen am Lautsprecher – wenn es noch lauschte – gab keinen Kommentar, aber ich war überzeugt, daß X-107 mit seiner Vermutung recht hatte. Man kümmerte sich sehr vorsorglich um die KD-Offiziere hier unten.

Trotzdem – die beste aller Welten . . .? Wie kann man hier in diesem Elend von der besten aller Welten sprechen? Während X-107 und ich über die Lautsprecheranlage diskutierten, fühlte ich mich fast glücklich, aber jetzt, da ich dies niederschreibe, ist dieser Gestank wieder in meiner Nase . . .

1. April

Gestern abend und auch heute morgen wurden wir mehrmals über die Anlage gewarnt, keine der üblichen Aprilscherze vom Stapel zu lassen. Ebene 7 kann sich keine falschen Gerüchte erlauben. Keine Aprilscherze auf Ebene 7.

Diese Warnung war verständlich. Zwar garantierten die Sicherheitsvorrichtungen der Zentrale dafür, daß nicht versehentlich ein Krieg ausbrach, aber Aprilscherze konnten auch in ganz anderer Hinsicht böse Folgen haben.

Angenommen, jemand würde die Parole verbreiten, wir kämen bald wieder an die Oberfläche zurück. Nicht jeder würde das Gerücht glauben, aber ein winziger Funke Hoffnung bliebe, der besser schnell und schmerzlos sterben sollte. Sich an das Leben hier unten zu gewöhnen ist schwer genug, auch wenn man davon überzeugt ist, den Gedanken an eine Flucht aufgegeben zu haben.

Nur der Gedanke an eine Rückkehr zur Oberfläche läßt mein Herz schneller schlagen. Ich vergesse sogar den Gestank dabei. Ein Bild jagt das andere, und es ist, als habe ein frischer Hauch von oben den Weg nach hier gefunden und den Gestank fortgeweht.

Das sind schöne Gedanken, aber auf lange Sicht bringen sie keinerlei Vorteile. Sie sind wie Rauschgift. Ich würde es eines Tages nicht verhindern können, daß sich der Gedanke an eine Flucht in meinem Gehirn einnistet. Vielleicht würde ich dann sogar beginnen, an eine Möglichkeit zur Flucht zu glauben – und dann würde ich bestimmt verrückt.

Nein, keine Aprilscherze auf Ebene 7. Wir leben in einer ernsten Welt. Keine Scherze, keine Witze, keine Aprilnarren. Wir sind alle klug und weise, selbst am 1. April.

Aber – sind wir das wirklich? Sind wir nicht das ganze Jahr die größten Aprilnarren der Welt? Machen wir uns nicht alle das ganze Jahr etwas vor? Jeder dem anderen? X-107 schickt mich ständig in den April und ich ihn, natürlich. Diese weiche Mädchenstimme am Lautsprecher – sie narrt uns alle beide. Wir alle versuchen, den anderen über unsere wahren Empfindungen hinwegzutäuschen.

Wir täuschen aber nicht nur die anderen, sondern auch uns selbst. Wir machen aus uns selbst die größten aller Aprilnarren. Jeder lügt sich selbst etwas vor und redet sich ein, es zu glauben, obwohl er genau weiß, daß es Lügen sind.

Sehr richtig: Keine Aprilscherze auf Ebene 7, denn Ebene 7 beherbergt das ganze Jahr Aprilnarren.

2. April

Heute habe ich bessere Laune. Ich versuche, eine Erklärung dafür zu finden, aber es ist unmöglich. Die Depression ist einfach verschwunden, und von dem Gestank ist auch nichts mehr zu bemerken. Es ist plötzlich so, als sei er niemals vorhanden gewesen.

Veilleicht ist es so zu erklären, daß ich den tiefsten Punkt der Depression erreichte und es somit nur zwei Möglichkeiten gab; sich zu erholen – oder völlig verrückt zu werden. Nun gut, ich erholte mich. Von der geistigen Ebene 7 kletterte ich empor, bis der Himmel – streng geistig gesprochen, selbstverständlich – sich wieder über mir klärte.

Da fällt mir ein: Gestern erklärte mir jemand, wie unsere Luftvorräte hergestellt werden. Vielleicht hat auch das dazu beigetragen, den Gestank zu vertreiben.

Ich traf den Mann gestern im Aufenthaltsraum. Er stellte sich mir als AS-127 vor, wobei AS die Abkürzung für »atmosphärische Sauberkeit« darstellt. Er war also für die Lufterneuerung verantwortlich. Sobald ich erfuhr, daß er einer jener Männer war, die uns mit Frischluft versorgen, begann ich ihn auszufragen. Ich wußte nicht sofort, warum mich dieses Problem so sehr interessierte, aber später begann ich zu ahnen, daß tief in meinem Unterbewußtsein die Hoffnung keimte, durch eine einwandfreie Erklärung die Einbildung des Gestankes loszuwerden, der immer wieder in meiner Nase auftauchte.

Er tat so, als sei das alles die einfachste Sache von der Welt. Vielleicht hat er recht, und das Grundprinzip ist wirklich so einfach, wie es sich anhört. Die Wissenschaftler standen vor der Aufgabe, Frischluft zu erzeugen, ohne sie mit der irdischen Atmosphäre in Berührung zu bringen. Natürlich wäre es leichter gewesen, die Luft einfach von oben nach unten zu pumpen, aber das wäre sehr gefährlich geworden, selbst dann, wenn eine in der Nähe explodierte Bombe die unbedingt erforderlichen Radioaktivfilter nicht zerstört hätte.

Glücklicherweise fanden sie dann eine Methode, die uns von der Atmosphäre der Erde unabhängig machte. Sie imitierten einfach die Natur im kleinen Rahmen. Während des Tages verwandeln Pflanzen auf der Erde das vom Menschen ausgeatmete Kohlendioxyd in Sauerstoff. Die Wissenschaftler sorgten dafür, daß genau das gleiche auch hier unten geschah, um ein Leben hier unten zu ermöglichen.

»Das aber war es«, erklärte mir AS-127, »was in der praktischen Ausführung auf Schwierigkeiten stieß. Denken Sie nur an die Bedingungen, die zum Gedeihen der Pflanzen führen: Jahreszeiten, Tag und Nacht, Sonnenschein, fruchtbarer Boden und die notwendigen Mineralien, die zum eigentlichen Wachstum unerläßlich sind. Alles das existiert auf Ebene 7 nicht. Die Wissenschaftler schufen also entsprechende Nährflüssigkeiten und – was sehr wichtig ist – den notwendigen künstlichen Sonnenschein. Sehr kompliziert, aber sie hatten Erfolg. Außerdem fanden sie eine Methode, möglichst viele Pflanzen auf begrenztem Raum wachsen zu lassen.«

»Ich habe hier unten noch nie eine Pflanze gesehen«, warf ich ein. AS-127 lachte.

»Das wundert mich nicht. Haben Sie geglaubt, sie würden überall wachsen? Dazu sind sie zu kostbar. Es gibt ein besonderes Treibhaus, und sie werden besser gehütet als jede ewige Flamme eines heiligen Tempels. Außer mir oder den anderen AS-Offizieren darf niemand das Gewächshaus betreten. Aber durch die Ventilationsschächte nehmen Sie am Erfolg unserer Arbeit teil.«

Ich konnte es ihm nicht übelnehmen, wenn seine Worte sehr selbstzufrieden klangen. Er war der Priester eines Heiligtums, was die Lufterneuerungsanlagen ja auch waren. Er durfte stolz sein, denn von seiner Arbeit hing unser aller Leben ab. Fast fühlte ich so etwas wie Neid. Er mußte nicht Tag für Tag herumsitzen und auf einen Befehl warten, der sein Dasein erst rechtfertigte. Aber ich fühlte mich auch irgendwie beruhigt. Vielleicht deshalb, weil das Lufterneuerungssystem trotz seiner technischen Kompliziertheit so naturverbunden war. Es ist gut zu wissen, daß die Luft, die wir atmen, nicht aus Flaschen oder aus Chemikalien stammt.

Und noch etwas beruhigt mich: Musik. Eigentlich entdeckte ich das erst gestern. Ich hatte schon mehr als einmal eines der beiden Programme eingeschaltet, aber nur dann, wenn meine Nerven zu versagen drohten. Gewöhnlich schaltete ich nach wenigen Minuten wieder ab. Gestern abend jedoch lauschte X-107 sehr lange dem klassischen Programm und nahm an, ich schliefe schon längst. Ich lag auf meinem Bett und hatte die Augen geschlossen. Die Musik hüllte mich ein und versetzte mich in eine Art Dämmerzustand, der alles, bis auf mein Gehör, einschläferte. Nur die Musik war noch gegenwärtig. Heute früh lauschte ich wieder der Musik und war gespannt, ob der Effekt sich wiederholen würde. Er tat es.

Es erinnert mich an Rauschgift. Aber das Narkotikum ist ungefährlich, im Gegensatz zu jenen Träumen, die mich an die Oberfläche bringen. Musik ist ein Beruhigungsmittel ohne Nachwirkungen, soweit ich im Augenblick beurteilen kann. Ich werde es mir für die Zukunft merken.

Noch ein Gutes hat dieses Rauschgift: Es geht niemals aus. Der Süchtige kann jederzeit seine Dosis erhalten, wenn er das Programm einschaltet, das niemals zu enden scheint. Wie lang müssen diese Tonbänder sein? Es gibt Leute, die seit dem ersten Tag regelmäßig die Musik hören, und sie sagen, daß bisher kein einziges Stück zweimal gespielt wurde.

3. April

Es ist wirklich merkwürdig. Gestern noch wunderte ich mich, wie lang die Tonbänder sein müssen, und heute, beim Mittagessen, tauchte die Behauptung auf, daß die Stücke des ersten Tages wiederholt würden. Einige der Kenner sagten, sie hätten Beethovens »Eroika« am 21. März gehört – und heute wieder. Die Liebhaber der leichten Musik äußerten sich ähnlich, wenn ich da auch nicht mehr weiß, von welchen Schlagern sie sprachen.

Die Tonbänder reichen also für zwölf Tage. Das ist zwar sehr lang, zugegeben, aber es enttäuscht doch. Beim Mittagessen verbarg niemand sein Bedauern über die Entdeckung, und ich muß zugeben, auch ich fühlte mich niedergedrückt. Ich weiß aber nicht, warum das so ist.

Ich habe mir nie viel aus Musik gemacht. Es gibt einige klassische Werke, die ich liebe und kenne, aber alles andere interessiert mich nicht, ob es nun neu im allgemeinen oder nur neu für mich ist. Was ich bisher auf dem Tonband gefunden hatte, gefiel mir, und soweit es mich anging, bedeutet der Vorrat von zwölf Tagen schon eine ganze Menge.

Und doch gab mir die Erkenntnis, daß unser Programm nur zwölf Tage lang war, einen schmerzhaften Stich. Es hätte auch länger dauern können, der Effekt wäre der gleiche geblieben. Meinetwegen konnte das Programm einen Monat oder gar ein ganzes Jahr dauern. Aber wenn mir jemand erzählen würde, dann beginne es wieder von vorn, hätte ich den Stich genauso gefühlt. Es war also nur die Tatsache, daß unser Programm begrenzt war, die mich so enttäuschte.

Ich wünschte, etwas – irgend etwas – auf Ebene 7 sei unbegrenzt. Der Mensch, so glaube ich, sehnt sich immer nach beständigeren und unbegrenzteren Dingen, als er selbst ist. Vielleicht ist das auch der Grund, warum der Mensch die frische Luft so liebt – es gibt so unendlich viel davon. Wenigstens auf der Oberfläche. Aus dem gleichen Grund sieht er vielleicht auf den Ozean hinaus, der weiter als der sichtbare Horizont reicht, oder er durchquert die Wasserwüsten, um neue Länder zu finden.

Ich glaube, uns allen auf Ebene 7 erschien das endlos laufende Tonband wie eine letzte Erinnerung an die Grenzenlosigkeit des Unendlichen. Alles andere hier unten war beschränkt und eng. Raum war eine Kostbarkeit, und die engen Zimmer symbolisierten die Grenzen unseres Daseins. Unsere Ernährung war alles andere als unbegrenzt. Die Auswahl unserer Freunde war nicht groß, daher ebenfalls beschränkt. Sogar der Energievorrat hatte seine Grenzen; vielleicht würde der Atomreaktor tausend Jahre arbeiten – aber wir wußten, daß er es nicht für immer tun würde.

Nur das Tonband war bisher unendlich lang und unbegrenzt gewesen. Es war der Ozean und der Himmel, ein grüner Dschungel, der auf seine Erforscher wartete. Wenn wir uns auch sagten, es sei lächerlich, aber für uns war das niemals endende Programm so etwas wie Unsterblichkeit.

Es hatte unserem trüben Dasein so etwas wie einen Sinn gegeben und uns an einen Sonnenstrahl erinnert, der alle Hindernisse über uns überwunden hatte und bis in unsere Tiefen gedrungen war.

Und nun stellte es sich heraus, daß dieses Tonband genau zwölf Tage lief, um dann wieder von vorn zu beginnen.

4. April

Beide Tonbänder, das wissen wir nun, laufen je zwölf Tage, dann wiederholen sie sich. Wenn wir Lust dazu verspüren, können wir sogar exakte Programme für die nächsten zwölf Tage aufstellen. Wir können wissen, was wir in einem Monat oder zehn Jahren hören werden. Wir brauchen nichts anderes zu tun, als auf einem Kalender das Stück einzutragen, das eben gespielt wurde. In zwölf Tagen wiederholt es sich, dann in vierundzwanzig, in sechsunddreißig Tagen . . .

Niemand hat, soweit ich weiß, eine solche Liste angelegt, aber es wurde gestern und heute viel über die Tonbänder gesprochen. Sogar X-107 machte einen niedergeschlagenen Eindruck. Zwar äußerte er kein Wort, aber es macht ihm keinen Spaß mehr, sein Musikprogramm einzuschalten. Wenn ich es tue, bittet er mich, wieder abzuschalten. Für ihn muß die Musik mehr bedeutet haben als für mich.

Ich kann ihn aber nicht dazu veranlassen, daß er den begrenzten Musikvorrat offiziell bedauert. Für ihn ist Ebene 7 immer noch die beste aller Welten. Als ich ihm vorhielt, man hätte doch wenigstens ein Tonhand herstellen können, das ein Leben lang ohne jede Wiederholung lief, von dem man also niemals wußte, wann es begann oder endete, entgegnete er, das sei absurd.

»Ebene 7«, sagte er, »ist begrenzt. Was den Raum angeht: sogar sehr begrenzt. Das weißt du ja selbst. Für Luxus bleibt kein Platz. Bedenke nur die Schwierigkeiten bei der Unterbringung der lebensnotwendigen Einrichtungen, die genügen müssen, 500 Menschen für ein halbes Jahrtausend existieren zu lassen. Wir haben genug Lebensmittel und andere Vorräte, die uns mehr als tausend Meter unter der Erde völlig unabhängig machen, was man von manchen Ländern auf der Oberfläche niemals behaupten könnte. Das alles ist ein wahres Wunder des menschlichen Erfindergeistes und des technischen Fortschritts.«

»Du zwingst mich fast dazu«, meinte ich sarkastisch, »für das kurze Radioprogramm direkt dankbar zu sein.«

»Das solltest du auch«, erwiderte X-107. »Sie richteten sogar einen Aufenthaltsraum ein. Hast du vielleicht noch einen Konzertsaal erwartet?«

»Schon gut«, wehrte ich ab. »Was aber ist mit Büchern? Manchmal möchte ich doch etwas anderes lesen als nur mein Tagebuch. Wahrscheinlich soll ich auch noch dankbar sein für das Papier, auf dem ich schreibe.«

»Wäre es dir lieber, du würdest in einer Bücherei verhungern?«

Ich gab es auf. Ich konnte X-107 niemals von meinem Standpunkt überzeugen, weil er sich eben nicht überzeugen lassen wollte. Es war einfach notwendig für ihn, an die Unfehlbarkeit der Einrichtungen auf Ebene 7 zu glauben, damit er sich vor ihren Nachteilen verschließen konnte.

Weil der Raum auf Ebene 7 begrenzt ist, kann es auch nur ein begrenztes Musikband geben, und wo kein Raum für ein längeres Band ist, hat auch der Gedanke an die Unendlichkeit keinen Platz. Es ist besser, nicht mehr darüber nachzudenken.

5. April

Während ich heute unter der Brause stand und doch wieder über den Platzmangel auf Ebene 7 nachdachte, fiel mir plötzlich auf, wie merkwürdig es doch war, daß die Konstrukteure es für notwendig hielten, X-107 und mir einen extra Baderaum zuzubilligen. Es wäre doch nicht so schlimm gewesen, wenn wir vier KD-Offiziere einen Baderaum gemeinsam besessen hätten. Ja, sogar zehn Männer hätten sich einen solchen ohne Schwierigkeiten teilen können.

Eine halbe Stunde später traf ich P-867 im Aufenthaltsraum, und wie gewöhnlich verwickelte sie mich in ein Gespräch. Durch puren Zufall – vielleicht kam es aber auch daher, weil ich so frisch nach Seife roch – beschwerte sie sich darüber, daß sie heute nicht hätte baden können. Ich fragte sie, warum das so sei, und sie erklärte, daß sie sich mit fünfzig Frauen einen Baderaum teilen müsse. Jede von ihnen konnte nur einmal alle zweieinhalb Tage zu einer ganz bestimmten Stunde duschen, und wenn man diese Gelegenheit verpaßte, mußte man eben wieder zweieinhalb Tage warten. Sie hatte die Gelegenheit verpaßt. Sogar die Toilette, erwähnte sie nebenbei, wurde von zwanzig Frauen benutzt.

Das sei aber merkwürdig, betonte ich, und zwar nicht ohne ein gewisses Gefühl der Überlegenheit, daß je zwei KD-Offiziere einen Baderaum für sich hatten. Mehr denn je war ich über den Komfort überrascht, mit dem wir bevorzugt wurden.

Nicht so P-867, die für alles eine Erklärung wußte. »Der Typ des Mannes, der für die KD-Zentrale ausgewählt wurde, hat das Bedürfnis, sich täglich zu baden. Für Männer wie Sie oder Ihre Kameraden ist das Fehlen einer Gelegenheit dazu nicht nur eine bloße Unannehmlichkeit, sondern ein gefährliches Störelement. Sie könnten neurotische Symptome entwickeln, und wer weiß, was sonst noch. Es ist also ganz natürlich, daß alles so ist, wie es ist.«

Mir fiel ein, daß ich tatsächlich sehr gern und oft meine Hände wusch, obwohl ich niemals zuvor auf den Gedanken gekommen wäre das psychologisch erklären zu wollen. Mir schien es eine hygienische Angewohnheit zu sein. Immerhin hatte mich ihre Erklärung ein wenig unsicher gemacht – wie fast alle ihre Erklärungen –, und ich sagte etwas von »Gleichheit für alle« und Höflichkeit Frauen gegenüber. Aus beiden Gründen hätte man schließen können, daß P 867 und den anderen Frauen die gleichen Rechte wie uns KD-Offizieren zustanden.

Sie sagte, das sei absoluter Unsinn. »Die alten Vorurteile haben im atomaren Zeitalter keine Gültigkeit mehr«, versicherte sie mir und fügte lachend hinzu: »Demnächst wollen Sie Raketen mit Pfeil und Bogen bekämpfen.« Gleichheit, meinte sie, habe auf Ebene 7 keine Daseinsberechtigung. Meine Aufgabe sei eine andere als die ihre, und man hätte mich deshalb ausgesucht, weil mein gefühlsmäßiger und charakterlicher Aufbau anders sei als der ihre. Die Bevorzugung meiner Person sei also kein Privileg, sondern lediglich eine Notwendigkeit, wenn ich meine Aufgabe sorgfältig erfüllen solle. Das war der einzige Grund, sonst nichts.

»Und was ist mit Ihrer Aufgabe?« wollte ich wissen. »Spielt die Bequemlichkeit keine Rolle in ihrem Leben?«

»Nicht so sehr wie in dem Ihren. Nehmen Sie die Geschichte mit dem Waschraum. Ein Psychologe wird mit seinem Sauberkeitsbedürfnis – wenn er je eines besaß – schneller fertig, noch während des Lehrganges. Natürlich finde ich unseren überfüllten Baderaum nicht gerade angenehm, aber der Gedanke daran macht mich nicht verrückt, selbst wenn ich einen Monat lang nicht bade.« Und sie kicherte.

Die Bemerkung gefiel mir gar nicht, und für einen Augenblick fühlte ich mich körperlich von ihr abgestoßen. Wenn sie ihr Wissensgebiet absolut beherrschte, dachte ich, hätte sie mir ihre Gleichgültigkeit hygienischen Dingen gegenüber nicht so offen zugeben dürfen, falls die Wert darauf legte, daß ich etwas von ihr hielt. Und das tat sie doch offensichtlich.

6. April

Heute früh gab der Lautsprecher bekannt, daß ein neues Programm in die Darbietungen aufgenommen werde. Und zwar eine Serie von Direktreportagen mit dem Gesamttitel: »Kenne deine Ebene!« Die halbstündigen Gespräche sollten täglich gesendet werden und alle Aspekte des Lebens auf Ebene 7 betreffen.

Die Bekanntmachung erregte allgemeines Interesse. Die Menschen hier unten hatten begonnen, sich umzusehen und ihre Umgebung kennenzulernen, und wenn es auch nur deshalb geschah, sich einzugewöhnen und zu vergessen, was sie instinktiv haßten. Die täglichen Gesprächssendungen werden instruktiv sein, ganz abgesehen davon, daß sie die Langeweile vertreiben helfen.

Ganz besonders ist man über die Tatsache erfreut, daß es sich um Live-Sendungen und keine Aufzeichnungen handelt. Wir alle leben in einer so perfekten Automation, daß der Gedanke, auch diese Gespräche könnten schon vor langer Zeit aufgenommen und gespeichert worden sein, um sie nach Belieben wiedergeben zu können, ganz unwillkürlich und ohne Überlegen auftauchte. Daß dem nicht so ist, kann als geringer Ausgleich für das begrenzte Musikband angesehen werden. Die neue Sendung wird lebhaft diskutiert. X-107 meint, sie könne recht interessant werden. »Wir müssen doch die Welt, in der wir leben, genau kennenlernen, nicht wahr?« fragte er mich.

Ich beginne mich zu fragen, ob das Diskussionsprogramm nur deshalb eingeführt wird, um die Enttäuschung über die Musikbänder zu verringern. Schließlich wird man ja daran interessiert sein, uns bei relativ guter Laune zu halten.

Vielleicht war dem aber auch nicht so. Es konnte ja auch sein, daß dieses Informationsprogramm von Anfang an geplant war, aber nicht eher gesendet werden sollte, als bis wir uns an die neue Umgebung gewöhnt hatten. In den ersten Tagen unseres Aufenthaltes auf Ebene 7 waren wir alle zu sehr damit beschäftigt gewesen, über unser Schicksal nachzudenken, um die notwendige Konzentration für eine Serie von Vorträgen aufzubringen. Heute aber, da wir alle den ersten Schock überwunden haben, können die Diskussionen unsere Anpassung an die neue Welt nur festigen.

Nur X-107's Einfluß ist es zu danken, daß ich so darüber denke. Meine Diskussionen mit ihm mögen bewirkt haben, daß auch ich nun jedes Ereignis zu analysieren versuche und sämtliche Alternativen überprüfe. Früher verteidigte X-107 die eine, ich die andere Seite. Heute komme ich ohne ihn aus. Ich diskutiere mit mir selbst, erfinde Argumente für und wider und werde so in jeder Beziehung unabhängiger. Ja, ein unabhängiger Bürger einer unabhängigen Welt auf Ebene 7.

Nun, bald werden wir ja alles Notwendige über Ebene 7 erfahren. Wir werden die Befehle begreifen, die wir heute noch blind ausführen. Denn bis heute erhielten wir nur Kommandos – im übertragenen Sinne Trockengemüse. Nun werden wir die Gründe der Kommandos kennenlernen – die richtige, saftige Mahlzeit, um bei meinem Vergleich zu bleiben. Wenigstens hoffe ich das.

Die erste Sendung muß jeden Augenblick beginnen. Ich werde aufhören zu schreiben, wenn das geschieht. Ah, die Ankündigung . . . Das erste Gespräch in der neuen Serie »Kenne deine Ebene« ist betitelt: »Nachrichtensysteme auf Ebene 7«.

Der Vortrag ist beendet. Er war in klarer und deutlicher Sprache von einer Frau gehalten worden – aber nicht von jener, die wir von den Bekanntmachungen her kennen. Sie hatte eine tiefe Stimme, und ich hatte den Wunsch, sie einmal singen zu hören.

Viel Neues hatte ich jedoch nicht erfahren können. Der Vortrag beschrieb das genau ausgeklügelte Nachrichtensystem auf Ebene 7.

Da war also zuerst der »allgemeine« Lautsprecher – wir hatten ihn oft genug vernommen – in den Diensträumen, im Wohnzimmer, in den Baderäumen und anderswo. Dann gab es die »Abteilungslautsprecher«, die nur eine Verbindung zwischen der Kommandostelle und den einzelnen Sektionen darstellten, also entweder zu den Psychologen oder der KD-Zentrale. Dann war noch das »Privatsystem« vorhanden, das lediglich Einzelpersonen ansprach und ihnen Befehle oder Hilfe gab. Diese drei verschiedenen Systeme arbeiten unabhängig voneinander, wenn auch über die gleichen Leitungen und Lautsprecher. Sollten sich bei einer Gelegenheit zwei Sendungen überschneiden, würde das Wichtigere den Vorrang erhalten. Auch das war einfach: Zuerst kam das »Abteilungssystem«, dann das »Allgemeine System« und zuletzt das »Private System«.

Natürlich konnte jedes einzelne Mitglied unserer Gemeinschaft auch von sich aus Verbindung mit dem Oberkommando aufnehmen. Man mußte nur den dafür vorgesehenen roten Knopf drücken, um die Vermittlung anzurufen. Der Diensthabende würde einen sofort mit der gewünschten Stelle in Verbindung setzen, was wiederum auf das angeschnittene Problem ankam. Doch wurde darauf hingewiesen, daß man von dieser Möglichkeit nur im Notfall Gebrauch machen sollte, also bei plötzlicher Krankheit, Versagen der Instrumente oder ähnlichen Ereignissen. Die Vortragende erwähnte keine versteckten und selbständig arbeitenden Mikrofone, wie X-107 und ich eines in unserem Zimmer entdeckt hatten. Vielleicht gab es sie auch nur in den Räumen der KD-Offiziere.

Ich kannte die erwähnten roten Knöpfe natürlich und hatte oft genug gelesen, was unter ihnen stand: Im Notfall eindrücken und dann sprechen. Bis heute war noch kein solcher Notfall eingetreten, obwohl ich oft genug das Verlangen unterdrückt hatte, den roten Knopf zu drücken und zu rufen: »Laßt mich hier heraus!«

Der Vortrag beschränkte sich auf Ebene 7. Von einer Verbindung zur Außenwelt wurde nichts erwähnt, obwohl eine solche ja bestehen mußte, denn wie sollte man sonst wissen, wann die KD-Zentrale in Aktion treten sollte? Ein Hinweis darauf wäre faszinierend gewesen, denn eine solche Leitung wäre der Kontakt zur Welt, die wir hinter uns gelassen und fast vergessen hatten. Darum aber, so schloß ich, wurde sie auch nicht erwähnt. Man will uns nicht an die Vergangenheit erinnern. Wir müssen uns an das Leben in mehr als tausend Meter Tiefe gewöhnen. Also kein Wort über die Welt dort oben, die nicht mehr unsere Welt ist.

Damit bekommt die Sendung »Kenne deine Ebene« einen ironischen Anstrich. »Kümmere dich nicht um andere Welten«, scheint der Titel zu sagen. »Kenne nur die, in der du ewig leben wirst!«

7. April

Heute geschah im Aufenthaltsraum etwas sehr Merkwürdiges. Gewöhnlich finden die Unterhaltungen in Gruppen zu zweien oder dreien statt. Man spricht nur sehr leise und schweigt noch öfter. Heute war das anders. Ein Mann – ich erfuhr später, daß er ein Philosoph war und Ph-107 hieß – hielt eine Ansprache. Alle hörten ihm sitzend oder stehend zu, ohne ihn zu unterbrechen.

Das war ungewöhnlich. Ähnliches hatte ich auf Ebene 7 noch nicht bemerkt, und bis heute war bei noch keiner Gelegenheit eine öffentliche Rede gehalten worden. Es war, als sei man in die Zeiten bloßer Rhetorik zurückgekehrt. So etwas müssen die Männer in den alten Städten gesprochen und gelauscht haben. So merkwürdig es auch erscheinen mag, aber das Thema der Rede war »Demokratie« – Demokratie auf Ebene 7, um genau zu sein.

Es war ein Thema, das sehr zu interessieren schien. Sogar P-867, die sich selbst so gern sprechen hörte, schwieg und war so hingerissen, daß sie mich kaum bemerkte. Andere Frauen und Männer kamen in den Aufenthaltsraum, aber sie brachen ihr Gespräch sofort ab und hörten ebenfalls zu.

Ph-107 stellte etwa folgende Theorie auf:

Demokratie, sagte er, ist eine Herrschaft aller über alle. Um sie zu verwirklichen, habe der Mensch jedoch Kompromisse schließen müssen, z. B. das Gesetz, der Mehrheit zu folgen. Da die tatsächliche Regierungsgewalt stets in den Händen einiger weniger liegen muß, die wiederum die Mehrheit vertreten, war es den Zynikern möglich zu behaupten, daß eine Demokratie niemals Wirklichkeit werden kann. Es ist immer nur eine Schicht, sagen sie, die regiert.

Um solchen Argumenten entgegenzutreten, haben die Menschen die Regierungsgewalt der Elite beschränkt, indem sie Gesetze, Konstitutionen und Prinzipien erfanden. Die Herrschaft des Gesetzes, von der Herrschaft des Volkes opponiert, sei von jeher die Grundlage der Demokratie gewesen.

Also gut, wird der Zyniker antworten, dann bedeutet eben die Herrschaft des Gesetzes die Macht der Regierungselite – jener Leute nämlich, die die Gesetze schufen. Auch Prinzipien erfinden sich nicht selbst. Und wenn alle Gesetze bestehen, müssen sie durch

Richter, Juristen und Politiker interpretiert werden – also wieder vom Volk.

Diese Einwände, sagte Ph-107, sollten nicht unterschätzt oder vernachlässigt werden. Sie bilden die Grundlage jeder Demokratie – bis zum heutigen Tag. Nun, zum erstenmal in der menschlichen Geschichte, sei die absolute Form der Demokratie geschaffen worden: die Demokratie auf Ebene 7.

»Wie wir bereits gestern durch den Radiovortrag erfahren haben, gibt es bei uns keine persönlichen Vorgesetzten. Niemand hat den anderen zu grüßen. Wir gehorchen nur unpersönlichen Befehlen!« rief Ph-107 begeistert aus. »Wir erkennen nur die Autorität des Lautsprechers an, die suprapersönliche Personifizierung von uns allen.«

»Es ist«, fuhr er fort, »die ultimative und einzig logische Form der Demokratie! Gereinigt von persönlichen Elementen und bis zur Quintessenz gesäubert, nur die Abstraktion ist geblieben. Demokratie auf Ebene 7 ist die einzig mögliche Art wahrer Demokratie, nicht nur in der heutigen Welt, sondern in der menschlichen Geschichte überhaupt.«

Als er endete, schwiegen wir. Dann aber sagte jemand im Hintergrund: »Am anderen Ende des Lautsprechers sitzt sicherlich jemand, der die Befehle erläßt, oder?«

»Gibt es dafür Beweise?« antwortete Ph-107 zu unserer Überraschung. »Vielleicht spricht nur ein Tonband zu uns. Aber selbst dann, wenn es ein lebendiger Mensch ist, so bleibt er doch anonym und repräsentiert somit uns alle. Denkt doch an Volkskunst und Volkslieder. Zu irgendeiner Zeit muß sie jemand erschaffen haben, aber es ist gerade ihre Anonymität, die sie Ausdruck und Eigentum eines Volkes werden läßt.« Er lächelte triumphierend und fragte dann: »Noch mehr Fragen?«

Es schien, daß noch jemand anders mit seinen Formulierungen nicht ganz einverstanden war – eine Frau diesmal. »Wollen Sie damit behaupten«, fragte sie, »daß die Herrschaft des Lautsprechers, nur weil er anonym ist, die Herrschaft der Mehrheit und nicht einer Elite ist?«

»Nicht nur eine Mehrheit«, kam wie vorbereitet die Antwort des Philosophen, »sondern sogar die Herrschaft aller! Stimmen wir nicht alle jedem Befehl des Lautsprechers zu? Ist es nicht stets unter den gegebenen Umständen das einzig Vernünftige, was zu tun ist? Jeder vermag, wenn er sich die Mühe gibt, hinter den Kommandos die stichhaltigen Gründe zu entdecken, um derentwillen man sie gab. Und wenn Sie auch diese Gründe untersuchen, dann werden Sie feststellen, daß Sie genau die gleichen Anordnungen wie der Lautsprecher erlassen hätten, wäre das Ihre Aufgabe gewesen.« Er lächelte der Frau zu, die ihm die Frage gestellt hatte, und wandte sich dann wieder allgemein an seine Zuhörer. »Kann mir auch nur ein einziger ein Beispiel nennen, wo er nicht mit den erhaltenen Befehlen einverstanden gewesen wäre?«

›Das Kommando, Ebene 7 aufzusuchen‹, hätte ich jetzt am liebsten gesagt, aber dann erkannte ich, daß ich diesen Befehl erhalten hatte, bevor ich Ebene 7 kennenlernte. Er fiel also nicht unter die aufgerufene Kategorie, ganz abgesehen davon, daß jedes Argument ohnehin sinnlos sein würde.

Also schwieg ich.

Auch die anderen sagten nichts mehr, und bereits nach wenigen Minuten gab der Lautsprecher bekannt, daß unsere Zeit im Aufenthaltsraum abgelaufen sei. Worauf wir alle, aus unserem freien Willen heraus und somit völlig demokratisch, gingen. Lediglich Ph-107 blieb allein zurück, wahrscheinlich, um seine Rede vor den Nachfolgenden zu wiederholen. Unter den augenblicklichen Umständen, dachte ich, war das vielleicht sogar richtig und heilsam. Selbstverständlich gab der Lautsprecher mir recht, und Ph-107 erhielt sicherlich entsprechende Anweisungen.

9. April

In den vergangenen Tagen habe ich mehr Dienst machen müssen, weil X-117 krank wurde. Ich weiß nicht, was mit ihm los war. Sein Zimmerkamerad behauptete, es sei »etwas Psychologisches«. Meine Freizeit vergeht nun schneller – ich diskutiere mit X-107 und höre alle Sendungen der Serie »Kenne deine Ebene«.

Die Vorträge werden schon langweiliger, finde ich. Heute gab man uns eine ausführliche Erklärung über unsere Ernährung. Sehr aufmerksam hörte ich nicht zu, denn ein Gespräch über völlig geschmacklose Diät macht die Mahlzeiten auch nicht appetitlicher.

Eines aber merkte ich mir. Unsere Nahrung hat die ihr eigene Form nicht wegen des Platzmangels allein, sondern insbesondere deshalb, um den gegebenen Lebensbedingungen auf Ebene 7 gerecht zu werden. Sie enthält alle wichtigen Kalorien, Vitamine, Mineralien und anderen lebensnotwendigen Stoffe. Die Geschmacklosigkeit ist ebenfalls beabsichtigt, um unerwünschte Effekte zu vermeiden. Die Menschen würden mehr essen wollen, als ihnen zusteht. Sie würden, wenn sie mehr essen könnten, dick werden. Weil aber die notwendige Bewegung fehlt, könnte ihre Gesundheit darunter leiden. Auch hat man besonderes Augenmerk auf die Verdauung gerichtet, und ich glaube, die zum Essen gereichten Tabletten haben etwas damit zu tun. Sie sollen Magenbeschwerden verhindern, nehme ich an. Oben auf der Erde hatte ich niemals mit dem Magen zu tun, aber trotzdem war ich überrascht, wie schnell er sich an das Essen hier unten gewöhnte.

Ich war davon überzeugt, daß diese Informationen nicht zweckbedingt waren und die Nahrungsspezialisten tatsächlich ausgezeichnete Arbeit geleistet hatten, aber trotzdem fand ich die Ausführungen darüber langweilig.

Der Vortrag gestern war noch uninteressanter, ich kann mich des Themas schon nicht mehr entsinnen. Aber ohne Zweifel versuchte auch er uns einzureden, daß wir in der besten aller nur möglichen Welten lebten.

Völlig unabhängig, dank unserer hervorragenden Wissenschaftler, und dazu lebten wir – nach den Worten von Ph-107 – in der perfekten Demokratie. Was also wollten wir noch?

Aber es gab keinen Sonnenschein.

Ich wundere mich, wieso ich ausgerechnet daran denken mußte. Wie schade, daß sie dem Essen nichts beigemischt haben, das uns den Sonnenschein vergessen läßt. Anscheinend hat auch die Nahrungsmittelwissenschaft ihre Grenzen.

10. April

P-867 erwähnte heute im Aufenthaltsraum, daß ihre Kollegin einen äußerst interessanten Fall behandle. »Es ist ein Offizier in einer sehr wichtigen Position«, sagte sie und versuchte so, mich in ein Gespräch zu verwickeln. »Natürlich«, fügte sie mit arglistigem Lächeln hinzu, »ist jeder von uns in einer wichtigen Position tätig.«

Ihre Bemerkung interessierte mich tatsächlich, besonders weil ich ihren Worten zu entnehmen glaubte, daß der Patient vielleicht X-117 sein konnte. Ich beschrieb ihn, und sie bestätigte, daß er es war.

Ich kann nicht behaupten, daß ich X-117 gut kannte. In der Freizeit hielt er sich meist in seinem Zimmer auf, das er mit X-137 teilte, und mehr als ein paar gelegentliche Worte habe ich nicht mit ihm gewechselt, bevor er krank wurde. Was mich an seinem Fall interessierte, war nicht seine Person, sondern seine Funktion. Es war schließlich die gleiche, die auch ich hatte. Neben dem leicht sich rührenden Gemeinschaftsgeist war es vor allen Dingen also die Neugier, die mich wissen lassen wollte, was mit ihm geschehen war. Auch interessierte mich natürlich die Schwere seiner Krankheit, denn solange er fort war, hatte ich täglich acht, statt wie bisher sechs Stunden Dienst.

P-867 sah, daß ihre Informationen meine Aufmerksamkeit erregten, und teilte mir alles mit, was sie wußte.

X-117 war, behauptete sie, keine gute Wahl für Ebene 7 gewesen. Er dürfte überhaupt nicht hier sein. Eine der Grundbedingungen für jeden hier unten, ganz gleich, welche Arbeit ihm übertragen wurde, war die Tatsache, daß er keine starken familiären Bande haben durfte. Er sollte niemand auf der Erde zurücklassen. Aus diesem Grund hatten die Selektoren verheiratete Kandidaten ausgeschlossen, aber auch solche, die gute Beziehungen zu Eltern, Verwandten oder Freunden beiderlei Geschlechts besaßen. »Das ist eine der Methoden, um ganz sicherzugehen, daß die Leute hier unten völlig unabhängig sind und sich fühlen«, erklärte sie.

Meine eigenen Erinnerungen deckten sich mit dem, was sie sagte. Bevor ich damals für den Lehrgang zugelassen wurde, war ich durch verschiedene Kommissionen ausgefragt worden, und immer wieder hatte man sich erkundigt, wie meine Beziehungen zu Verwandten und Freunden wären. Damals wußte ich natürlich nicht, worauf alle diese Fragen hinausgingen, und glaubte, man wolle sich vor Spionage schützen. Glücklicherweise – nun, heute sage ich wohl besser: unglücklicherweise – besaß ich nur lockere Familienbande und so gut wie keine Freunde.

P-867 sagte, auch sie sei unabhängig gewesen, und darum habe man sie für Ebene 7 ausgesucht. Allerdings, so fügte sie hinzu, sei die damalige Entscheidung der Prüfungskommission nicht allein von den Informationen des Kandidaten abhängig gewesen, sondern man habe durch spezielle Fragen und psychologische Tests auch jene Personen herausgefunden, die leicht und schnell neue Beziehungen aufnehmen und somit neue Bande knüpfen konnten. Die ganze Ausbildung wäre vergeblich gewesen, wenn die entsprechenden Kandidaten zwar ungebunden, aber doch so gesellig waren, daß sie bereits im Übungslager feste Freundschaften schlossen, die sie für das Leben auf Ebene 7 ungeeignet machten.

Trotz der vielen Prüfungen müssen bei X-117 einige Tatsachen übersehen worden sein. Wenn ich P-867 glauben soll, ist X-117 in keiner Weise eine unabhängige Persönlichkeit. Es ist richtig, daß er bereits als Junge von fünfzehn Jahren den Kontakt zu seinen Eltern abbrach und selbständig wurde – das waren Fakten, die ihn für Ebene 7 geeignet erscheinen ließen. Aber nun zeigt er plötzlich Symptome einer unerklärlichen Zuneigung zu seiner Mutter.

»Psychologisch gesehen ist er ein leichter Fall«, erklärte P-867. »Eine neurotische Regression zur Kindheit, verursacht durch den Druck der Verhältnisse. Aber«, so fügte sie leise hinzu, »die Psychologen von oben, die ihn aussuchten, hätten niemals einen so schrecklichen Fehler begehen dürfen. Es war ihre Aufgabe, Menschen wie X-117 auszuschließen und solche zu finden, die neurotischen Anwandlungen widerstehen konnten. Wir können uns auf Ebene 7 keine geselligen Typen erlauben.« Und wieder kicherte sie dabei.

Ich war froh, als ich den Aufenthaltsraum verlassen konnte. X-117 tat mir leid, aber gleichzeitig beneidete ich ihn. Sicher, er litt und würde vielleicht verrückt werden, aber er tat es, weil er sich zu seiner Mutter hingezogen fühlte, zu einem anderen Menschen. Ich mag den Sonnenschein vermissen und stundenlang darüber nachdenken, aber ich verlor keine Sekunde wegen eines anderen Menschen. Ich begriff plötzlich, um wieviel ärmer ich war als mein unglücklicher Kamerad. Ich war, genau wie P-867 oder jeder andere auf Ebene 7, in psychologischer Hinsicht unabhängig. Mein Wohlergehen hing von niemand anderem ab. Wahrscheinlich konnte ich auch niemand lieben, genausowenig wie jeder andere hier – außer X-117. Und aus diesen und anderen Gründen war ich für Ebene 7 geeignet.

Nun tue ich mir selbst leid. Ich sitze hier an meinem Tisch und brauche niemand – wenigstens nicht unbedingt. Aber ich wünsche, ich brauchte doch jemand. Warum kümmern mich die anderen Menschen nicht? Ob hier oder dort oben – welche Rolle würde das schon spielen? Es ist, als sei meine Seele deformiert und ein Stück von ihr amputiert worden.

Aber ich spüre, daß es ganz gut so ist, wie es eben ist. Wenn wir alle so wie X-117 fühlen könnten, wäre Ebene 7 ein einziges Irrenhaus, nur mit Patienten angefüllt, die keine Ärzte mehr hätten. Ebene 7 könnte seine Funktion nicht erfüllen und würde damit aufhören zu existieren. Offensichtlich ist die jetzige Verfassung seiner Insassen also richtig.

Und doch wünsche ich, daß ich X-117 mehr bedauern könnte, als mir möglich ist.

11. April

Bin ich nun fähig oder nicht fähig, andere Menschen zu bedauern? Bin ich fähig, Freundschaft zu jemand zu empfinden oder gar jemand zu lieben? Kann ich Mitgefühl spüren?

Seit gestern plagen mich diese Fragen. Ich will kein Monster sein, und ein Mensch ohne Emotionen ist ein Monster. Welcher Unterschied besteht zwischen mir und einem elektronischen Gehirn? Es kann besser rechnen, fehlerfrei denken und arbeitet ohne Irrtümer. Es kann niemand gern haben. Ich kann das auch nicht.

Aber ich kann mich selbst bedauern, und das kann ein elektronisches Gehirn nicht. Das ist der Unterschied.

Ebene 7. Eine unsoziale Gemeinschaft. Eine Gemeinschaft sich selbst bedauernder Monster.

Sind wir nun wirklich Monster, oder verdienen wir Mitleid? Aha, da haben wir es wieder: Selbstbedauern! Aber ich sagte »sind wir« – womit bewiesen wäre, daß ich doch noch sozial denke. Wie tief aber mag das sitzen? Warum reibe ich mich so auf, indem ich darüber nachgrübele? Wäre ich eine richtige Maschine, würde ich sicherlich glücklicher sein.

Eine glückliche Maschine! Es wäre besser, ich hätte heute nicht geschrieben, sondern lieber Musik gehört, denn was ich da produziere, ist barer Unsinn. Vielleicht werde ich auch bald verrückt.

Wäre doch ein nettes Problem für die Psychologen: Kann ein Mann neurotisch werden, weil er darüber nachdenkt, warum er nicht neurotisch werden kann?

13. April

Ich finde die Vorträge der Reihe »Kenne deine Ebene« bei weitem nicht so interessant, wie ich anfangs gehofft hatte. Heute wurde der Versuch unternommen, das System der persönlichen Identifizierung auf Ebene 7 zu erklären. Unsere Namen enden alle mit der Zahl 7, weil wir auf Ebene 7 leben. Die Buchstaben kennzeichnen unsere Funktion. Die Bedeutung der beiden anderen Zahlen ist so kompliziert, daß ich erst gar nicht versuchte, sie zu begreifen. Aber auch da steckt System dahinter, wie hinter allem hier unten.

Nach Beendigung des Vortrages versuchte X-107 mit mir darüber zu diskutieren, warum wir nun mit Buchstaben und Ziffern gerufen wurden, statt unsere alten Namen beibehalten zu haben. Schon beim

Lehrgang hatte man uns mit dieser Methode vertraut gemacht, so daß uns die Praxis auf Ebene 7 nicht schwerfiel. Der Grund, so glaubte er, war in der Tatsache zu suchen, daß unsere richtigen Namen zu viele Erinnerungen an das Leben der Oberfläche bargen und wir uns mit dieser Belastung nur schwer an das neue Dasein gewöhnt hätten.

Er mochte recht haben, aber ich war nicht daran interessiert, mit ihm darüber zu diskutieren. Was mich allerdings interessierte, war, daß er immer wieder ein Gespräch mit mir versuchte, obwohl er doch meinen mangelnden Enthusiasmus bemerkte. Das tat er übrigens immer. Es konnte nur bedeuten, daß er sich Sorgen wegen mir machte und mich ablenken wollte. Wenn er also doch ein wenig gesellig veranlagt ist, wäre mein Fall nicht so ganz hoffnungslos.

Ich war so sehr mit meinen eigenen Gedanken beschäftigt, daß ich kaum zuhörte, was er sagte. Angenommen, dachte ich, wir sind alle noch ein wenig geselligkeitsliebend, vielleicht ein bißchen weniger als die Menschen oben auf der Erde, aber eben doch nicht so wenig, daß wir eine völlig neue Art darstellten, dann wären die Folgerungen daraus enorm. Es könnte dann sogar sein, daß ich jemand gern haben könnte.

Es gibt ein Sprichwort: Wenn das Feuer das Wasser nicht zum Kochen bringt, kann es vielleicht das Einfrieren verhindern. Hm, vielleicht ist X-117 nicht der einzige gesellige Typ, der durch das Netz der Psychologen schlüpfte.

14. April

Ich sehe gerade, daß meine letzte Eintragung so etwas wie Neid auf X-117 durchblicken läßt, aber mir scheint heute doch, daß ihm seine Eigenschaft nichts als Kummer einbringt. P-867 ist nun ebenfalls an seiner Behandlung beteiligt und berichtete mir, daß es ihm schlechter geht. Er kann die Finger seiner rechten Hand nicht mehr bewegen.

Physisch sei mit der Hand alles in Ordnung, erklärte sie, die Paralyse sei ein Symptom der Hysterie. Sie stellte eine Theorie auf, um mir das verständlich zu machen – wenigstens nannte sie es eine Theorie.

Mein Kamerad, sagte P-867, muß in seiner Jugend mit der rechten Hand Dinge getan haben, die ihm von den Eltern verboten wurden. Sein Verlangen wurde also unterdrückt, wenn es auch in seinem Unterbewußtsein ein mächtiger Faktor blieb. Dieser kontrollierte Druck ist auch heute noch wirksam, und er kann seinem Wunsch nicht nachgeben, der sich aber in Form der Paralyse Luft verschafft. Wenn man P-867's seltsamer Erklärung glauben will, muß X-117 die Lähmung sogar Genugtuung geben, denn im Unterbewußtsein ist sie eng mit den unterdrückten Wünschen verbunden. Die Symptome aber sind so weit von ihrem Ursprung abgerückt, daß die Druckkontrolle sie nicht mehr als solche erkennt.

Tatsache ist, daß X-117 seine eigene Erklärung für den Vorfall hat. Er meint, die Lähmung der Hand sei nur eine gerechte Strafe »von oben«, weil er bereit sei, mit ihr die Welt zu vernichten. Immer wieder spricht er von dieser Strafe, die er sogar für gerecht hält.

»Es ist offensichtlich«, sagte mir P-867, »daß er gar nicht geheilt werden möchte. Seine Aufgabe auf Ebene 7 – das Drücken der Knöpfe – ist so eng mit den Vorstellungen dessen verbunden, was seine Eltern ihm damals verboten haben.«

Ich fragte sie, warum denn nicht wenigstens ein Teil seines Bewußtseins geheilt werden wolle, denn wenn das Drücken der Knöpfe mit dem kindlichen Wunsch identifiziert werden konnte, dann mußte er das doch instinktiv wollen. »Sie vergessen«, sagte sie mit einem überlegenen Lächeln, »daß die Kontrolle des Unterbewußtseins das nicht zuläßt. Nur unter dem Deckmantel der Paralyse kann er Befriedigung empfinden.«

Aber das war nicht alles, die Sache war noch viel komplizierter. Ganz bewußt wollte X-117 die Knöpfe nicht nur deswegen nicht drücken, weil er damit die Welt zerstörte, sondern weil er darin ein Verbrechen gegen seine Mutter sah. »Ginge es gegen seinen Vater«, sagte P-867, »läge ein extremer Fall des Ödipuskomplexes vor. Er ersetzt den Vater durch die Mutter und bringt neue Verwicklung in den Fall. Er liebt seine Mutter und ist ihr in anomaler Weise zugetan – wenigstens vom Standpunkt der Ebene 7 aus gesehen. Aus diesem Grund weigert er sich, etwas gegen sie zu unternehmen. Sein Widerstand wäre nicht so groß, wenn er wüßte, es ginge nur gegen seinen Vater.«

Das Ganze, muß ich zugeben, hat mich verwirrt. Nun weiß ich immer noch nicht, ob X-117 deswegen gelähmt ist, weil er Freude daran hat, oder weil er seinen Knopf nicht drücken will, oder weil er an Gott glaubt und meint, der wolle ihn für seine Absicht bestrafen, oder weil er seine Eltern durcheinanderwirft. Wahrscheinlich ist es aber so, daß ich P-867's Erklärungen durcheinandergeworfen habe und aus ihnen nicht klug wurde.

Im Grunde ist es mir gleich, warum er gelähmt ist. Was mich interessiert, ist die Tatsache, daß er jemand gern hat. Der Gedanke fasziniert mich. Jemand gern haben muß ein wunderbares Gefühl sein. Als ich zuerst von X-117's Lähmung erfuhr, war ich froh, daß es seine und nicht meine Hand war. Jetzt beneide ich ihn fast.

15. April

Unser Philosoph Ph-107 hielt im Aufenthaltsraum wieder einen Vortrag, diesmal über die »Freiheiten auf Ebene 7«.

Die Zuhörer waren nicht so aufmerksam wie damals. Einige wandten sich einfach ab und unterhielten sich leise in einer Ecke. Die anderen hörten nur mit halbem Ohr zu, weil sie wahrscheinlich nichts Besseres zu tun hatten.

Ph-107 behauptete, auf Ebene 7 erfreuten wir uns nicht nur der perfekten Demokratie, sondern auch der absoluten Freiheit. Wenn wir dienstfrei waren, konnten wir tun und lassen, was uns beliebte. Ganz besonders stand es uns auch frei, das Leben auf Ebene 7 zu diskutieren. Es gab keine Geheimnisse, und da war nichts, was man vor uns verbergen wolle.

»Das ist es«, sagte er, »was unserem Leben hier unten die Perfektion gibt, die es oben niemals geben konnte. Dort oben gab es Vorsichtsmaßnahmen gegen Agenten, Spione und Mißverständnisse. Das bedeutete Einschränkung der individuellen Freiheit zum Wohle der Allgemeinheit. Hier auf Ebene 7 gibt es diese Gefahren nicht. Wir sind hermetisch vom Feind, seinen Spionen, von Fremden und allzu neugierigen Freunden abgeschlossen. Hier kennt jeder jeden, und wir alle wissen alles. Jeder darf die Individualität genießen, die seine persönliche Nummer symbolisiert. Niemand hat Kontakt mit der geistig minderwertigen, wenn auch materiell überlegenen Außenwelt – ja, es ist gerade unsere materielle Isolierung von der Welt, die die geistigen Kräfte unserer Natur sich voll entwickeln läßt, aber es ist die wahre Freiheit, eine Freiheit, wie es sie nur auf Ebene 7 geben kann.«

In diesem Stil redete er weiter und versuchte uns zu zeigen, daß hier niemand seine Freiheit mißbrauchen konnte, denn alle Menschen, die für Ebene 7 ausgesucht worden waren, mußten einsichtige Individuen ohne persönliche Macht sein, denn jeder war auf den anderen angewiesen – und so weiter und so fort.

Ich hätte ja gern einige Fragen gestellt – besonders diese: Darf ein Mann, der lebenslänglich eingesperrt wird, dem man jedoch erlaubt, sich den Schädel an den Gefängnismauern einzurennen, frei genannt werden? Aber ich schwieg. Welchen Sinn hätte es auch? Soll er doch reden und glauben, er sei frei – falls er überhaupt glaubt, was er sagt.

Ich hörte seinen Vortrag nicht zu Ende an, sondern verließ den Aufenthaltsraum vor Ablauf meiner Zeit. Es war schöner, sich aufs Bett zu legen und der Musik zu lauschen.

16. April

Heute wurde durch den Lautsprecher eine sensationelle Bekanntmachung durchgegeben. Sie wurde mehrmals wiederholt. Soweit ich mich erinnern kann, lautete der Text etwa folgendermaßen:

»Achtung, bitte! Achtung! Eine Meldung für alle Angehörigen der Ebene 7. Hiermit wird bekanntgegeben, daß ab sofort Heiraten möglich ist. Wenn Sie heiraten wollen und Ihr Partner nimmt Ihren Antrag an, drücken Sie auf den roten Knopf in Ihrem Zimmer und nennen Sie Ihren Namen und den Ihres Partners. Sie erhalten dann in kürzester Frist über Ihren Privatlautsprecher Bescheid, wann die Hochzeit stattfindet. Sollten Sie gern jemand heiraten wollen und scheuen sich davon, der betreffenden Person einen Antrag zu machen, wenden Sie sich an unsere Heiratsvermittlung. Auch hier ist nur die Namensnennung notwendig. Sie erhalten dann die Antwort des erwählten Partners ebenfalls durch den Lautsprecher. Für die Meldungen besteht kein Zeitzwang, da die Zentrale ständig besetzt ist und alle Anrufe auf Tonband aufgenommen werden. Danke, das wäre alles.«

Dieser Bekanntmachung folgte die übliche Sendung der Serie, heute mit dem aktuellen Thema der Heiraten auf Ebene 7. Die Sprecherin wies auf die große Bedeutung der Ehe seit Beginn der menschlichen Geschichte hin und sang ein Loblied auf die psychologischen Vorteile einer solchen Verbindung. Zum Schluß, gewissermaßen als Höhepunkt ihrer Ausführungen, erinnerte sie uns an unsere Pflichten der Menschheit gegenüber. Wir mußten in der Sicherheit von Ebene 7 für den Fortbestand der Menschheit sorgen.

»Selbstverständlich ist es auch verheirateten Paaren nicht möglich, eine eigene Wohnung zu erhalten. Der Raummangel und der Dienst erfordern die Beibehaltung des jetzigen Wohnsystems. Es wurde jedoch vorgesorgt, und spezielle Aufenthaltsräume für Ehepaare sind eingerichtet worden. Es gibt zehn solcher Räume, was bedeuten würde, daß jedes Paar, wenn alle von uns verheiratet sind, täglich eine Stunde in völliger Abgeschlossenheit verbringen kann.«

Vorher hatte die Sprecherin noch einige praktische Daten bekanntgegeben. Auf Ebene 7 lebten 250 Männer und ebensoviel Mädchen. Somit bestand für jeden eine Chance, seinen Partner zu finden. Schon bei der Planung waren die Heiraten einbezogen worden. Alle Männer und Frauen waren gesund und würden auch gesunde Nachkommen haben. Das Alter schwankte zwischen 20 und 30 Jahren. Die Kinder würden genau dann erwachsen sein, wenn die Eltern alt genug waren, den Dienst zu übergeben.

Die Sprecherin des erläuternden Vortrages wünschte uns allen viel Glück bei unserer Wahl und schloß: »Haben Sie keine Hemmungen, sondern wählen Sie und drücken Sie auf den nächsten roten Knopf in Ihrem Zimmer.«

18. April

Die Bekanntmachung hat verständlicherweise einiges Aufsehen erregt. Beim Essen, wo immer ein Drittel der gesamten Belegschaft versammelt ist, weil wir in drei Schichten unsere Mahlzeiten einnehmen, nimmt nicht mehr jeder sofort seinen Platz ein. Man wandert umher und sieht sich um, ob man nicht einen geeigneten Partner findet. Dadurch entsteht zwar einige Unruhe, aber was tut man nicht alles für die »Erhaltung der Menschheit«?

Soweit ich feststellen kann, ist niemand richtig verliebt. Das wäre ja auch gar nicht möglich, denn Gefühle sollen uns fremd sein. X-117 mag eine Ausnahme sein, und vielleicht nicht die einzige. Immerhin scheint mir das Leben nun ein wenig abwechslungsreicher geworden zu sein. Jemand, der unversehens in unsere Gesellschaft geraten wäre, hätte annehmen können, wir wären alle leicht angeheitert. Wenn das so weitergeht, wird es nicht sehr lange dauern, bis aus den 500 Junggesellen und Jungfrauen auf Ebene 7 zweihundertfünfzig verheiratete Paare geworden sind.

Heute abend besprach ich mit X-107 die Heiratsangelegenheit. Er hält sie für vernünftig. Ich fragte ihn, wo die neue Generation denn Platz haben sollte, und er meinte, wenn man an die zehn Privatgemächer für die Verheirateten gedacht habe, würde man auch Vorsorge für die zu erwartenden Kinder getroffen haben. Ich muß zugeben, daß das sehr einleuchtend klingt.

»Natürlich«, fügte er hinzu, »wird die Zahl der auf Ebene 7 lebenden Menschen immer beschränkt sein müssen. Wenn zuviel Kinder geboren werden, tritt sicherlich eine Geburtenkontrolle in Kraft. Aber vor zwei oder drei Jahren ist das kaum spruchreif.«

19. April

Heute gab der Lautsprecher die Verlobung von TN-237 mit AS-167 bekannt. TN bedeutet Lehrerin und Krankenschwester. Sie hatte früher R-237 geheißen, wobei R für Reserve stand. Wir besaßen also noch genügend Ersatz für den Notfall.

AS-167 kannte ich nicht, aber als man mir beim Essen die Braut zeigte, erkannte ich in ihr ein Mädchen, das stets in meiner Schicht ihre Mahlzeiten eingenommen hatte. Jeder gratulierte ihr. Sie ist vielleicht 20 Jahre alt und sieht sehr hübsch aus, und wenn sie auch nicht gerade wie eine Braut strahlt, macht sie doch einen sehr selbstzufriedenen Eindruck.

Die Hochzeitszeremonie wird über das allgemeine Lautsprechersystem übertragen. Sie soll um 7 Uhr stattfinden. Ich glaube, man sagt 7 und nicht 19 Uhr, um die symbolische Verbindung zwischen der Zeremonie und Ebene 7 zu betonen.

Ich stand gerade unter der Dusche, als die Übertragung begann. Das Rauschen des Wassers konnte nicht verhindern, daß ich alles hörte. Genau um 7 Uhr kam die Stimme der Ansagerin: »Achtung, bitte! Wir stehen vor einem Ereignis, das Geschichte machen wird: die erste Hochzeit auf Ebene 7. Jeder auf Ebene 7 wird eingeladen, dieses historische Ereignis mitzuerleben.«

Im Vergleich zu sonstigen Bekanntmachungen war der Ton der Ansage ungewöhnlich feierlich. Die übliche Trockenheit und Nüchternheit fehlte völlig. Trotzdem war es wohl die einfachste Hochzeitszeremonie, die man sich nur vorstellen kann.

Die Stimme einer Frau sagte: »Wollen Sie, AS-167, TN-237 zur Frau nehmen und den Zustand der Ehe so lange beibehalten, wie es gegenseitig zumutbar ist?«

Eine Männerstimme antwortete: »Ja.«

Die gleiche Frage wurde TN-237 gestellt, und als sie ebenfalls bejahend antwortete, sagte die Zeremonienmeisterin: »AS-167 und TN-237 sind nun verheiratet. Ihre beiden Namen werden künftig ein kleines ›m‹ als Anhang erhalten. Ich gratuliere.«

Die ganze Feier hatte kaum eine Minute gedauert, und ich war gerade dabei, mich abzutrocknen, als ihr Ende angesagt wurde. Dem Paar wurde noch einmal gratuliert, wobei die neuen Namen – TN-237m und AS-167m – besonders betont wurden.

Ich zog mir etwas an, legte mich auf mein Bett und lauschte der Musik. Gerade verklangen die letzten Takte von Chopins Trauermarsch.

Na, dachte ich verwundert, wenn ich etwas mit der Organisation auf Ebene 7 zu tun hätte, wäre mir etwas Besseres eingefallen. Sie hätten auch Mendelssohns Hochzeitsmarsch spielen können. Wenn alle Ehen abends um 7 Uhr geschlossen würden, könnte das doch möglich sein.

Es ist also auf Ebene 7 doch nicht alles perfekt, durchzuckte es mich, und irgendwie tat mir dieser Gedanke wohl.

20. April

Beim heutigen Essen erzählte uns TN-237m – ihr Name stand groß und deutlich mit dem zusätzlichen »m« auf ihrem Namensschild an der Brust – ein wenig über die Hochzeit.

Sie fand, zur besonderen Enttäuschung der weiblichen Zuhörer, in einem kleinen Raum statt, wo wir unsere Wäsche abgaben, einer winzigen Zelle mit kaum zwei Quadratmetern Platz. Nur sie und der Bräutigam waren anwesend, aber man mußte sie durch eine Fernsehanlage beobachten, denn man forderte sie auf, gegen die Wand zu blicken. So würde man sie besser betrachten können.

Sie wurden gefragt und gaben ihre Antworten, die auf das Lautsprechersystem übertragen wurden. Dann kamen aus dem Schacht, der sonst die gewaschene Wäsche auslieferte, die beiden neuen Namensschilder, auf deren Rücken zu lesen stand: »Befestigen Sie das Schild auf Ihrer Identitätsplakette.«

»Und das war alles«, sagte TN-237m und sah dabei genauso enttäuscht aus wie wir alle.

Jemand murmelte, das sei alles ja sehr interessant, aber man konnte seiner Stimme anhören, daß er das selbst nicht glaubte. Ein anderer bemerkte, schließlich handele es sich auch nur um eine Formalität, das Wesen der Ehe läge ja in ihrer eigenen Natur.

Niemand gab dazu einen Kommentar, und dann lenkte uns das gleitende Band auf dem Tisch genügend ab. Die Teller hielten vor uns an. Wir aßen diesmal, ohne viel zu sprechen. Erst als wir fertig waren, hatte jemand eine gute Idee. Er nahm eine der drei üblichen Tabletten zwischen Daumen und Zeigefinger und hob sein Glas mit der gelblichen Flüssigkeit, als sei es Wein. »Ich trinke auf TN-237m«, sagte er und machte eine leichte Verbeugung in ihrer Richtung. »Möge sie viele glückliche Jahre mit AS-167m verbringen.«

»Auf TN-237m«, murmelten wir alle und stopften unsere Tabletten in den Mund. Die junge Frau errötete ein wenig, begriff aber dann, daß wir es gut mit ihr meinten und sie nicht verspotteten. Ein wenig verschämt sagte sie: »Vielen Dank . . .«

21. April

Heute erfolgten weitere Heiratsankündigungen. Ein Offizier des Wirtschaftskommandos, W-297, heiratete eine Angestellte der Administration, Ad-327. R-287 tat sich mit L-267 zusammen, einem Mädchen des Lautsprecherdienstes. Und M-227, eine Ärztin, ist nun die Frau des Schirmbeobachters Sc-167.

Ich versuchte heute im Aufenthaltsraum ein wenig mit der Schwester N-527 zu plaudern. Viel Gelegenheit dazu erhielt ich bis jetzt nicht, denn der Elektriker E-647 streicht ewig um sie herum, während sich P-867 intensiv um mich kümmert. Heute aber hatte ich Glück. Sowohl E-657 wie auch P-867 tauchten nicht auf.

N-527 ist ein hübsches Mädchen. Wenn ich überhaupt heiraten werde, dann nur N-527.

Ich fragte sie, wie sich ihr Beruf von dem TN-237m's unterscheide. Sie sagte, sie sei Krankenschwester für Erwachsene, während TN bedeute, daß die Betreuung auch Kinder einschließe. Ob sie denn sehr viel zu tun habe, wollte ich dann wissen. Nein, meinte sie, denn es gäbe nur wenig Krankheiten auf Ebene 7 und noch weniger Unfälle. Vielleicht würde sie ein langweiliges Leben führen müssen, bemerkte ich, aber sie verneinte und teilte mir mit, daß sie viel Musik höre – leichte Musik allerdings, keine klassische.

Ob eine Heirat sie nicht ablenken könne, wollte ich erfahren. Sie entgegnete, daß sie keine besondere Ablenkung benötige. »Vielleicht werde ich aber doch heiraten«, fuhr sie dann fort. »E-647 hat mir gestern einen Antrag gemacht, und ich versprach, ihm heute meine Antwort zu geben. Leider ist er nicht gekommen.« Ein wenig enttäuscht sah sie sich noch einmal suchend um.

Ich fragte sie nicht, wie ihre Entscheidung ausgefallen sei, sondern wechselte das Thema. Obwohl ich ihre ruhige, aber kaum sensible Art schätzte, regte mich der Gedanke, sie könne E-647 heiraten, nicht sonderlich auf. Er hatte sie sicher sehr gern.

Vielleicht ist E-647 ein geselligerer Typ als ich.

22. April

Heute war auch P-867 wieder im Aufenthaltsraum. Sie war in noch besserer Laune als sonst und kam gleich zu mir. »Was halten Sie von den Hochzeiten?« fragte sie. »Finden Sie sie nicht wundervoll?«

Ich machte eine zynische Bemerkung und betonte, daß die Ehe ein Kümmernis sei, so alt wie die Menschheit selbst. Sie aber lachte nur und erwiderte: »Sie meinen das ja nicht einmal ernst! Sie wollen nur Ihre wahren Gefühle verbergen, mehr nicht.« Und sie kicherte wieder in ihrer bekannten Art.

Ich ließ mich auf keine Diskussion ein und fragte sie, wo sie in den vergangenen Tagen gewesen sei.

»Sie haben mich also vermißt?« fragte sie zufrieden. »Nun, wir haben eine Menge Sorgen wegen Ihres Kameraden X-117 gehabt. Ein schwerer Fall. Eine Heirat könnte ihm helfen, und es tut mir leid, daß wir das nicht früher bekanntgegeben haben. Wie Sie ja wissen, ist er ein sehr geselliger Typ, und wenn er vor Ausbruch seines Leidens geheiratet hätte, wäre das ein harmloses Ventil seiner Gefühle gewesen. Jetzt sieht es komplizierter aus.« Sie sah mich an und setzte ein gewinnendes Lächeln auf – wenigstens mußte sie das dafür halten. »Wollen wir unsere halbe Stunde nicht damit verschwenden, über X-117 zu sprechen. Ich habe wirklich genug von ihm.«

Ich hätte zwar gern mehr über meinen Kameraden gehört, aber ich wollte sie auch nicht fragen. Sie hatte wahrhaftig Anspruch auf Erholung, das war in Ordnung. Ich schwieg, denn ich wußte nicht recht, was ich sagen sollte. Das störte sie aber nicht besonders. Munter begann sie zu reden.

»Wissen Sie schon, daß ich durch die Heiratsvermittlung bereits zwei Angebote erhielt? Zwei schüchterne Offiziere möchten mich zur Frau.« Sie kicherte.

Ich gratulierte ihr zu diesem Erfolg, aber damit schien sie nicht zufrieden zu sein. »Sie sind nicht eifersüchtig?« wunderte sie sich. »Oder sind Sie so von Ihrem Charme überzeugt, daß Sie wissen, daß ich beide Anträge ablehnen werde? Sie sind ein ganz Schlimmer, X-127!« Sie praktizierte einen koketten Augenaufschlag und warf mir einen hintergründigen Blick zu.

Ich konnte absolut nicht einsehen, wieso ich ein ganz Schlimmer sei. Ich war nicht im geringsten eifersüchtig, und es war mir auch egal, ob sie einen der beiden Offiziere heiratete, ja, daß sie überhaupt heiratete. Ich machte eine dumme Bemerkung und betonte, natürlich wisse ich genau, daß sie die Anträge ablehnen würde. Sie hielt das für

Interesse meinerseits. Zum Glück ging unsere Zeit zu Ende, und so verabschiedete ich mich draußen vor der Tür von P-867 und kehrte in mein Zimmer zurück.

24. April

Ich spiele Katz und Maus mit P-867 – sie ist natürlich die Katze. Sie will mich heiraten, aber ich denke nicht daran. Wenn ich jemand geheiratet hätte, dann eben nur N-527. Aber da habe ich meine Chance verpaßt. Gestern abend wurde ihre Heirat mit E-647 bekanntgegeben.

Ich versuche, P-867 aus dem Wege zu gehen, indem ich mit anderen Leuten spreche. Natürlich hätte ich auch auf meinem Zimmer bleiben können, aber das Opfer war mir nun doch zu groß. Gestern entdeckte ich im Aufenthaltsraum ein nettes, zurückhaltendes Mädchen, R-747. Später, wenn die ersten Kinder geboren sind und älter werden, wird sie Lehrerin sein – T-747. Sie wird die Kinder vom 6. Lebensjahr an unterrichten. In der Zwischenzeit hat sie Gelegenheit genug, ihre Lehrmethoden vorzubereiten und den rechten Weg der Erziehung für eine Welt wie Ebene 7 zu finden. Sie sagt, daß die Aufgabe groß und umfangreich genug ist, sie schon jetzt völlig auszufüllen, denn sie müssen ganz neue Methoden finden.

Ich bezweifle, daß sie wahrhaftig für die nächsten sieben Jahre genug Arbeit habe, worauf sie mir ein wenig von sich erzählte. »Sehen Sie«, sagte sie, »als Sie sechs Jahre alt waren, hat Ihre Großmutter Sie wahrscheinlich auf den Schoß genommen und Ihnen Geschichten erzählt – vom lieben Gott oben im Himmel, der die guten Menschen belohnt und die bösen bestraft. Dazu kommen die Schutzengelchen, die über uns wachen und das Unheil abwenden. Waren Sie ein unartiges Kind, wird man Ihnen von der Hölle erzählt haben, die ihren Platz tief unten in der Erde haben soll. Nun, derartige Geschichten . . .«

An dieser Stelle wurde sie von P-867 unterbrochen, die neben uns stand und zuhörte. »Solche Geschichten sind sowieso unsinnig«, bekundete sie ihre Meinung. »Sie mischen sich in die natürliche Entwicklung eines Kindes ein. Hoffentlich werden Sie unseren Kindern nicht solchen Unsinn erzählen.«

»Darauf wollte ich ja gerade zu sprechen kommen«, nickte R-747 ruhig. »Wir können unseren Kindern niemals erzählen, daß der Himmel oben und die Hölle unten ist. Wir müssen die Geschichte umdrehen: Die Hölle ist irgendwo dort oben, das Paradies aber liegt tief unter uns in der Erde. Vielleicht ist sogar Ebene 7 der neue Himmel.«

P-867 wollte erneut unterbrechen, aber ich ließ sie nicht zu Wort kommen. Allmählich wurde mir ihre ständige Gegenwart lästig. Die Probleme aber, die R-747 anschnitt, waren interessant und bedeuteten neue Arbeit für mein Gehirn. »Sie wollen also eine neue Mythologie erschaffen?« fragte ich R-747. »Eine Mythologie, die sich den Verhältnissen von Ebene 7 anpaßt und ihnen somit dienlich ist?«

P-867 spottete: »Wozu brauchen wir eine Mythologie? Zur Hölle mit dem ganzen Zeug . . .«

»Sie meinen doch sicher ›zum Himmel‹?« fragte ich, und ich fühlte, wie mein Ärger immer größer wurde, aber dann fügte ich ruhiger hinzu: »Was versteht ihr Psychologen schon von Mythologie?«

Sie war wütend und ließ uns stehen. Ich war darüber sehr erfreut, denn der Gedanke daran, eine neue Mythologie zu erfinden, faszinierte mich. Mit P-867 konnte ich darüber ganz bestimmt nicht diskutieren. Schon ihre bloße Gegenwart störte ungemein.

Leider war eine Minute später aber auch meine Zeit vorbei, und ich mußte mich von R-747 verabschieden.

25. April

Gestern hatte ich wirklich Glück. Wenige Minuten nach meiner Tagebucheintragung ging ich zum Aufenthaltsraum und hatte R-747 eine halbe Stunde für mich allein. P-867 tauchte nicht auf, und so konnten wir ungestört unsere Unterhaltung über die Mythologie fortsetzen.

Heute war das leider anders. P-867 erschien und belegte mich mit Beschlag. In allen Einzelheiten berichtete sie mir von X-117, der einige Fortschritte zu machen schien und dem es besser ging. Doch als wir später den Raum verlassen mußten, konnte mir R-747 ein Blatt Papier zuschieben. Sie flüsterte, daß ich es ihr beim nächsten Treffen zurückgeben könne.

Ich bin gerade fertig mit Lesen. Es ist eine Geschichte, für die Kinder der noch nicht geborenen, künftigen Generationen bestimmt. Sie ist so interessant, daß ich sie hier erzählen möchte, Wort für Wort:

Alpha, Gamma und der kleine K-777

Es war einmal ein kleiner Junge, der hieß K-777 und wohnte auf

Ebene 7. Es war ein guter Schüler, aber er hatte einen großen Fehler: Immer wollte er wissen, was über uns war, über der guten Ebene 7.
»Sagt mir doch, was dort oben ist«, fragte er immer wieder.
Und seine Eltern waren erschrocken, wenn sie ihn so fragen hörten, denn sie wollten nicht von der Hölle sprechen, die über ihnen lag. Aber der kleine Junge gab keine Ruhe: »Sagt mir doch, was dort oben ist . . .« Und dann, eines Tages, erzählten sie es ihm.
Je höher man von Ebene 7 aus nach oben kommt, desto mehr nähert man sich Ihm, dessen Name nicht genannt werden darf. Man konnte ihn nicht sehen, nicht hören, nicht fühlen und nicht riechen, aber seine Macht dort oben war unumschränkt. Wenn sich jemand näherte, wurde er sofort von seinen unsichtbaren Dienern getötet.
K-777 bekam es mit der Angst zu tun und fragte nicht mehr. Doch schon nach wenigen Tagen vergaß er seine Furcht und fragte den Lehrer. Dieser wußte mehr über die Welt außerhalb Ebene 7 und berichtete, daß man Ihn, der oben herrschte, auch St-90 nannte. Auch hieß man ihn »Sankt«, denn niemand würde es wagen, Ihn beim richtigen Namen zu nennen, der Strontium 90 lautete.
Sankt 90 war Herrscher über Leben und Tod. Er beherrschte die Oberwelt mit Hilfe seiner winzigen und unsichtbaren Diener, die mit ihrer bloßen Berührung den Tod brachten. Zu ihnen gehörten auch die beiden kleinen Teufelchen Alpha und Gamma. Es war ihre Pflicht, über die Welt zu wandern und nach Lebendigem zu suchen, das sie töten konnten. Es war eine langweilige Aufgabe, denn die Oberwelt gehörte schon zu lange dem Sankt 90. Es gab keine lebenden Wesen mehr.
»Würden sie auch mich töten?« fragte K-777 den Lehrer, »wenn ich zur Oberfläche ginge?«
»Selbstverständlich, du dummer Junge«, erwiderte der Lehrer, »sie würden dich fangen, noch ehe du oben ankämst.«
Danach fragte K-777 nicht mehr. Aber er vergaß die Geschichte nicht. Nachts träumte er sogar von Alpha und Gamma, die ihm als kleine Geschwister erschienen und mit ihm spielen wollten. Es dauerte auch nicht lange, da begann er zu glauben, daß Alpha und Gamma wirklich zwei kleine Mädchen seien.
Er achtete nicht mehr auf seine Umgebung und vernachlässigte die Schule. Und dann, eines Tages, war er verschwunden. Niemand wußte, wie er Ebene 7 verlassen hatte. Aber er ließ einen Brief zurück, in dem er schrieb, er ginge nach oben, um mit den kleinen Mädchen Alpha und Gamma zu spielen. Niemand hat ihn jemals

wiedergesehen. Ohne Zweifel wurde er von Alpha und Gamma oder anderen Teufeln getötet, noch während er seinen Weg nach oben suchte.

Und dieses, Kinder, ist die Moral der Geschichte: Denkt nicht an die Oberwelt, sondern seid hier unten glücklich. Wenn ihr aber neugierig werden solltet und wissen möchtet, was außerhalb von Ebene 7 geschieht, dann denkt an den armen K-777, der seine Neugier mit dem Leben bezahlte.

Ich finde, das ist eine sehr gute Geschichte, wenn sie in einigen Punkten auch noch der Korrektur bedarf. Warum soll zum Beispiel der arme K-777 nur seiner Neugier wegen bestraft werden? Viel besser wäre es doch, wenn die Teufelchen Alpha und Gamma auf Befehl ihres Herrn St-90 in seinen Geist drangen und ihn so zwangen, nach oben zu gehen, damit St-90 ihn fressen konnte.

Ich glaube, diese Version ist erschreckender. Ich werde R-747 die Änderung vorschlagen. Die Geschichte kann dazu dienen, die Kinder den Eltern gegenüber gehorsamer zu machen: Wenn ihr nicht gehorcht, kommen Alpha und Gamma und bringen euch zu St-90, der euch fressen wird . . .

26. April

Heute gab ich R-747 die Geschichte mit meinem Änderungsvorschlag zurück. Sie meinte, meine Version sei zwar abschreckender, hielte sich aber nicht so an die gegebenen Tatsachen. Aus diesem Grunde würde sie die Geschichte so lassen, wie sie ist. Auch hätte sie so mehr erzieherischen Wert.

P-867, die wieder bei uns stand, sagte höhnisch: »Ich denke, Alpha und Gamma haben sich bereits bei Ihnen eingenistet. Die ganze Idee ist völlig verrückt.«

Ein Atomenergieoffizier hatte ebenfalls unsere Unterhaltung gelauscht und bat R-747, das Manuskript sehen zu dürfen. Sie gab es ihm, und er machte einige technische Bemerkungen. Zuerst einmal, sagte er, sei das Symbol für Strontium nicht »St«, sondern »Sr«. Somit habe Strontium nicht sehr viel mit »St« und einem Heiligen zu tun. Dann meinte er, unglücklicherweise – für die Geschichte – habe Strontium eine Halbwertzeit von nur 25 Jahren. »Ihr Heiliger lebt also nicht sehr lange«, sagte er lachend. »Warum nehmen Sie nicht Plutonium 239, ein Isotop mit einer Halbwertzeit von 24100 Jahren?

Oder Thorium 232? Dann dauert es ganze 13900 Millionen Jahre, bis es zur Hälfte zerfallen ist.«

»Ausgezeichnet«, warf P-867 verächtlich ein, »mit dem Symbol ›Th‹ hat die Geschichte dann auch gleich einen theologischen Anstrich.«

AE-327, der Atomenergieoffizier, lächelte. Dann hatte er auch an den kleinen Teufelchen Alpha und Gamma etwas auszusetzen. »Sie gleichen sich wirklich nicht wie Schwestern. Außerdem verstrahlt Strontium 90 Betateilchen, aber keine Alphateilchen. Wenn Sie also das Teufelchen Alpha nennen wollen, müssen Sie schon Plutonium 239 oder Thorium 232 zum Herrscher der Oberwelt machen. Und was die Gammastrahlen angeht . . .«

An dieser Stelle unterbrach ich meinen gelehrten Kollegen sehr höflich. Ich konnte seine pedantischen Erklärungen nicht mehr länger ertragen, die der neuen Mythologie noch mehr schadeten als die zynischen Bemerkungen von P-867. Ich betonte, die Geschichte sei für Kinder bestimmt und bedürfe keiner exakt wissenschaftlichen Basis. Müsse sie die aber haben, wäre es eben keine Geschichte mehr. Es tat mir nicht leid, so abweisend zu sein.

Dann war es Zeit, auf unser Zimmer zu gehen. Bevor wir uns trennten, versprach ich R-747, auch eine Geschichte zu schreiben. Das habe ich inzwischen getan. Hier ist sie:

Die Geschichte vom großen Pilz

Dies ist eine Geschichte des Heiligen Tonbandes, die jedes Kind hören kann, wenn es den St-Knopf drückt.

Es war einmal eine Zeit, da lebten die Menschen nicht auf Ebene 7, sondern hoch oben auf der Oberfläche der Erde. Über ihren Köpfen gab es kein Dach, und so wurden sie von fallendem Wasser durchnäßt und von einem großen, glühenden Feuerball, der zwölf Stunden am Tag über ihnen im Himmel schwebte, fast versengt. Ihr Leben war nicht schön. Für lange Zeiten waren die Menschen nicht zufrieden, denn der Regen und die Sonne machten ihnen das Leben schwer. Hinzu kamen die mächtigen Winde, stärker als hundert Ventilatoren. Allmählich lernten sie dann, wie man kleine Kästen bauen konnte, in den sich leben ließ. Sie brachten diese Kunst ihren Kindern bei, diese wiederum den ihren, bis – über Generationen hinweg – die Kunst des Hausbaues perfektere Formen annahm. Die Häuser wurden höher, als unser Eßsaal lang ist.

Aber sie waren immer noch nicht zufrieden. Sie wollten nicht nur vor den Naturgewalten geschützt sein, sondern diese auch beherr-

schen. Also erfanden sie Apparate, mit denen sie in die Luft aufsteigen und dort fliegen konnten. Sie glaubten, je höher sie stiegen, desto besser müßten sie sein. Und dann stiegen sie endlich so hoch, daß die Menschen auf der Erde sie nicht mehr sehen konnten.
Aber auch das machte sie nicht glücklich. Sie hatten große Dinge erbaut und waren hoch in die Luft gestiegen, nun wollten sie etwas ganz Kleines von selbst groß werden lassen, und sie fanden den Pilz. Er wuchs in der Erde und war so schwach, daß der Tritt eines Kindes genügte, ihn zu zerstören. Sie aber wollten, daß dieser Pilz wuchs und wuchs, bis er das größte Ding der Welt wäre.
Die Gelehrten der Oberwelt steckten also ihre Köpfe zusammen und berieten, wie es ihnen gelingen könne, den Pilz wachsen zu lassen – und siehe da, eines Tages hatten sie Erfolg. Der Pilz begann wahrhaftig zu wachsen.
Das war ein feierliches Ereignis. Die Männer, denen das Unglaubliche gelungen war, wurden sehr berühmt. Der Pilz aber wuchs und wuchs. Bald war er höher als die größten Häuser, aber er wuchs weiter. Sein Hut reichte hinauf bis zu den fliegenden Apparaten der Menschen.
Dann aber trat etwas ein, mit dem die Menschen nicht gerechnet hatten: Der Pilz begann zu riechen. Zuerst war es nicht so schlimm, und nur wenige Menschen bemerkten den Geruch, aber dann, als der Pilz immer größer wurde, verstärkte sich auch der Geruch, bis jeder ihn feststellte. Einige ertrugen den Gestank nicht, wurden krank und starben. Die andern aber ertrugen den Gestank, denn sie freuten sich, daß ihr Pilz größer und größer wurde.
Die Zeit verging, und der Pilz wurde so groß und sein Geruch so stark, daß die Menschen Angst bekamen. Sie suchten einen Ort, an dem sie sich verbergen konnten, aber der Geruch war überall. Da begannen sie, sich einzugraben.
Sie gruben und gruben, bis sie endlich Ebene 7 erreichten. Und als das geschah, rochen sie den großen Pilz nicht mehr. Das Ding aber, dem sie entflohen waren, wuchs weiter, wurde größer, bis es endlich die ganze Erde mit seiner Masse und seinem widerlichen Gestank bedeckte. Und dann platzte es.
Im Bruchteil einer Sekunde zerplatzte der riesige Pilz in Millionen winziger Stücke, die vom Wind in die Häuser und fliegenden Geräte der Menschen getragen wurden. Sie waren schließlich überall. Und jeder, der ein Stück berührte oder auch nur roch, mußte sterben. Bald gab es an der Oberfläche der Erde keinen lebendigen Men-

schen mehr. Nur jene wenigen, die sich in die Tiefe gegraben hatten, überlebten. Und ihr, Kinder, seid ihre Nachkommen. Dies aber ist die Moral der Geschichte . . .

Nein, ich füge keine Moral hinzu. Ich bin gespannt, was R-747 von meiner Geschichte halten wird.

28. April

Den gestrigen Tag verbrachte ich damit, die Einleitung zu meinem Tagebuch zu schreiben. Eigentlich merkwürdig, daß mir die Idee dazu erst jetzt kam. Ich glaube, meine mythologische Geschichte vom großen Pilz hat mich dazu angeregt, die Bedeutung meiner Situation erst richtig zu erkennen.

Sie rechtfertigt unseren Abstieg in die Tiefe. Allerdings fällt mir auf, daß ich in der Einleitung von »Verliesen« spreche, was für Ebene 7 nicht gerade sehr schmeichelhaft klingt.

Welches sind nun meine echten Gefühle? Habe ich mich an Ebene 7 gewöhnt, oder komme ich mir immer noch wie ein Gefangener vor? Weiß ich überhaupt, wie ich fühle? Kann ein Mensch überhaupt wissen, wie er fühlt?

Meine Gefühle jedenfalls sind nicht eindeutig. An einem Tag glaube ich, daß diejenigen, die in die Tiefe der Erde vordrangen, die wenigen Glücklichen sind, am anderen Tag erkenne ich voller Schrekken, daß ich in einem Verlies auf Ebene 7 eingesperrt bin. Ich bin gespannt, was hier wohl als nächstes kommen wird.

Es scheint so, daß Gefühl und Wissen zwei völlig verschiedene Dinge sind und daß niemand wissen kann, was er fühlt.

R-747 mag meine Geschichte. Sie glaubt, daß sie sie später den noch ungeborenen Kindern, wenn sie alt genug sind, erzählen wird.

Auch die Idee mit dem Heiligen Tonband gefällt ihr. »Bücher kann es auf Ebene 7 wegen Platzmangels nicht geben«, sagte sie. »Außerdem ist die Methode des puren Lesens veraltet. Nur eine Person kann in einem Buch lesen, während die Zahl derer, die gleichzeitig ein Tonband abhören können, unbeschränkt ist. Es ist also sehr vorteilhaft, wenn wir statt eines Heiligen Buches ein Heiliges Tonband besitzen. Hinzu kommt, daß die Erzählungen des alten Heiligen Buches nicht in das neue Dasein auf Ebene 7 passen.«

P-867 hat natürlich an allem etwas auszusetzen und bemerkte, daß die Abkürzung für ST – gemeint ist hier ST-Tonband – sehr gut eine Verwechslung mit St – und ihre Stimme wurde zu einem spöttischen Flüstern – Strontium hervorrufen könnte.

Wir mußten zugeben, daß sie nicht unrecht hatte, aber ich verringerte die Bedeutung ihres Argumentes, indem ich darauf hinwies, daß die Kinder ja nur das ST des Heiligen Tonbandes hören würden, während man von »St« nur als Strontium oder Sankt sprechen würde. Und da der Unterricht ja meistens durch Lautsprecher erfolgen sollte, würden sie sich die gesprochenen Worte genug einprägen, um es bei der geschriebenen Abkürzung später zu keiner Verwechslung kommen zu lassen.

Das Heiraten scheint zu einer Epidemie geworden zu sein. Täglich finden Hochzeiten statt und werden öffentlich bekanntgegeben, aber ich habe es längst aufgegeben, sie zu zählen.

P-867 berichtet mir fast täglich von neuen Heiratsanträgen, die man ihr direkt oder über die Vermittlung gemacht habe. Das alles interessiert mich nicht besonders, und ich frage sie auch schon nicht mehr, wie ihre Antwort ausgefallen sei. Ich weiß nur zu genau, was sie im Schilde führt, und daß sie mich heiraten möchte.

1. Mai

In der vergangenen Nacht hatte ich einen furchtbaren Traum. Ich sehe alles noch so genau vor mir, daß ich mich an jede Einzelheit genau erinnern kann.

Mir träumte, ich ginge auf einer sehr belebten Straße, in irgendeiner Millionenstadt. Plötzlich verdunkelte sich der Himmel, und, wie oft im Traum, bemächtigte sich meiner das Gefühl, daß bald etwas Schreckliches geschehen würde. Menschen liefen an mir vorbei, deuteten entsetzt zum Himmel empor und rannten, um Deckung zu suchen. Ich fand Schutz in einem massiven Gebäude und stand – zusammen mit vielen anderen – in einem hohen Raum mit großen Fenstern, der sonst großen Versammlungen dienen mochte. Ich hatte kaum diesen Saal betreten, als draußen ein grelles Licht aufblitzte, das die Gesichter der um mich Stehenden für Sekunden in blendende Helligkeit tauchte. Dann rollte der Donner der Explosion heran, und es wurde wieder so dunkel wie zuvor.

Plötzlich war es wieder heller. Ich stand an einem der Fenster und sah hinüber zum Mittelpunkt der Stadt. Zu meinem Schrecken war dort, wo ich die Masse der Häuser zu erblicken hoffte, nichts als ein Trümmerfeld. Was gestanden hatte, war regelrecht vom Erdboden hinweggefegt worden. Ich entsinne mich genau, daß ich mich darüber wunderte, wie alle die konkreten Stahl- und Glasgebilde spurlos verschwinden konnten. Gerade die Häuser in der Stadtmitte waren höher und mächtiger als die am Stadtrand gewesen und hatten das Bild des Horizontes bestimmt. Doch nun fühlte ich einen Schock, als ich die kleineren Gebäude am Rande der Stadt sehen konnte, denn es war nichts mehr dazwischen, das die Sicht hätte behindern können. Zwischen mir und dem Stadtrand war nichts als fünf oder sechs Quadratkilometer flachen, toten Bodens.

Jeder in dem Saal mußte genauso erschrocken sein wie ich. Niemand sprach ein Wort. Wir sahen uns gegenseitig an und warfen gelegentlich einen hastigen Blick aus dem Fenster.

Und dann, ohne Übergang, kam die Wandlung über die Menschen. Ich bemerkte plötzlich, daß ihre Gesichter und Hände gelb wurden. Das Gelb wurde braun, und dann sahen sie zu Boden. Ihr Fleisch verwandelte sich in eine leblose, gummiartige Masse. Überall um mich herum lagen sie, bewegten noch ihre Glieder, allerdings immer langsamer und schwerfälliger, bis sie sich endlich nicht mehr rührten. Ich war von grotesk anmutenden braunen Gummipuppen umringt.

Ich hob meine Hände, um die Augen zu bedecken, aber da stockte mein Herzschlag. Ich sah, daß auch meine Hände gelb geworden waren. Langsam wurden sie braun

In diesem Augenblick wachte ich auf, und der Rest blieb mir erspart.

Aber – wachte ich wirklich auf? War dieser Alpdruck wirklich nur ein Traum gewesen? Besaß er nicht alle Anzeichen einer realen Vorwarnung? War er eine Prophezeiung?

Ich weiß, daß es absurd ist, Träume so erklären zu wollen, aber dieser Traum stellt eine so enge Verbindung mit unserer Zeit und unserer Situation dar, daß ich ihn nicht so ohne weiteres aus meinen Gedanken verbannen kann.

Das flache Feld, wo die großen Gebäude gewesen waren, die verfärbten und sich krümmenden Menschen, meine Hände, die plötzlich gelb und braun wurden . . .

Hätte ich nur einen Gott, zu dem ich beten könnte . . .!

2. Mai

Der Traum hat einen sehr negativen Einfluß auf mich gehabt. Meine Stimmung ist auf den Tiefstand gesunken. Ich habe P-867 heute den Traum erzählt; schließlich ist sie Psychologin.

Sie behauptet, ich zeige Anzeichen hysterieähnlicher Symptome. Auch vertritt sie die Auffassung, daß die mythologischen Geschichten von R-747 daran schuld sind. Zwischen meinem großen Pilz und meinem Traum bestünde ein Zusammenhang. Ich muß zugeben, daß ihre Worte sehr überzeugend klingen. »Aber die Wurzeln gehen noch tiefer«, fügte sie hinzu. »In Ihnen wohnt eine fundamentale Angst, die ihren Ursprung einzig und allein darin hat, daß Sie für einen gesunden Mann in Ihrem Alter kein normales Leben führen.«

Wollte sie mich mit Angst zu einer Heirat zwingen? Wenn ich genau wüßte, daß ein geregeltes Eheleben mir mein seelisches Gleichgewicht wieder zurückgeben könnte, dann würde ich wahrhaftig noch heiraten. Ich würde sogar P-867 heiraten, denn hier ist es nicht dumm, eine Psychologin zur Frau zu haben. Sie würde für alles eine Erklärung wissen.

Wenn mir doch nur jemand einen Rat geben könnte. P-867 könnte es, wenn sie objektiv und nicht persönlich an dem Ausgang interessiert wäre.

Ich weiß nicht, was ich tun soll, aber auf keinen Fall darf ich mich von meinen Stimmungen unterkriegen lassen. Für menschliches Leiden muß es eine Grenze geben, genauso wie es eine Grenze auf dem Weg in die Tiefe der Erde gibt. Sieben Ebenen tief, das ist das Äußerste. Wieviel aber erträgt der menschliche Geist?

3. Mai

Heute kehrte X-117 zu uns zurück. Er sieht sehr blaß aus, benimmt sich aber völlig normal. Er schweigt, und niemand fragt ihn, wie es ihm ergangen ist.

Ich erfuhr es durch P-867. Psychoanalyse und Medikamente haben die Therapie beschleunigt. Sie behauptete, X-117 sei nun wieder restlos gesund und könne seinen Dienst unbesorgt antreten.

Nun, ich bin sicher, daß er anders geworden ist. Ich meine jetzt nicht seinen Gewichtsverlust und seine blasse Gesichtsfarbe. P-867 gegenüber äußerte ich meine Bedenken, aber sie schob sie einfach beiseite und fügte hinzu: »Sie sehen in letzter Zeit auch nicht sehr gut aus.«

Damit mag sie recht haben. Ich beginne mich zu wundern, ob ich nicht der nächste Patient von P-867 und ihren Kollegen sein werde. Lieber wäre ich ihr Mann, wenn ich dann nicht ihr Patient zu sein brauchte.

Aber ich brauchte weder das eine noch das andere zu sein, wenn ich meine düsteren Gedanken loswürde, die sich meiner täglich von neuem bemächtigen und mir keine Ruhe lassen.

4. Mai

Heute versuchte ich mich abzulenken, indem ich neue Mythologien für die kommenden Generationen von Ebene 7 erfand. Ich habe viel darüber nachgedacht und später mit R-747 darüber diskutiert.

Während ich so genügend Anregung erhalte und über diese Dinge rede, vergesse ich meine eigene miese Lage. Vielleicht ist es sogar gefährlich, auf diese Weise der Wirklichkeit entfliehen zu wollen, aber es hilft mir, die Gegenwart zu ertragen. Ich schlug R-747 einige generelle Prinzipien zum Aufbau der mythologischen Erzählungen vor, wovon ich hier einige Beispiele nennen möchte:

Oben ist böse, unten ist gut. Der weite Raum ist gefährlich, nur der begrenzte Raum hat Vorteile. Große Entfernungen sind das Produkt einer krankhaften Phantasie; nur die Zufriedenheit mit den physischen Begrenzungen von Ebene 7 ist normal und bewundernswert Der Wunsch nach Abwechslung ist verderblich, und nur derjenige, der mit seiner Aufgabe zufrieden ist und ohne große Ansprüche leben will, ist ein guter Bürger.

R-747 hält meine Prinzipien für vorteilhaft und will sie bei der Anfertigung ihrer nächsten Geschichte verwenden. Wie gewöhnlich wurden wir von P-867 unterbrochen. Es ist mir unmöglich, sie während meiner Unterhaltungen mit R-747 loszuwerden.

5. Mai

In der vergangenen Nacht hatte ich wieder einen »atomaren« Traum.

In meiner Heimatstadt stand ich mit meinen Eltern an einer Straßenkreuzung. Der Himmel über uns war mit fremdartigen fliegenden Objekten bedeckt, die zwar nicht wie die gewohnten Flugzeuge oder Raketen aussahen, aber doch offensichtlich etwas mit atomarer

Kriegsführung zu tun hatten. Mit besonderem Interesse beobachtete ich einige kugelförmige Gegenstände, die langsam durch die Luft schwebten und von kleineren und schnellfliegenden Maschinen umkreist wurden. Welche Aufgabe diese kleinen Maschinen erfüllten, fand ich nicht heraus. Ich hatte allerdings den vagen Eindruck, daß sie uns vor den Kugeln beschützen wollten, widmete meine Aufmerksamkeit aber mehr dem Schauspiel der langsam schwebenden Sphären, die wie Planeten aussahen, die von ihren Satelliten umkreist werden. Es war ein von Menschen hergestelltes Universum, denn es war ja der Erde zu nahe. Unaufhörlich umflogen die kleinen Maschinen die Kugeln – oder waren es Ballons –, die über unsere Häupter dahinzogen. Sie sahen aus wie ein Rudel Wölfe, das einige große Bären eingekreist hat.

Der Himmel war hell, und als mein Blick sich weiter hinauf in größere Höhen richtete, bemerkte ich feine weiße Streifen, wie man sie oft bei hoch fliegenden Düsenjägern sieht. Es war, als sei dort oben plötzlich neues Leben entstanden. Vielleicht ist »Leben« nicht der rechte Ausdruck, denn ich wußte sehr wohl, daß alle diese Dinge unbelebt waren, aber irgendwie erweckte ihre Bewegung den Eindruck, als lebten sie wahrhaftig. Ich stand da und starrte in den Himmel, hatte die Gegenwart meiner Eltern vergessen und auch, warum wir den Spaziergang unternommen hatten, als mit einer Plötzlichkeit, an die ich mich nur mit Schrecken erinnern kann, ein grell aufleuchtendes Licht die Szene auslöschte.

Ich wußte sofort, daß über unseren Köpfen eine Atomexplosion stattgefunden hatte. Die Kreuzung, an der wir standen, bot keine Deckung. Das nächste schutzbietende Gebäude war fünfzig Meter entfernt. Ich lief sofort darauf zu und rief meinen Eltern zu, mir zu folgen. Ich wußte dabei, daß mein Versuch völlig sinnlos sein würde. Es wäre besser gewesen, sich einfach flach auf den Boden zu werfen.

Und dann lag ich auch schon auf der Erde und dachte: Nun bin ich tot. Kristallklar erkannte ich die Tatsache: Mein Tod war unvermeidlich, und jetzt in diesem Augenblick starb ich. Mein Bewußtsein war völlig wach, und ich spannte alle geistigen Kräfte an, diesen Zustand beizubehalten. Es war meine geistige Kraft, denn körperlich spürte ich nichts mehr. Ich fühlte auch meinen Körper nicht mehr. Die geistige Anstrengung aber war enorm: Sein! Nur noch sein!

In dieser einen Sekunde der ungeheueren geistigen Konzentration erstand vor mir das Problem der Unsterblichkeit meiner Seele. Ich erkannte das in meinem Traum in aller Deutlichkeit. Ich wußte aber auch, daß das Ergebnis meines Kampfes das universelle Problem der

Unsterblichkeit der menschlichen Seele löste. In meinem eigenen Kampf um das Leben stritt ich um die gesamte Menschheit.

Ich kämpfte noch, als ich erwachte. Lange lag ich halbwach auf meinem Bett und dachte darüber nach, was dieser Kampf bedeuten solle. War mein Bewußtsein klargeblieben, nachdem mein Körper bereits zerstört worden war, oder war ich schon vorher erwacht? Es war mir unmöglich, eine Antwort auf meine Frage zu finden.

Dann erwachte ich vollends und gab meine philosophischen Meditationen auf. Ich mußte mich den praktischeren Aufgaben der Gegenwart zuwenden. Ich konnte jedoch den ganzen Tag meinen Traum nicht vergessen.

Werde ich noch mehr solcher Träume haben, fragte ich mich. Kann ich nicht meinen Frieden haben, nicht einmal im Schlaf?

6. Mai

Ich versuche einen Ausweg aus dem Dilemma zu finden. Ich muß geheilt werden. Vielleicht ist ein Kompromiß die einzige Lösung.

Auf der einen Seite möchte ich meine Gespräche mit R-747 fortsetzen. Vielleicht üben sie wirklich eine nachteilige Wirkung auf mein Gemüt aus, aber gleichzeitig sind sie auch eine Droge, die mir Erleichterung bringt. Nicht für sehr lange, aber das Narkotikum läßt sich strecken, damit die Wirkung länger anhält.

Auf der anderen Seite könnte eine Ehe der nachteiligen Wirkung entgegenarbeiten. Wenn ich keine atomaren Träume mehr hätte und doch über die Mythologien der künftigen Generationen nachdenken könnte, wäre das eine ideale Lösung.

Ich sollte P-867 heiraten. Viel mache ich mir nicht aus ihr, aber das kann nur von Vorteil sein. Jemand auf Ebene 7 wirklich gern zu haben bedeutet nur Unannehmlichkeiten. Hier unten haben wir nicht die Möglichkeit, engen Kontakt mit anderen Menschen zu pflegen. Nur eine Stunde des Alleinseins ist für jungverheiratete Paare eine Grausamkeit. Auf Ebene 7 ist begrenzte Zweisamkeit eine Voraussetzung, also ist geringere Zuneigung nur ein Vorteil.

Damit habe ich gleichzeitig wieder ein neues Prinzip für die Mythologien gefunden, das von R-747 in ihren Geschichten benutzt werden sollte: Kümmere dich nicht sehr um deine Mitmenschen, besonders dann nicht, wenn sie zu deiner Familie gehören. Ja, das muß ich ihr noch schnell mitteilen.

Wenn ich P-867 heirate, überlege ich, wird sie vielleicht weniger dagegen haben, wenn ich mich mit R-747 unterhalte. Vielleicht sollte ich diesen Punkt als eine Art Bedingung in meinen Antrag einbauen. P-867 ist sicherlich vernünftig genug, die Notwendigkeit meiner Gespräche mit R-747 einzusehen, die mir geistiges Wohlbehagen vermitteln.

Als meine Frau ist P-867 auch in der Lage, mir psychologische Ratschläge zu erteilen, ohne daß ich ihr Patient sein muß. Ich brauche ihre beruflichen Fähigkeiten gewissermaßen außerberuflich und privat.

Wie ich es betrachte, ich gelange immer zu der Feststellung, daß P-867 unter den gegebenen Umständen die einzige vernünftige Wahl für mich ist. Unter den Umständen Ebene 7 betreffend, und Ebene 7 ist die beste aller möglichen Welten.

Vielleicht stimmt das nicht ganz, aber der Vorteil der Ehe mit P-867 bleibt bestehen.

Der Gedanke daran hat meine Stimmung erheblich gebessert.

7. Mai

Heute machte ich P-867 den beschlossenen Antrag und stellte gleichzeitig die Bedingung, daß ich täglich eine halbe Stunde mit R-747 im Aufenthaltsraum sprechen kann.

P-867 nahm den Antrag sofort an und erklärte sich auch mit meiner Bedingung einverstanden. Sie war sehr glücklich und bestand darauf, daß wir beide sofort gemeinsam den roten Knopf drückten und unsere Entscheidung bekanntgaben. Ich war einverstanden. Nun warte ich in meinem Zimmer auf die Nachricht, wann die Zeremonie stattfindet. Ich werde die Eintragungen in meinem Tagebuch fortsetzen, sobald das geschehen ist.

Ich habe die Nachricht erhalten. »Heiratsdienst ruft X-127. Zu Ihrer Hochzeit mit P-867 wird die Zustimmung erteilt. Die Zeremonie findet heute um sieben Uhr im Heiratsbüro statt. Drücken Sie bitte den roten Knopf, und bestätigen Sie diese Meldung.«

Ich tat es, als X-107 in das Zimmer kam. Er muß sofort bemerkt haben, daß ich eine besondere Meldung erhalten hatte, denn er lächelte und hob fragend die Augenbrauen. Als ich ihm mitteilte, daß ich heute abend P-867 heiraten würde, gratulierte er mir und meinte, ich habe eine sehr kluge Wahl getroffen.

Ich bin sehr froh, daß er mir zustimmt, denn wir werden natürlich auch weiterhin Zimmergenossen bleiben. Mit ihm werde ich täglich viel mehr Stunden zusammensein als mit meiner zukünftigen Frau – immerhin ein tröstlicher Gedanke.

8. Mai

Gestern traf ich P-867 zur bestimmten Zeit und am rechten Ort. Als wir wenige Minuten später den engen Raum wieder verließen, waren wir Mann und Frau. Auf unserer Brust standen die neuen Namen mit dem zusätzlichen »m«.

Wir mußten lächeln, als wir daran dachten, daß unsere Namen nun noch länger geworden waren, und beschlossen, daß wir unter uns eine Abkürzung verwenden wollten. Wir wollten uns einfach P und X nennen.

P schlug vor, daß wir eine kleine inoffizielle Feier folgen lassen sollten. Wir standen im Speisesaal, und ich ahnte noch nicht, was P plante. Sie zog mich geheimnisvoll in eine Ecke, wo uns niemand beobachten konnte, und wisperte: »Hier werden wir feiern« – und zog einen Riegel Schokolade aus der Tasche.

Sie muß ihn bei sich gehabt haben, als man sie nach unten kommandierte, und ihn die ganze Zeit für eine ganz besondere Gelegenheit aufbewahrt haben. Diese Gelegenheit schien ihr nun gekommen. Sie brach den Riegel durch und gab mir das größere Stück.

Ich hob mein Stück hoch wie ein Weinglas und sagte: »Auf dich und auf mich!«

»Auf X und P!« entgegnete sie, dann aßen wir die Schokolade langsam und genußvoll, als schlürften wir einen uralten, schweren Wein.

Und genauso kam es uns auch vor. Wir weilten nun schon lange genug hier unten, um völlig zu vergessen, wie normales Essen schmeckte. Unsere Nahrung hier besaß so gut wie keinen Geschmack, und wir schlangen sie ohne besonderen Appetit herunter. Essen war nichts als eine automatische Handlung, die zu bestimmten Tageszeiten durchgeführt werden mußte.

Die Schokolade war nun natürlich wie eine wunderbare exotische Delikatesse, und wir verzögerten die Prozedur des Essens, so sehr wir konnten. Zehn Minuten benötigten wir für die einmalige Mahlzeit, dann mußten wir den Saal verlassen, weil wir den Leuten im Weg waren.

Noch kennen wir die erste Stunde unseres Alleinseins nicht, aber der Lautsprecher wird sie uns früh genug bekanntgeben. Hier kennt man keine Sorgen hinsichtlich des »Rendezvous«. Der Heiratsdienst wird die bestmögliche Zeit aussuchen, dabei unsere Dienststunden und die Freizeit der anderen Paare berücksichtigen.

Ich bin überzeugt, unser nächstes Zusammentreffen wird in hervorragendster Weise geplant sein.

10. Mai

Ich mußte meine Flitterwochen verschieben. Statt P zu treffen, lag ich 48 Stunden im Hospital. Eigentlich merkwürdig, aber meine Krankheit ist die erste amüsante Periode meines Hierseins.

Die Geschichte war recht simpel. Kaum hatte ich meine Eintragungen beendet, als ich in der Zentrale meinen Dienst antrat. Ich saß nicht lange vor meiner »Schreibmaschine«, da bekam ich Magenschmerzen. Zuerst war es nur unangenehm, aber dann konnte ich den stechenden und brennenden Schmerz nicht mehr aushalten. Ich mußte etwas unternehmen. So etwas war mir in meinem ganzen Leben noch nicht passiert.

Ich betätigte den roten Knopf und bat um Hilfe und Instruktionen. Dann ging alles sehr schnell. Fünf Minuten später kam X-117 mich ablösen, und der Lautsprecher sagte, ich solle mich in mein Zimmer begeben, wo mich das Krankenpersonal abholen würde. Ich hatte kaum Zeit, mich auf meinem Bett auszustrecken, als auch schon zwei Krankenschwestern eintraten und mich auf dem Weg zur medizinischen Station stützten. Fünfzehn Minuten nach meinem Notruf lag ich bereits im Hospitalbett.

Die Krankenstation war klein und eng wie alles auf Ebene 7. Außer meinem Bett waren noch fünf andere vorhanden, von denen keines belegt war. Die Ärztin, M-227m, konnte sich also meinem Leiden mit ungeteilter Aufmerksamkeit widmen. Sie maß meine Temperatur, betrachtete meine Zunge, pochte auf meinem Bauch herum und stellte einige Fragen. Dann meinte sie, ich hätte mir den Magen verdorben, weil ich etwas Ungewöhnliches gegessen habe.

Ich hätte es mir ja gleich denken können: die Schokolade! Als ich es ihr sagte, lachte sie und nickte: »Natürlich, das ist es. Ich bin wirklich froh, daß mit dem Essen, daß Sie zu sich nehmen sollten, alles in Ordnung ist. Nicht daß die Schokolade schlecht gewesen wäre, aber Ihr Magen ist derartige Dinge nicht mehr gewöhnt. Sie sind bereits ein echter Bewohner von Ebene 7 und können nichts anderes mehr verdauen. Übrigens: Woher haben Sie die Schokolade bekommen? Ich hätte gern gewußt, wie Schokolade schmeckt – nur ein winziges Stück, selbstverständlich.«

Ich berichtete ihr, daß die Schokolade mein Hochzeitsgeschenk gewesen sei und keine mehr da war. Sie lachte herzlich und sagte: »Sie beginnen also bereits in Ihrer Ehe zu leiden – das geschieht Ihnen recht. Dann wird Ihre Braut ja wohl auch bald eintreffen.«

Aber P kam nicht. Ihre Verdauung mußte besser funktionieren als die meine, auch hatte sie das kleinere Stück gegessen.

Die Ärztin gab mir einige Tabletten, und der Schmerz ließ bald nach. Jetzt fühlte ich mich nur noch ein wenig schwach und unwohl.

Gern habe ich heute nachmittag die Krankenstation nicht verlassen, denn es hat mir dort ausnehmend gut gefallen. Die Situation war aber auch zu komisch: einen verdorbenen Magen durch Schokoladentoast bei der Hochzeitsfeier und die Flitterwochen in einem Krankenbett.

Sogar der Schmerz hatte mir wohlgetan. Das mag sich pervers anhören, entspricht aber der Wahrheit. Er hat meine eintönige Routine unterbrochen und gab mir das Gefühl, daß ich noch lebe. Auch die Menschen an der Oberfläche konnten noch Schmerzen fühlen.

Mehr noch, der Schmerz bewies meine Identität viel mehr als das Symbol X-127m. Ein Philosoph hat einst behauptet: »Ich denke, darum bin ich.« Ich vertrete die Meinung, daß Denken die Identität vergessen läßt; sie versinkt im unpersönlichen Universum des Geistes. Aber das Fühlen eines richtigen Schmerzes läßt einen erst erkennen, daß man wirklich ist. Er beweist die Existenz der Persönlichkeit wie nichts anderes. Dabei ist gerade das Gefühl nichts allgemeines, im Gegenteil, ist der privateste aller Eindrücke.

Obgleich ich noch geschwächt bin, tut mir der Zustand der physischen Leere gut und regt mich zum Denken an. Die Tabletten scheinen meinen Geist genauso gereinigt zu haben wie meinen Körper. Die Depression ist gewichen, und ich bin glücklich. Ich verspüre nicht einmal den Wunsch, mit R-747 über Mythen zu plaudern. Für den Augenblick also ist meine Sucht nach diesem Narkotikum geheilt.

Zum erstenmal fühle ich mich zu P hingezogen. Hätte sie mich nicht ständig zur Heirat gedrängt und hätte sie mir nicht das Stück Schokolade gegeben, liefe ich noch heute mit meiner miserablen Laune umher.

Die Hochzeitswehen taten mir also gut. Ich kann nur hoffen, daß ihre wohltuende Wirkung nicht durch andere Eheaspekte wieder zerstört wird.

12. Mai

Ich fühle mich noch immer ausgezeichnet und bin nun endlich ein richtig verheirateter Mann. P machte sich nachträglich ziemliche Sorgen wegen meines verdorbenen Magens. Das mag für eine jungverheiratete Frau eine ganz normale Reaktion sein, aber ich fragte sie dann doch, warum sie mich nicht in der Krankenstation besucht habe. Da sei verboten, erklärte sie, und es gäbe auch wahrscheinlich keine Ausnahmen in dieser Regel.

Das wundert mich eigentlich, aber ich kann mir den Grund schon denken. Die Moral der Gesunden würde darunter leiden, denn es ist immer deprimierend, einen Kranken zu besuchen. Außerdem kann man sich keineswegs auf die beruhigenden Worte der Ärzte verlassen, und selbst spürt man ja nicht, was der Kranke fühlt.

Nebenbei – natürlich hatte auch P Leibschmerzen, aber sie waren nicht so stark geworden, daß sie sich krank meldete. Sie gefällt mir nun schon besser. Ihre Zunge ist nicht mehr so scharf sie bei früheren Unterhaltungen. Auch spricht sie viel weniger.

Die Zeit unseres privaten Zusammenseins ist auf täglich 16.15 bis 17.00 festgelegt. Nachmittags also. Darin haben wir Glück, denn andere Paare müssen sich morgens in der Früh um die gleiche Zeit treffen. Richtig überlegt spielt das aber eigentlich keine besondere Rolle, denn zwischen Tag und Nacht besteht hier unten kein großer Unterschied. Unser »Tag« hat 24 Stunden, das ist alles.

Die privaten Treffen mit P lockern mein Routinedasein ein wenig auf. Das allein ist ein großer Vorteil, ganz abgesehen von den anderen Vorzügen, die eine Ehe so mit sich bringt. Sogar auf Ebene 7.

Der Wunsch, mit R-747 zu diskutieren, hat sich noch nicht in mir gemeldet. Seit ich aus dem Hospital entlassen wurde, habe ich kaum mit ihr gesprochen. Heute unterhielt ich mich mit P im Aufenthaltsraum, und sie war es, die immer wieder versuchte, R-747 in das Gespräch zu ziehen.

Eine merkwürdige Verwandlung in unseren allgemeinen Beziehungen.

13. Mai

Heute hatte ich eine interessante Unterhaltung mit X-107 über das Thema »Ehe«.

Ich summte vor mich hin, glaube ich, und meine offensichtlich gute Laune muß ihn nachdenklich gestimmt haben. »Auf Ebene 7 scheint ja alles in bester Ordnung zu sein«, sagte er.

Diese geheimnisvolle Feststellung konnte mir keine Antwort entlocken und bedurfte offensichtlich näherer Erklärung. »Die Einrichtung der Ehe, meine ich«, fuhr er dann auch fort. »Du weißt, ich habe nie viel davon gehalten und betrachtete sie sogar als unnötig.«

»Warum?« fragte ich. »Und was ist mit der Zukunft der Menschheit? Wäre es dir lieber, Ebene 7 würde nach unserer Generation aussterben?«

»Natürlich nicht«, erwiderte er. »Aber die monogame Ehe ist nicht die einzige Methode zur Erhaltung der Art. Freie Liebe hätte diesem Zweck genausogut gedient. Ja, sie hätte sogar noch Vorteile aufgewiesen. Das Problem der genauen Planung für die privaten Stunden wäre weggefallen. Niemand kann abstreiten, daß die Ehen bei uns nur den einen Sinn haben, die Menschheit nicht aussterben zu lassen. Es gibt kein Familienleben, keine Haushalte – warum klammern wir uns also an die überholten Überlieferungen?«

Ich gab zu, daß die Angelegenheit in der Tat sehr konservativ sei, machte X-107 aber darauf aufmerksam, daß man sicherlich gute Gründe dafür habe. Vielleicht wolle man Eifersuchtsszenen vermeiden, vermutete ich. In der klaustrophobischen Atmosphäre von Ebene 7 wäre ein Ausbruch der Gefühle eine Katastrophe.

X-107 dachte einen Augenblick über mein Argument nach, dann fragte er mich: »Würdest du deiner Frau wegen eifersüchtig sein können?« Ich verneinte das, gab aber zu bedenken, daß andere Leute es vielleicht sein können. X-107 hingegen glaubte das nicht. »Du bist bestimmt das Gegenteil einer Ausnahme«, sagte er.

»Ich wundere mich überhaupt, ob nicht das Fehlen einer Veranlagung für Eifersucht eines der Hauptmerkmale für unsere Eignung für Ebene 7 gewesen ist. – Nun, jedenfalls lassen sich die monogamen Ehen hier unten recht gut an, und bisher hatte man keine Schwierigkeiten, die Stunden des privaten Zusammenseins zu arrangieren. Es scheint also alles gut zu sein. Bei freier Liebe gäbe es wohl zuviel Konkurrenzneid und Wettbewerb. Man würde mehr Zeit für die Liebe verwenden müssen, und die Arbeit würde darunter leiden. Außerdem«, fügte ich hinzu, »findet man freie Liebe und Gleichheit nicht oft beieinander. Gleichheit aber ist die Grundlage der Demokratie, und Demokratie ist wiederum die Grundlage des Lebens auf Ebene 7.«

Das meinte ich zwar nicht so ernst, aber X-107 nickte fast feierliche

Zustimmung. Ebene 7 blieb somit weiterhin die beste aller möglichen Welten.

14. Mai

P scheint sich tatsächlich in mich verliebt zu haben. Ob sie eifersüchtig sein könnte? Ich erzählte ihr von meiner Unterhaltung mit X-107, und sie bemerkte, sie hätte ihm mehr Intelligenz zugetraut. Ich verteidigte ihn, und sie gab zu, daß er wenigstens das Recht auf Zweifel besitze. Aber er solle bald heiraten, fügte sie hinzu. Dann würde er weniger Unsinn reden.

Es wird immer mehr geheiratet. Mehr und mehr Leute sieht man beim Essen mit den neuen Namensschildern. Der Lautsprecher gibt täglich die Eheschließungen bekannt: Ingenieure, Ärzte, Krankenschwestern, Vorratsoffiziere, Verwaltungsangestellte, technisches Personal, Psychologen und eine Menge Reserve. X-137 hat nun auch geheiratet. Von den vier KD-Offizieren blieben also nur zwei Junggesellen.

Die Serie »Kenne deine Ebene« wurde heute beendet. In der abschließenden Sendung wurde noch einmal betont, wie wichtig unsere Position auf Ebene 7, dem tiefsten und sichersten Ort der Erde, sei.

Der Grund für unsere Sicherheit ist unsere Funktion. Alle Anstrengungen gelten dem Schutz der KD-Zentrale, die dem Angriff dient. »Angriff«, so betonte der Sprecher, »ist die beste Form der Verteidigung. Darum liegt Ebene 7 auch so tief in der Erde. Wir können den Gegner vernichten, ohne selbst das geringste Risiko einzugehen.«

Die Worte erinnerten mich wieder an meine eigentliche Aufgabe hier unten. Sie ist in der Tat sehr wichtig und bedeutend. Ich bin es, der den Knopf niederdrückt, und alle anderen sind nur deshalb auf Ebene 7, damit ich leben kann. Sie sorgen für meine Luft, für mein Essen, für die von mir benötigte Energie. Sie sind dafür verantwortlich, daß ich gesund bleibe.

Natürlich ist jeder einzelne von uns wichtig, denn ohne die anderen wären wir KD-Offiziere wertlos. Schon die Krankheit von X-117 hat bewiesen, wie wichtig Leute wie P sind, die zwar rein materiell gesehen nichts beitragen, aber doch immer bereitstehen müssen, wenn unser Gehirn versagen sollte. Immerhin, das Wissen um die Bedeutung von Ebene 7 und die Tatsache, daß die KD-Zentrale in ihr gelegen ist, gibt mir das Gefühl äußerster Wichtigkeit.

Irgendwo muß natürlich das Oberkommando sitzen, wer immer auch das sein mag. Ich habe bisher noch niemand gesehen, der auf seinem Namensschild ein K trüge. Auch wurden keine entsprechenden Heiraten bekanntgegeben. Langsam beginne ich mich zu wundern, wer und wo die Kommandanten von Ebene 7 sind.

Am späten Abend gab der Lautsprecher noch durch, daß eine neue Serie mit dem Titel »Kenne die anderen Ebenen« beginnen würde. Vielleicht erweist sich diese neue Serie als interessant. In »Kenne deine Ebene« wurden uns nur unsere Vermutungen und das, was wir eigentlich schon wußten, bestätigt. Die neue Serie wird uns mit unbekannten Dingen vertraut machen.

15. Mai

Die Serie begann mit der nächst höher gelegenen Ebene und wird sich nach oben hin fortsetzen. Heute wurde also über Ebene 6 berichtet.

Ebene 6 ist für die KD-D-Zentrale. Unsere Knöpfe bewirken die Offensive, während die Knöpfe der KD-D-Zentrale lediglich der Verteidigung unseres Landes dienen. Obwohl im militärischen Sinne weniger wichtig als wir, verlangt die Aktionsbereitschaft weit mehr Personal. Auch ist die benötigte Maschinerie komplizierter.

Es ist die Aufgabe des KD-D-Kommandos, feindliche Raketen unschädlich zu machen, ehe sie ihr Ziel erreichen können. Da ein Angriff höchstwahrscheinlich überraschend erfolgen wird, muß KD-D ständig in Bereitschaft gehalten werden. Aus diesem Grund ist eine ständige Beobachtung des Luftraumes unerläßlich. Riesenhafte elektronische Rechenanlagen haben in erster Linie zwei Aufgaben: Sie registrieren alle geplanten Flüge von Flugzeugen und Raketen; die Daten erhalten sie von den Stützpunkten auf der Oberfläche. Dann erhalten sie von sämtlichen Radarstationen die Angaben der sich tatsächlich in der Luft befindlichen Objekte. Wenn alles nach Vorschrift geht, kann sich somit nichts in der Luft befinden, das nicht auf der Planliste verzeichnet ist. Wenn aber durch Radar ein fliegendes Objekt gemeldet wird, das nicht auf der Planliste erscheint, ist es sofort als verdächtig registriert. Ein zweites Elektronengehirn erhält die notwendigen Informationen und übernimmt sofort die Verfolgung des verdächtigen Flugkörpers, errechnet seine Geschwindigkeit, Höhe und wahrscheinliches Ziel.

Wenn – und zu dieser Arbeit werden kaum mehr als ein paar Minuten benötigt – sich herausstellt, daß dieses Objekt eine feindliche

Rakete sein sollte, ergreift das KD-D-Kommando die Initiative. Einer unserer Kollegen – auch ein KD-Offizier – drückt in seiner Zentrale den Knopf, der in dem betreffenden Gebiet, das gerade vom Feind überflogen wird, die Abwehrraketen starten läßt. Ohne Zweifel wird auch auf Ebene 6 diese Aktion doppelt und dreifach überwacht, um Irrtümer zu vermeiden. Die Abwehrraketen tragen atomare Sprengköpfe und werden durch das Elektronengehirn gesteuert. Der KD-Offizier hat also nichts mit dem eigentlichen Zielen zu tun, er löst nur den eigentlichen Alarm für das überflogene Gebiet aus. Da er jedoch einen ähnlichen Bildschirm wie wir vor Augen hat, kann er den Erfolg oder Mißerfolg seiner Aktion genau beobachten.

Mich interessiert das alles sehr, denn ich finde die Arbeit des defensiven Kommandos abwechslungsreicher und komplizierter. Unsere Atomraketen sind alle schon im voraus auf ihre unbeweglichen Ziele eingerichtet worden. Wir brauchen nur auf den Knopf zu drücken, um sie auf ihren vorherbestimmten Weg zu schicken. KD-D aber hat alle Flugkörper der Welt zu beobachten, und besonders jene, die über unserem Land gesichtet werden. Und dann, wenn einer dieser Flugkörper den Angaben nach nicht in der Luft sein dürfte, muß KD-D versuchen, dieses kleine und sich sehr schnell bewegende Ziel zu vernichten.

Natürlich verrichten Elektronengehirne und sonstige Maschinen den Großteil der Arbeit, aber das heißt nicht, daß das Personal auf Ebene 6 geringer sein muß als unseres. Die höhere Technisierung erfordert mehr Menschen. Auf Ebene arbeiten 2000 Männer und Frauen, viermal soviel wie auf Ebene 7. Ganz abgesehen davon, berichtete der Kommentator der Serie, sind auf Ebene 6 viele Abteilungen noch unbesetzt, und die Belegschaft genießt bei weitem nicht die Vorteile, die wir für selbstverständlich erachten. Auch Ebene 6 ist völlig unabhängig. Sie liegt nur tausend Meter unter der Erdkruste.

Vielleicht wollte uns der Sprecher das Gefühl besonderer Bevorzugung vermitteln, denn immer und immer wieder betonte er – mehr oder weniger versteckt –, daß Ebene 7 sowohl wichtiger wie auch komfortabler als Ebene 6 sei. Man sagte uns – und ich glaube das ohne weiteres –, daß die Existenz unseres Landes viel mehr von der Funktion des offensiven KD-Kommandos als von der des defensiven KD-D-Kommandos abhänge. In der Hauptsache wohl deshalb, weil es sehr zweifelhaft erscheint, ob unsere Abwehrraketen schnell genug reagieren und mit interkontinentalen Geschossen fertigwerden können, die sich uns mit der Geschwindigkeit von 2000 Kilometern pro

Stunde nähern. Auch wissen wir nicht, mit welchen technischen Mitteln diese Feindraketen ausgerüstet sind und ob sie nicht vielleicht sogar in der Lage sind, unsere Abwehrwaffen außer Gefecht zu setzen. »Unsere eigenen Offensivgeschosse können feindliche Abwehrraketen unschädlichen machen«, wurde uns mitgeteilt.

Die Chance, die Mehrheit der feindlichen Raketengeschosse noch vor den Grenzen unseres Landes abzuschießen, ist nur sehr gering. Doch selbst dann, wenn wir das unglaubliche Glück haben, daß nur 10 % der feindlichen Raketen ihr Ziel erreichen, genügt das, um unser Land zu zerstören. Und auch dann, wenn diese 10 % nicht über ihren Zielen detonieren, wird ihre radioaktive Strahlung genügen, unsere Heimat für lange Zeit unbewohnbar zu machen.

Für wie lange? fragte ich mich. Der Lautsprecher gab keine Auskunft.

16. Mai

Der Vortrag über Ebene 6 hat das allgemeine Interesse geweckt.

Wir sind von Zweifeln geplagt. Einerseits fühlen wir uns überlegen, besonders deshalb, weil wir tiefer sind, tiefer in der Erde. Zweitens ist das Schicksal unseres Landes in der Hauptsache von uns abhängig. Drittens sind wir eine kleinere Gruppe.

Auf der anderen Seite erfordern die Pflichten auf Ebene 6 größere Geschicklichkeit und stellen höhere Anforderungen an Mannschaften und Offiziere. Aus diesem Grunde wiederum müssen sich die verantwortlichen Stellen des KD-D-Kommandos uns überlegen fühlen. Wenigstens behauptet das X-107, und er hat sicher recht.

Wir verspüren also für Ebene 6 gleichzeitig Zuneigung und Feindschaft. Sie sind ebenfalls ein Teil unserer Wehrmacht, und es ist ihre wie auch unsere Aufgabe, unser Land zu verteidigen – darum fühlen wir die Zuneigung. Aber sie sind auch ein anderer Teil unserer Wehrmacht – daher die leichte Feindseligkeit ihnen gegenüber.

Natürlich kann man diese Gefühle nur als eine reine Spekulation wirklicher Gefühle betrachten. Echte Gefühle kann man kaum verspüren, wenn man so wenig über den anderen weiß. Die Mannschaft von Ebene 6 lebt 350 Meter über uns, und wir haben keinerlei Verbindung zu ihr.

Oder doch? Eigentlich muß doch eine bestehen. Wenn der Feind angreift, weiß es doch Ebene 6 vor uns und muß uns davon unterrichten.

Ein aufregender Gedanke: Verbindung mit der Außenwelt – oder besser: mit einer Welt näher der Oberfläche. Aber es ist ja sinnlos, sich darüber Gedanken zu machen. Vielleicht wird die heutige Sendung ein wenig mehr Aufklärung bringen.

Auch heute wurde über Ebene 6 gesprochen, aber über die Nachrichtenverbindung mit ihr fiel kein Wort. Wir erfuhren lediglich, daß Offiziere und Mannschaften nicht ständig unter der Erdoberfläche weilen. Sie verbringen nur zwei Wochen auf Ebene 6 und werden dann abgelöst, um zwei Wochen in einem Lager nahe dem Eingang zur Unterwelt zu leben, bevor sie wieder nach unten gehen.

Das bedeutet, daß mindestens 41000 Männer und Frauen für Ebene 6 ausgebildet wurden, denn beide Dienstschichten umfassen je 21000 Personen. Es bedeutet aber auch, daß die Menschen von Ebene 6 ab und zu Tageslicht zu sehen bekommen . . .

Nein, es ist besser, nicht darüber nachzudenken. Im übrigen hat das System aber auch seine Nachteile. X-107 machte mir klar, daß die Hälfte der Besatzung von Ebene 6 bei einem plötzlichen Kriegsausbruch Schutz in einer höher gelegenen Ebene sucht oder gar auf der Oberfläche bleiben muß.

Dieser Gedanke sollte uns ihnen wieder überlegen erscheinen lassen, schloß ich, obgleich die Aussicht, alle zwei Wochen für vierzehn Tage nach oben zu gehen, verlockend genug blieb. Soweit ich es beurteilen kann, darf man die Mannschaft von Ebene 6 als richtige Oberflächenwesen bezeichnen, die in regelmäßigen Abständen unter der Erde ihren Dienst verrichten, wie andere auf Geschäftsreisen gehen. Es war nicht notwendig, ihnen ein eigenes Sozialleben zu geben – Heiraten, um ein Beispiel zu nennen –, aber das würde früh genug geschehen, wenn man sich im Fall eines Krieges von der Außenwelt abschließen mußte.

X-107 meinte, daß man diese Methode des Wechsels nicht aus Bequemlichkeit für die Leute von Ebene 6 geschaffen hat, sondern daß sie unter den gegebenen Umständen eine Lebensnotwendigkeit darstellt. »Wir sind militärisch gesehen die wichtigsten Personen der Offensive«, sagte er, »und es ist absolut unwichtig, daß wir wissen, was auf der Oberfläche vor sich geht. Mehr noch, jeglicher Kontakt mit ihr kann unsere Arbeit stören und uns sentimental werden lassen. Wir würden die Oberfläche wieder lieben lernen, die wir vielleicht eines Tages vernichten müssen. Das KD-D-Kommando hingegen soll diese Oberfläche schützen, und je mehr die Leute von Ebene 6 von ihr sehen, desto mehr werden sie daran interessiert sein, sie vor einer

Zerstörung zu bewahren. Auch ist es nicht so wichtig, sie wie uns zu isolieren, weil es zweifelhaft ist, ob sie ihrer Aufgabe überhaupt gerecht werden können.«

Seine Argumente klangen vernünftig. Zwischen Ebene 6 und uns bestehen tatsächlich erhebliche Differenzen, wenn auch der Vortragende heute abend versuchte, diese Unterschiede zu bagatellisieren. Wir beide seien die Nervenzentren unseres Landes, führte er aus, während die anderen Ebenen nur Zivilisten beherbergen. In funktionsmäßigem Sinne seien wir als eine Einheit zu betrachten.

Das sei auch der Grund, fuhr er fort, warum unsere beiden Ebenen in ähnlicher Weise aufgebaut wären. Obgleich Ebene 6 um 350 Meter der Oberfläche näher sei – und zwar aus rein technischen Gründen –, befinde sie sich in der gleichen Gegend. Sogar direkt über unseren Köpfen. Es wird dann auch eine ständige Nachrichtenverbindung bestehen, dachte ich, denn warum sonst diese enge Nachbarschaft? Es gibt auch nur eine Ebene 6, fuhr der Sprecher fort, wie es nur eine Ebene 7 gibt. Andere Ebenen seien anders aufgebaut, aber das würde uns in einer späteren Sendung noch näher erläutert werden.

Das klingt ja recht vielversprechend. Ich bin gespannt, wie es auf den anderen fünf Ebenen aussieht.

17. Mai

P kann nicht begreifen, warum mich die Sendung »Kenne die anderen Ebenen« so interessiert. Sie findet sie langweilig. Fast habe ich den Eindruck, daß sogar die Psychologie für sie an Reiz verloren hat. Ihr Hauptinteresse gilt nämlich mir, ihrem Gatten.

Vielleicht sollte mich das nicht besonders überraschen, denn viele Frauen reagieren so. Sie vermögen sich völlig auf das Leben eines anderen Menschen zu konzentrieren. Solange P annimmt, daß sie mich hat – oder es wenigstens glaubt –, hat sie kein Interesse für andere Dinge. Sie fühlt sich auf Ebene 7 wohl und glücklich.

Was würde sie wohl machen, wenn der Lautsprecher plötzlich bekanntgeben würde, wir müßten alle zur Oberfläche zurückkehren? Ob sich ihre Lebensweise ändern würde?

Wenn P's Interesse für Psychologie nachgelassen hat, so ist das meine gestiegen. Es ist möglich, daß ich das ihrem Einfluß zu verdanken habe. Vielleicht hat sie ihre beruflichen Interessen auf mich übertragen, um sie bewußt loszuwerden. Das kann sehr gut sein, denn wir sind sehr viel und oft zusammen. Sie versäumt niemals – und sorgt auch dafür, daß ich es nicht tue – die täglichen privaten Zusammentreffen, auf die verheiratete Paare Anspruch haben. Auch im Aufenthaltsraum belegt sie mich mit Beschlag, und ich habe keine Gelegenheit mehr, mit R-747 zu sprechen, woran ich, ehrlich gesagt, auch kein allzu großes Interesse mehr habe. Doch nicht nur zu den vorgeschriebenen Stunden kümmert sich P um mich.

Wenn ich dienstfrei und auch sie nichts Besonderes zu tun hat, nimmt sie mich mit in ihre psychologische Abteilung. Dort sind wir dann allein in einem kleinen Raum, der nur eine schmale Liege und dahinter einen Stuhl enthält. Er dient zur Durchführung psychoanalytischer Untersuchungen. Ich muß mich niederlegen, während P hinter mir Platz nimmt. So kann sie mich beobachten, während ich die Wand mir gegenüber anstarre, was mir absolut nichts ausmacht. Ich komme mir vor wie ein Patient. Sie spricht, und ich habe nichts anderes zu tun, als ihr zuzuhören.

Manchmal höre ich nicht einmal zu. Ich döse vor mich hin. So sehr habe ich mich an ihren Redefluß gewöhnt, daß er meine Gedankengänge nicht mehr stört.

Heute ist P böse mit mir, denn ich habe es abgelehnt, zu ihr in die psychologische Abteilung zu kommen. Ich sagte ihr, ich wolle meine Sendung »Kenne die anderen Ebenen« nicht versäumen. Keineswegs wollte ich P wütend machen, aber ich wollte meinen Willen durchsetzen. Außerdem interessieren mich die Vorträge. Sie vermitteln meinem Leben neue Eindrücke.

18. Mai

Die Ebenen 5, 4 und 3 unterscheiden sich allerdings beträchtlich von Ebene 6 und 7. Es sind die Ebenen der Zivilisten, aber das ist nicht das einzige, was sie miteinander gemeinsam haben. Sie alle drei sind für die Elite der zivilen Gemeinschaft bestimmt. Je wichtiger der Zivilist ist, desto tiefer dringt er in die Erde ein und desto sicherer wird er untergebracht.

Ebene 5 wurde für 20000 Menschen erbaut, für die Crème der Gesellschaft unseres Landes. Sie besteht aus vier getrennten Abteilungen in verschiedenen Teilen des Landes, 500 Meter unter der Oberfläche. Sie dient zur Aufnahme höherer Beamter, Wissenschaftler, Politiker, Exmilitärs mit ihren Familien.

Selbstverständlich kann dabei nicht auf technisches Personal verzichtet werden, dessen gesellschaftliche Stellung zwar unbedeutend, dessen Anwesenheit jedoch notwendig ist. Grundsätzlich aber muß die Elite für sich selbst sorgen und erhält nur wenig Hilfe von außen. Ich wage zu behaupten, daß man diese Unbequemlichkeit gern in Kauf nimmt, denn die andere Alternative ist, auf die Sicherheit der Ebene 5 zu verzichten.

Jede Abteilung von Ebene 5 liegt ganz in der Nähe der wissenschaftlichen und administrativen Zentren, so daß die betreffenden Personen – wenn es soweit ist – in kürzester Zeit die sichere Deckung aufsuchen können. Einmal unten, haben sie es nicht mehr nötig, an die Oberfläche zurückzukehren, denn auch Ebene 5 ist unabhängig. Vielleicht nicht so vollständig wir wir, denn ihr steht weniger Personal zur Verfügung – weniger Ärzte und Krankenschwestern z. B., obwohl man ihrer sicherlich mehr bedarf als auf Ebene 7 –, aber Raum ist kostbar, und ein Mann Personal mehr bedeutet einen Wissenschaftler oder Politiker weniger. Auch gibt es keine Lehrer und Kindermädchen; der Gedanke, daß die Elite mal arbeiten muß, gefällt mir außerordentlich. Sie wird sich mit dem unvermeidlichen Abfall herumärgern müssen, mit der Wäsche und all den anderen Kleinigkeiten des Lebens unter der Oberfläche. Sie werden genug zu tun haben, aber wenigstens kommen sie dann nicht vor Langeweile um.

Abgesehen davon genießen sie die gleichen Vorteile wie wir. Luft und Nahrungsmittel stehen in gleicher Weise wie bei uns zur Verfügung, ebenso Energievorräte. Diese jedoch nicht für mehr als exakt 200 Jahre.

19. Mai

Heute sprach ich mit X-107 über die Vorteile, die unsere beiden militärischen Ebenen den zivilen gegenüber genießen. Es macht einen sehr befriedigenden Eindruck, daß wir – nach der Tiefe zu urteilen, in der man uns untergebracht hat – wertmäßig höher als die Elite des Landes eingeschätzt werden.

»Selbstverständlich«, schränkte er ein, »bedeutet das nicht, daß wir mehr als diese Politiker und Generäle wären, weilten wir jetzt mit ihnen auf der Oberfläche. Nur unsere militärische Funktion macht es notwendig, uns diese bevorzugte Position einzuräumen. Der endgültige Sieg – ihr und unser Wohlergehen also – hängt allein von uns ab.«

Die Worte von X-107 erinnerten mich an die Position eines Kapitäns auf einem großen Passagierschiff. Obgleich einige seiner Passagiere hochstehende Politiker oder Wissenschaftler sein mögen, Männer mit höchster Verantwortung also, hat er die besteingerichtete Kabine. Die Wichtigkeit der Ebene 7 gegenüber den zivilen Ebenen ist natürlich ungleich größer als die eines Kapitäns gegenüber seinen Passagieren.

»Ich kann mir vorstellen«, sann ich vor mich hin, »daß die Leute von Ebene 5 – eben jene Leute, die unsere Politik machen – in größere Tiefen hinabsteigen würden, wenn Platz vorhanden wäre. Sie müssen festgestellt haben, daß es besser ist, eine größere Anzahl in geringerer Tiefe unterzubringen, als eine geringere Anzahl in größerer Tiefe.«

X-107 war anderer Meinung. Er meinte, wie groß die anderen Ebenen auch wären, der unseren müßte immer der tiefste und sicherste Platz zugestanden werden. Nur unserer Aufgabe wegen.

Was immer nun auch die Gründe sein mögen, die militärische Hauptmacht befindet sich am sichersten Ort der Welt, nicht aber an der Front. Welcher Unterschied zu jenen Tagen, da der Soldat noch in die Maschinengewehrgarben des Feindes rennen und ein Pilot jederzeit damit rechnen mußte, abgeschossen zu werden. Heute sind wir Soldaten durch eine mehr als tausend Meter dicke Erdschicht vom Feind getrennt. Kein noch so starker Panzer läßt sich damit vergleichen.

Sollen die Zivilisten ruhig einmal zittern, während wir uns sicher fühlen können.

20. Mai

Die Ebenen 4 und 3 sind nach dem gleichen Prinzip wie Ebene 5 geplant worden. Ihre Einrichtung ist ähnlich, auch hier sind die Wichtigsten des Landes untergebracht, wenn sie auch nicht ganz so wichtig sind wie die Elite auf Ebene 5. Je höher die Ebene, von uns gesehen, desto unwesentlicher die soziale Stellung der künftigen Bewohner.

Ebene 4 ist in zehn unabhängige Sektionen unterteilt, von denen jede 10000 Menschen aufnimmt. Ihre Tiefe unter der Erde beträgt 350 Meter, und die Vorräte sind für ein Jahrhundert berechnet.

Ebene 3 liegt 150 Meter tief, hat 25 Sektionen, von denen jede 20000 Personen aufnehmen kann. Hier reichen die gespeicherten Vorräte nur 25 Jahre.

Die Konstruktion von Ebene 3 muß ein rechtes Problem gewesen sein, schon allein der Ausdehnung wegen. Da in jeder Abteilung

20000 Menschen leben müssen, kann man sich trotz der gewaltigen Wohnanlagen die Bevölkerungsdichte sehr gut vorstellen.

Der Vergleich mit einem Schiff wurde heute auch von dem Vortragenden benutzt, wenn auch in anderer Art, als ich es tat. Die Ebenen 5, 4 und 3 entsprächen, sagte er, der 1., 2. und 3. Klasse eines Ozeandampfers. Jede sei größer als die vorangehende und beherberge mehr Passagiere. Ich halte diesen Vergleich für sehr hinkend. Wenn er schon ein Schiff dazu heranziehen wollte, hätte er Ebene 5 mit der billigsten 3. Klasse vergleichen sollen, Ebene 4 mit dem Deck eines Emigrantenschiffes und Ebene 3 mit dem Lagerraum eines alten Sklavenseglers. Mit der ersten Klasse zu beginnen ist einfach lächerlich. Selbst wir auf Ebene 7 sind nicht viel besser untergebracht als die Passagiere der Touristenklasse auf einem drittrangigen Schiff.

Aber Vergleiche hinken ja immer, besonders hier unten, wo man ohnehin alles auf den Kopf stellen mußte. Wer hat z. B. jemals von einem Schiff gehört, in dem die teuersten Kabinen ausgerechnet über dem Kiel liegen?

21. Mai

Die Vorträge über die anderen Ebenen haben ihren Reiz für mich noch nicht verloren. P kann das natürlich nicht verstehen, und es ist völlig sinnlos, mit ihr darüber sprechen zu wollen. Wie bin ich froh, X-107 als Zimmergenossen zu haben. Mit ihm kann ich über jedes Thema reden. Er ist ein unerhört patenter Mensch.

Ich legte mich wie gewöhnlich auf die schmale Couch, während P hinter mir auf dem Stuhl Platz nahm und zu erzählen begann. Ich hörte nicht zu, sondern dachte über Ebene 5 und 4 nach.

Ich hätte gern gewußt, wie sehr die Schutzbunker des Feindes den unseren ähnelten. Wenigstens die zivilen. Es konnte kein Zweifel daran bestehen, daß auch er die militärischen Zentralen in die größte Tiefe verlegt hatte. Die Art des Lebens und auch die Ideologien mögen verschieden sein, aber die Notwendigkeit des besonderen Schutzes für die Knopfdruckzentrale war gleich.

Was aber war mit den zivilen Schutzmöglichkeiten? Wo lag hier der Unterschied? Mir schien, als müsse der Feind eine ähnliche Einteilung wie wir getroffen haben. Würde er nicht auch die Politiker, Beamten und Exgeneräle in die größte Tiefe schaffen? Was die anderen Ebenen anging, so würde das eine Land die Reichen, das andere die Mächtigen bevorzugen.

Aber – ist das denn ein Unterschied? Die Reichen sind mächtig, die Mächtigen sind reich. Wissenschaftler und Techniker passen in jede der beiden Kategorien.

Wie groß auch immer der Unterschied auf der Oberfläche sein mochte, im Innern sahen sich alle gleich. Ich meine die Oberfläche und das Innere der Erde – wenigstens rede ich mir das ein.

Ich bemerkte plötzlich, daß P mehrmals versuchte, von mir eine Antwort zu bekommen. Sie wiederholte ihre Frage, und ich begriff ihre Bedeutung. Sie fragte: »Was hast du lieber, unseren offiziellen Privatraum oder diesen hier?«

Immer noch geistesabwesend antwortete ich: »Oh, im Grunde genommen besteht da überhaupt kein Unterschied . . .«

23. Mai

Heute wurde über die Ebenen 2 und 1 gesprochen.

Sie unterscheiden sich nicht nur von den militärischen Ebenen, sondern auch von den anderen zivilen. In ihnen finden gewöhnliche Zivilisten Schutz, nicht die Elite. Später wird Platz für jeden sein, aber das liegt noch fern in der Zukunft.

Auch die technischen Einrichtungen sind anders.

Frischluft wird nicht durch Treibhäuser erzeugt, sondern von der Oberfläche herabgepumpt. Zwar leitet man sie durch Spezialfilter, aber erst bei einem atomaren Krieg wird sich erweisen, wie wirkungsvoll diese Methode ist. Sogar der Sprecher machte in dieser Hinsicht keinen sehr optimistischen Eindruck. »Eine so große Menge Menschen von der natürlichen Luftzufuhr unabhängig zu machen«, erklärte er, »war völlig unmöglich, wenigstens in der kurzen Zeit, die zur Verfügung stand. Es wird allein schon eine gigantische technische Leistung sein, die gesamte Bevölkerung unseres Landes bis zum Ausbruch des Krieges in Sicherheit zu bringen.«

Die Energie der Ebenen 2 und 1 wird von konventionellen Generatoren erzeugt, nicht durch atomare Reaktoren, die der ständigen Aufsicht bedürfen. Der Treibstoff der Generatoren wird durch Leitungen herbeigebracht. Die Behälter liegen teils unter der Oberfläche, teils aber über ihr. Bei einem direkten Bombentreffer fällt also der Treibstoff für die entsprechende Abteilung aus, aber daran ist nichts zu ändern.

Die Nahrungsmittel sind sehr knapp bemessen. Für Ebene 2 sind die Vorräte auf ein halbes Jahr beschränkt, für Ebene 1 einen Monat.

»Das mag Sie überraschen«, sagte der Vortragende, »aber Sie werden gleich einsehen, wie sinnlos es wäre, größere Vorräte anzulegen, selbst dann, wenn der Raum zur Verfügung stünde. Die beiden obersten Ebenen sind der Oberfläche viel zu nahe, um allen Angriffen des Feindes zu widerstehen. Ebene 2 liegt 35 Meter tief, Ebene 1 nur zwischen 5 und 20 Meter. Oberflächendetonationen werden leicht überstanden, wenn der Feind keine thermonuklearen Typen verwendet und solche, die erst nach dem Aufschlag explodieren. Wird der Krieg also begrenzt geführt, und gibt es keine lang andauernde Strahlung, so kann die Bevölkerung nach einem Monat ohne größere Verluste an die Oberfläche zurückkehren. Gibt es aber den totalen atomaren Krieg, wird die physische Zerstörung und radioaktive Verseuchung so groß sein, daß niemand an der Oberfläche der Erde überlebt. Vielleicht sind einige von Ebene 2 oder gar Ebene 1 so glücklich, dem direkten Verderben zu entgehen, wenn keine Untergrundbombe die Sektion vernichtet.«

Das waren keine sehr schönen Aussichten. Aber der Sprecher hatte recht: Es war sinnlos, größere Vorräte anzulegen, wenn nicht einmal die Aussicht bestand, daß die beiden Ebenen die feindlichen Angriffe überhaupt überlebten.

Damit ist klar, daß Ebene 2 und 1 im Falle eines totalen Krieges verloren sind. Und mit einem totalen Krieg ist durchaus zu rechnen. Mir kam der Gedanke, daß man Ebene 2 und 1 nur ihres psychologischen Effektes wegen baute. Die Masse des Volkes soll denken, bereits dicht unter der Oberfläche der Erde Schutz vor den Atombomben des Feindes zu finden.

24. Mai

Ebene 2 birgt Raum für eine Million Menschen, unterteilt in 40 Sektionen mit je 25 000 Insassen.

Die soziale Zusammensetzung ist sehr aufschlußreich. Ebene 2 ist den unzufriedenen Elementen vorbehalten: Pazifisten, Oppositionellen, Sozialkritikern und ähnlichen Personen.

»Das hat seinen guten Grund«, erklärte der Sprecher. »Man will die zweifelhaften und umstürzlerischen Elemente beruhigen, indem man ihnen scheinbar größere Sicherheit bietet. Diese Methode ist besser, als wollte man nur reine Gewalt anwenden.«

Das »nur« ist bezeichnend, dachte ich. Ich weiß nicht, wieviel Gewalt bisher angewendet wurde und wieviel noch angewendet werden muß, aber es gibt ja eine schöne Reihe von Maßnahmen, die den atomaren Schutz des Landes vor den Angriffen der Skeptiker schützen sollen. Ich kann nur erraten, daß man diese unbequemen Elemente jetzt damit beruhigt, indem man ihnen erhöhte Sicherheit verspricht. Wie das Ergebnis ausgefallen ist, weiß ich nicht, denn als ich noch oben weilte, wußten wir nichts von den sieben Ebenen. Sicher, der Bau großer Schutzbunker ließ sich nicht verheimlichen, aber niemand ahnte etwas von der Unterteilung in soziale Ebenen.

So gab man also den Friedensenthusiasten und ähnlichen Elementen die besseren Chancen – wenigstens theoretisch. Denn in der Praxis wird es keinen Unterschied geben. Schon eine Multimegatonnenbombe wird Ebene 2 vernichten, wenn sie direkt darüber explodiert. Außerdem – was nützen die Vorräte für ein halbes Jahr, wenn die Erdoberfläche auf Jahrzehnte hinaus verseucht sein sollte? Ihnen wird nach dem Krieg also keine andere Wahl bleiben, als in den unzerstört gebliebenen Bunkern zu verhungern oder an der Oberfläche den Strahlentod zu sterben.

Im Augenblick mögen sie sich bevorzugt vorkommen, denn die Masse der Bevölkerung ist noch über ihnen untergebracht. Mehr noch, die Hälfte der Gesamtbevölkerung hat bisher keine Schutzmöglichkeit. Es wird noch sechs Monate dauern, ehe alle Sektionen der Ebene 1 fertiggestellt sind. Wie lange aber der Ausbruch des Krieges noch auf sich warten läßt, ist eine andere Frage.

Die Sektionen von Ebene 1 sind unterschiedlich groß. Einge fassen eine Million Personen, andere wieder nur 10 000. Der Grund dafür ist die unterschiedliche Bevölkerungsdichte. Natürlich spielt auch die Bodenbeschaffenheit eine Rolle. Es existieren bereits Hunderte dieser Einzelabteilungen im ganzen Land, und täglich entstehen neue.

Aber was soll ich viel über die Ebenen 2 und 1 schreiben? Wenn der atomare Krieg ausbricht und ein totaler wird, womit wir rechnen müssen, bleibt nicht viel von ihnen übrig.

25. Mai

P macht sich Sorgen um mich. Sie meint, es sei nicht gut, wenn ich mich so eingehend mit den anderen Ebenen beschäftige. Ich widme mich zuviel meinem Hobby, meinte sie, und das könne sich leicht zu einer neuen Depression entwickeln. Sie ist Psychologin und sollte es eigentlich wissen.

Auch meinte sie, mein starkes Interesse für die anderen Ebenen sei das Resultat einer emotionellen Instabilität meinerseits. Sie erzählte mir heute etwas über die verschiedenen Bewußtseinsebenen des menschlichen Geistes. Ich lasse sie reden. Was interessiert mich das?

Jedenfalls endete heute die Vortragsreihe über die anderen Ebenen mit einem Gespräch über die Vorbereitungen auf der Ebene 0, wie die Oberfläche bezeichnet wurde. In der Analogie mag das richtig sein, wenngleich man die Erde dort oben auch nicht immer als eine Ebene bezeichnen kann.

Dort oben also wird alles für einen schnellen und generellen Abstieg organisiert, denn im Ernstfall bleibt nicht viel Zeit. Wenn die Operation – im Prinzip wenigstens – die ganze Bevölkerung erfaßt, ist das reibungslose Funktionieren äußerst wichtig.

Der Sprecher betonte, daß bereits Kennmarken ausgeteilt werden, auf denen der Name der entsprechenden Person steht, die zugeteilte Ebene und die Sektion. Die Leute, die noch keine solche Kennmarke erhalten haben, warten ungeduldig darauf.

»Unter der Bevölkerung«, betonte der Vortragende, »ist wegen der unterschiedlichen Ebenen bereits Unruhe ausgebrochen. Man hält sie für eine soziale Diskriminierung. Größere Demonstrationen konnten bisher vermieden werden.« Wahrscheinlich kursieren also schon Gerüchte, daß Ebene 5 besser ist als Ebene 4, 4 wiederum besser als 3 usw. Niemand kennt natürlich den wahren Unterschied. Man wird ihn hinsichtlich der Bequemlichkeit beurteilen, weniger nach seiner Sicherheit. Was wir hier unten bisher erfahren haben, gilt auf der Oberfläche als streng geheim.

Am unzufriedensten sind jene Personen, die noch keine Kennmarke besitzen. Man betrachtet sie als eine Art Fahrkarte in die Sicherheit. Die Unzufriedenheit richtet sich natürlicherweise gegen jene, die bereits eine solche Marke haben. Es besteht die Gefahr, daß die Nation durch diese Unzufriedenheit in zwei sich gegenüberstehende Parteien gespalten wird – eine neue Art der Aufteilung in die Besitzenden und Habenichtse. Die drohende Gefahr wird jedoch dadurch gemindert, daß täglich neue Kennmarken ausgegeben werden – und damit weitere Personen das Recht erhalten, fügte ich bei mir hinzu, lebendig begraben zu werden. Sobald sie dann diese Marke haben, unterstützen sie die Regierung.

Bis auf Ebene 1 besitzen nun alle ihre Marken. Natürlich gibt es unter den Pazifisten und Kritikern von Ebene 2 genug, die immer noch ihre Unzufriedenheit äußern, aber nicht mehr viele. Das Gefühl, anderen gegenüber bevorzugt worden zu sein, läßt sie mit den Maßnahmen der Regierung voll und ganz einverstanden sein.

26. Mai

Ich vermisse die Vorträge über die anderen Ebenen sehr. Eine neue Serie wurde nicht angekündigt, höchstwahrscheinlich deswegen, weil es nun nichts mehr zu sagen gibt. Was sollte es wohl sonst auch noch zu diskutieren geben, wo wir alle Ebenen kennen? Wir leben in Höhlen, und da gibt es eben keine Abwechslung.

Heute hörte ich mir Musik an, aber allmählich kenne ich das Band auswendig.

Es ist ein merkwürdiges Gefühl, so viel über die anderen Ebenen zu wissen, während die Menschen oben noch keine Ahnung davon haben, welches Leben – wenn man es so nennen will – ihnen bevorsteht. Ich fühle mich als allwissendes Wesen, das keinen Kontakt mehr mit den Menschen besitzt und doch genau weiß, was mit ihnen geschehen wird.

Wenn Gott existiert – im Himmel oder im Mittelpunkt der Erde –, muß ER ähnlich fühlen wie ich. Abgeschieden wacht ER über das drohende Verhängnis, das auf die ameisengleichen Menschen herabzustürzen droht, voller Interesse, aber für sich allein.

Und vielleicht beneidet ER sie sogar manchmal. Dort sind sie, die Ameisen, sie rennen umher, erfreuen sich der Gesellschaft anderer, planen, analysieren, diskutieren, glauben und kritisieren. Auf der anderen Seite ist ER – allein, weiser, mächtiger – aber allein.

Vielleicht würde ER manchmal sogar gern die Plätze tauschen, vielleicht wäre ER gern einmal ein Sterblicher, nur um Gesellschaft und Abwechslung zu erhalten. Vielleicht ist das der Grund, warum die Götter – wenigstens die griechischen – oft zur Erde hinabstiegen und sich unter die Menschen mischten. Ihre eigene Gesellschaft muß sie gelangweilt haben.

27. Mai

Heute hat es mich wieder gepackt.

Es war ein ganz gewöhnlicher Tag gewesen, ohne besondere Ereignisse. Und dann, zwischen 17.00 und 18.00 Uhr, sah ich plötzlich die grünen Wiesen meiner kleinen Heimatstadt vor mir. Ich wußte genau, daß es nur Einbildung sein konnte, aber das Bild stand klar und scharf vor meinen Augen.

Ich kann nicht sagen, warum das geschah. Allerdings habe ich eine Vermutung. Beim Essen saß eine Krankenschwester neben mir, der es gelungen sein muß, ein Fläschchen Parfüm mit nach unten zu bringen. Es roch nach Veilchen – und es roch sehr gut. Dann muß ich es vergessen haben, bis später die Erinnerung daran das Bild der Wiesen vor meine Augen zauberte.

Das Grün des Grases hatte verschiedene Schattierungen – dunkelgrün, hellgrün und auch ganz frisches Grün. Bäume, Hügel und eine kühle Abendbrise. Menschen gingen spazieren, und Vögel zwitscherten. In mir war plötzlich ein herrlicher Friede, und ich war allein über die Gewißheit glücklich, leben zu können. Ich wollte nichts anderes als leben, ich strebte nach nichts und kämpfte für nichts. Ich wollte nur atmen und den Duft der Erde, des Grases und der Blumen in mich hineinsaugen.

Nein, es ist mir unmöglich. Nur ein Dichter kann diese Eindrücke schildern. Ich bin niemals einer gewesen, und hier in diesen Höhlen werde ich auch niemals einer werden. Aber heute begreife ich, wie einem Dichter zumute sein muß. Die Vision, die ich erlebte, war so deutlich und echt, daß ich fast völlig vergaß, wo ich weilte.

Dauerte sie nur einen kurzen Augenblick? Ich kann es nicht sagen, denn ich verlor jedes Zeitgefühl.

Dann aber verschwand die Vision, und zurück blieb nichts als die Sehnsucht nach den Wiesen und den vergangenen Tagen. Wie ein scharfer, stechender Schmerz war diese Sehnsucht, die immer größer und unerträglicher wurde, bis ich schreien und meinen Kopf gegen die glatten und hygienischen Wände hämmern wollte.

Ich tat es nicht. Der Schmerz ließ nach und machte der wachsenden Verzweiflung Platz, einer Verzweiflung, so schwarz, wie die Wiesen grün, und so bitter, wie der Frühlingswind süß gewesen war. Man muß kein Dichter sein, um das zu verstehen.

28. Mai

P sagte mir heute, daß sie schon lange wüßte, daß es eines Tages soweit kommen würde, und sie hätte mich gewarnt. Nun ist es jedenfalls zu spät.

Ich bin so deprimiert, daß ich nichts tun möchte – außer zur Oberfläche zurückzukehren. Ich würde sofort Ebene 7 gegen Ebene 1 eintauschen. Ja, mir wäre es sogar gleichgültig, wenn ich niemals einen Platz unter der Erde zugewiesen bekäme. Und wenn es nur ein einziger Tag wäre, den ich oben leben dürfte – ich würde es tun. Einen Tag leben, und dann meinetwegen sterben.

Schmetterlinge leben auch nur einen Tag, aber sie leben! Nicht in Höhlen, sondern im Schein der Sonnenstrahlen. Unter Blumen. Sie fliegen von Blüte zu Blüte, wohin sie auch wollen.

Es ist sinnlos, das Schicksal beklagen zu wollen, aber was soll ich sonst tun? Was tue ich überhaupt? Essen, mit P zusammentreffen, mit X-107 plaudern und dann schlafen. Damit erschöpft sich die Liste meiner Aktivität. Ja, ich kann auf die Knöpfe drücken, wenn jemand das Kommando dazu erteilt. Das ist sicherlich eine Tätigkeit, aber ist es auch genug?

Nein, es ist zu wenig. Warum haben sie es uns nur so leicht gemacht? Nur auf die Knöpfe drücken – und das soll alles sein?

Und was dann? Was tue ich, wenn ich die Knöpfe gedrückt habe? Was bleibt mir, wenn ich meine Lebensaufgabe erfüllt habe? Wird es eine neue Aufgabe für mich geben?

Werde ich sein wie Gott, bevor ER die Welt erschuf? Werde ich allein in einem leeren Universum sitzen? Wie grausam sind doch die Menschen, daß sie einen unabhängigen Gott schufen, der einsam durch die Ewigkeiten hindurch lebt. Warum haben sie Gott verurteilt, warum haben sie mich verurteilt – zum ewigen Alleinsein?

30. Mai

P versucht mit allen Kräften, mir zu helfen. Sie macht sich wirklich Sorgen um mich. Sie hat mir sogar geraten, meine Unterhaltung mit R-747 wieder aufzunehmen und über Mythologien zu sprechen, wenn es mir Freude mache. Das wäre besser als nachdenken, meinte sie.

Aber ich habe kein Verlangen danach. Warum sollte ich? Erfinden die Götter etwa die Mythologien für die Menschen? Sollen sich künftige Generationen damit abgeben; mir ist es gleichgültig, was und wie sie denken.

Auch X-107 kann mich nicht mehr dazu bewegen, eine Unterhaltung mit ihm zu beginnen. Nichts mehr interessiert mich – wenigstens nicht hier unten.

31. Mai

P scheint verzweifelt. Sie muß mich wirklich gern haben. Also ist sie doch ein geselliger Typ. Sie versucht mit allen Mitteln, mich aus meiner Apathie zu reißen.

Ich verstehe sie, aber warum sollte ich mich deswegen anstrengen?

Bin ich vielleicht tatsächlich unabhängig geworden? Ich will von niemand hier unten etwas. Damit bin ich vielleicht die unabhängigste Person auf Ebene 7 – wie ein Gott!

Vielleicht bin ich ein Gott – oder ich werde einer. Soll doch R-747 Mythologien über mich erfinden – der Gott, der auf die Knöpfe drückte. Ha, X-127, der Knopfdruckgott!

Aber noch habe ich ja nicht auf die Knöpfe gedrückt. Doch so unabhängig wie Gott bin ich bereits, wenn auch nicht so glücklich. Ich bin nicht einmal so glücklich wie ein Schmetterling, der am gleichen Tag stirbt, an dem er geboren wurde. Wer aber hat je behauptet, daß Götter glücklich sind?

Ich bin ein Gott. Und Gott will, daß ich mit den Schmetterlingen ein Abkommen treffe. Er will ein Schmetterling sein, nur für einen Tag – aber oben, außerhalb der Höhle. Dafür bietet er dem Schmetterling das ewige Leben hier unten.

Was sagst du dazu, Schmetterling? Bist du einverstanden? Eine Ewigkeit gegen einen Tag zwischen Sonne und Blumen.

Der Schmetterling lehnt ab. Wie sagte er noch?

Ja, er meinte, er würde einen Tag des Glücks nicht gegen eine Ewigkeit voller Unglück eintauschen. Du verdammter Schmetterling! Diese Vermessenheit, das Angebot eines Gottes auszuschlagen. Du hast Gott beleidigt! Ja, du hast Gott beleidigt!

Ich werde dich verfluchen, vergnügungssüchtiger Schmetterling. Bis ans Ende deiner Tage werde ich dich verfluchen.

Er sagt etwas. Er wagt es, mir zu widersprechen? Was sagt er?

»Dein Fluch, o Gott, ist mir gleichgültig, denn ich lebe ja nur einen Tag.«

Und er fliegt fort.

Schmetterling! Höre doch auf mich, fliege nicht fort, sondern bleibe bei mir! Ich werde dich nicht verfluchen, aber bleibe. Warte und bleibe bei mir, bitte . . .

7. Juni

Heute wurde ich aus der psychologischen Station entlassen. Fast eine Woche lang haben sie mich behandelt.

Ich muß dabei gewesen sein, verrückt zu werden. Wenn ich meine letzte Eintragung betrachte, bestätigt sich das. Dieser Unsinn von Göttern und Schmetterlingen. Sogar meine Schulbildung habe ich vergessen: Schmetterlinge, so hat P mich erinnert, als ich aus der Narkose erwachte, leben länger als nur einen Tag. Einige halten sogar einen Winterschlaf.

Jetzt geht es mir wieder besser. Nur schwach und müde fühle ich mich und leer, als habe man mein Inneres ausgeräumt. Geist und Seele sind leer, wie damals mein Magen nach der Hochzeitsschokoladekur.

Diese geistige Säuberung ist eine großartige Sache. Ich leide nun nicht mehr. Ich kann mich sogar wieder meiner Umgebung erfreuen. Ich bin, und ich habe nichts mehr dagegen, zu sein.

Natürlich habe ich noch die Erinnerung daran, daß etwas mit mir nicht in Ordnung war, aber die Ursache dazu ist verschwunden. Psychologische Krankheiten sind viel komplizierter als Magenbeschwerden. Sie gaben mir Drogen und elektrische Schocks, um den Geist zu klären. Nun bin ich wieder ruhig und zufrieden.

9. Juni

Heute früh also geschah es.

Um 08.00 Uhr begann mein Dienst in der Zentrale, und gegen 09.00 Uhr leuchtete über dem Kartenschirm das gelbe Licht auf. Zwei Minuten später kam X-117 in den Raum und setzte sich an den anderen Tisch, um mit mir zu warten, was geschehen würde. Die Zentrale war aktionsbereit. Schweigend saßen wir da. Wir starrten auf das Licht.

Um genau 09.12 Uhr befahl der Lautsprecher: »Achtung! Bereiten Sie sich vor.« Gleichzeitig wurde das gelbe Licht rot.

Und dann sagte der Lautsprecher: »Drücken Sie Knopf A1.«

Ich drückte auf den Knopf, und X-117 muß es ebenfalls getan haben, denn auf dem Schirm bedeckte sich die Zone A plötzlich mit roten Punkten. Das bedeutete, daß die Raketen mit den Bomben von 1 bis 5 Megatonnen gestartet waren und mit unwahrscheinlicher Geschwindigkeit ihrem vorherbestimmten Ziel entgegenflogen. Zone A war die nächste. Es würde keine halbe Stunde dauern, bis wir das Resultat sehen konnten.

Ich hockte hinter dem Tisch und sah auf die Karte. Zwar fühlte ich eine innerliche Spannung, aber ich war nicht im geringsten nervös. Vielleicht hatte ich das der Behandlung der vergangenen Woche zu verdanken. Vielleicht aber war es die Tatsache, daß ich endlich eine Aufgabe erfüllen konnte – eine Aufgabe, für die ich hierhergeschickt worden war –, die wie eine Erleichterung wirkte.

Ich warf X-117 einen kurzen Blick zu. Mir kam es vor, als zittere er.

Im Raum herrschte normale Temperatur, aber seine Stirn war schweißbedeckt. Er schien nicht nur den Knopf gedrückt, sondern auch alle Raketen eigenhändig in die Luft geworfen zu haben.

Ich wandte meine Aufmerksamkeit wieder dem Schirm zu. Ob man sich damit begnügen würde, einige leichtere Atombomben auszutauschen, oder ob sich das Geplänkel in einen totalen Krieg verwandeln würde? Ich war richtig gespannt.

Gegen 09.32 Uhr erreichte die erste Rakete ihr Ziel. Einer der roten Punkte vergrößerte sich zu einem ansehnlichen Fleck. Fast gleichzeitig erschienen überall diese roten Flecken und begannen, die Zone A einzudecken. Das vernichtete Gebiet wurde ständig größer.

Es gab aber auch rote Punkte, die wieder verschwanden, besonders in Richtung der B-Zone. Es darf somit angenommen werden, daß die feindliche Abwehr nicht untätig blieb und einige unserer Raketen beim Anflug vernichtete.

Um 09.55 Uhr befahl der Lautsprecher: »Drücken Sie Knopf A2.« Und unmittelbar darauf: »Drücken Sie Knopf A3.«

Ich reagierte sofort, ebenfalls X-117. Der Lautsprecher war kaum verstummt, als sich Zone A bereits mit blauen und goldenen Punkten füllte.

Rein ästhetisch gesehen war das Bild schön. Rote Flecke und blaue beziehungsweise goldene Punkte, einige von ihnen sogar direkt auf den roten Flecken. Das Farbenschauspiel fand jedoch nur auf dem Gebiet von Zone A statt. Die anderen Zonen blieben weiß, als warteten sie noch auf den Eroberer, der da kommen sollte, sie zu entdecken.

Ich dachte darüber nach, was P wohl zu der Neuigkeit sagen würde. Auch die anderen würden neugierig sein und mich beim Essen ausfragen, wie es gewesen sei. Ich dachte über dies und auch andere Dinge nach wie jemand, der in einem Konzert saß und seine Gedanken spazierengehen ließ und die Musik kaum noch vernahm.

Um 10.10 Uhr kam das nächste Kommando: »Drücken Sie Knopf B1! Drücken Sie Knopf B2! Drücken Sie Knopf B3! Drücken Sie Knopf C1!«

Viermal drückten wir. Nun war die ganze Karte farbig.

Fünf Minuten später begannen die blauen und goldenen Punkte sich in kreisrunde Flecke zu verwandeln, wenigstens in Zone A. Die blauen waren ziemlich groß; sie kennzeichneten die Zerstörung, die durch die Explosion dicht über dem Erdboden verursacht wurde. Gebiete von mehr als tausend Quadratkilometern wurden einfach ausgelöscht.

Der Schirm verriet eindeutig, daß die zweite Raketensalve eine verheerendere Wirkung hatte als die erste. Vielleicht gingen dem Feind die Abwehrgeschosse aus, oder unsere Raketen besaßen entsprechende Gegenmittel, sie abzuwehren. Jedenfalls vergrößerten sich die blauen Flecke der Zone A ständig, bis die roten Flecke nur noch sehr unbedeutend schienen. Sie waren bald von ganzen Rudeln blauer und goldener Flecke umgeben.

Gegen 10.40 Uhr begannen die Punkte in Zone B mit ihrer Verwandlung in Flecke. Diesmal jedoch verlief der Prozeß ein wenig anders, denn alle Flecke erschienen fast gleichzeitig und begannen sich förmlich um die freie weiße Fläche zu reißen. Fast alle Punkte verwandelten sich so und färbten Zone B. Unsere Raketen schienen nicht mehr aufgehalten zu werden. Die terra incognita der Karte wurde in schönster Weise bemalt. Schließlich sah Zone B aus wie Zone A: ein blaues Feld mit kleineren roten und goldenen Flecken darauf.

Zone C wurde um 10.55 Uhr von den ersten Flecken heimgesucht. Es waren nur rote, und so konnte ich das Fortschreiten der Verwandlung wieder besser beobachten.

Aber es ging nicht alles glatt. Einige der anfänglichen Punkte verschwanden wieder. Das bedeutete, daß die entsprechenden Raketen ihr Ziel nicht erreichten. Entweder besaß der Feind in Zone C besonders wirksame Abwehrwaffen, oder unsere Raketen waren einfach von ihrem Kurs abgewichen. Vielleicht war die größere Entfernung die Ursache. Jedenfalls stimmte da etwas nicht.

Genau um 11.00 Uhr erhielten wir den nächsten Befehl, diesmal von einer anderen Stimme: »Drücken Sie Knopf C2! Drücken Sie Knopf C3!«

Wir drückten und warteten.

Drei Knöpfe waren übriggeblieben – und zwar die gefährlichsten. Sie aktivierten die verhängnisvollen Bomben, deren Hülle aus radioaktiven Elementen bestand. Wo sie detonierten, würde die tödliche Strahlung weite Gebiete für Jahrzehnte und vielleicht für Generationen unbewohnbar machen.

Es ist immer wieder bezweifelt worden, daß derartige Bomben überhaupt eingesetzt würden, denn sie treffen nicht nur das Land des Feindes, sondern ihre Wirkung erstreckt sich auch auf die benachbarten Gebiete. Es gab keinen Grund, auch neutrale Völker auszulöschen. Aber noch mehr: Diese Bomben gefährdeten sogar unsere eigene Existenz, und wer verübt schon Selbstmord?

Meine Gedanken wurden jäh unterbrochen. Aus dem Lautsprecher kam wieder die Stimme, die ich von den ersten Kommandos her kannte: »Achtung! Drücken Sie Knopf A4! Drücken Sie Knopf B4! Drücken Sie Knopf C4!«

Ich sah auf die Uhr und drückte dabei auf die befohlenen Knöpfe. Es war genau 11.15 Uhr. Dann betrachtete ich die Karte und wartete. Aber die schwarzen Punkte erschienen nicht. Noch einmal drückte ich die Knöpfe nieder, aber nichts geschah.

Dann sagte der Lautsprecher – wieder die zweite Stimme: »Offizier X-117! Drücken Sie die Knöpfe A4, B4 und C4!«

Ich sah hinüber zu X-117. Er hockte in seinem Stuhl und starrte auf die Knöpfe. Seine beiden Arme hingen schlaff an der Seite herab, als habe jemand die Nervenstränge durchgeschnitten. Er bewegte sich nicht, aber er murmelte leise vor sich hin. Ich konnte kaum verstehen, was er flüsterte, aber nach einer Weile fing ich die Worte auf:

»Nein, nicht diese Knöpfe! Nicht die Knöpfe Nummer 4! Ich kann nicht einfach meine Mutter töten! Nein, nicht . . .«

Die Tür zur Zentrale schwang plötzlich auf, und zwei Männer kamen herein. Es waren Ärzte, glaube ich. Sie zogen X-117 aus dem Raum, während er unverändert murmelte: »Nein, diese nicht . . .«

Ich hatte keine Zeit, dem Vorgang weitere Beachtung zu schenken. X-107 kam in die Zentrale und nahm hinter dem anderen Tisch Platz. X-137 folgte. Vielleicht sollte er mich ersetzen, wenn es sich als notwendig erweisen sollte.

Um genau 11.20 Uhr befahl der Lautsprecher:

»Drücken Sie Knopf A4! Drücken Sie Knopf B4! Drücken Sie Knopf C4!«

Diesmal funktionierte es reibungslos.

Um exakt 11.21 Uhr, heute am 9. Juni, war mein Dienst beendet. Richtig gesehen war sogar meine Lebensarbeit beendet, denn ich hatte meine mir gestellte Aufgabe erfüllt. Als KD-Offizier blieb mir nun nichts mehr zu tun.

Der Lautsprecher sagte: »Sie sind dienstfrei, meine Herren. Sie können in Ihr Quartier zurückkehren, Sie können aber auch, wenn Sie wollen, in der Zentrale bleiben, um das Resultat von A4, B4 und C4 zu beobachten.«

X-107 und X-137 blieben, ich aber kehrte in mein Zimmer zurück und legte mich aufs Bett.

10. Juni

Der Krieg ist vorbei. Er begann gestern um 09.12 Uhr und endete, als unsere letzte Bombe detonierte, um 12.10 Uhr.

Der ganze Krieg dauerte somit zwei Stunden und achtundfünfzig Minuten. Der kürzeste Krieg der menschlichen Geschichte, aber auch der furchtbarste. Aus diesen Gründen ist es auch sehr leicht, die Geschichte dieses Krieges niederzuschreiben, denn es gibt keine langen Kämpfe und Schlachtfelder – der ganze Globus ist das Schlachtfeld.

In einer kurzen Zusammenfassung könnte ich sagen: »Gestern, im Verlauf von weniger als drei Stunden, wurde das Leben in großen Teilen der Welt ausgelöscht.« Aber ich sollte mehr historisch denken und einige der Einzelheiten berichten, die zum Krieg und seiner Beendigung führten. Sein Verlauf wurde uns heute mehrmals über die Lautsprecher geschildert. Jeder weiß, was geschehen ist – und warum es geschehen ist. Ich werde es, wenn auch nicht wörtlich, so doch dem Sinn nach, wiedererzählen.

Gestern fielen auf verschiedene Teile unseres Landes um genau 09.07 Uhr zwölf Wasserstoffbomben. Sie explodierten, zehn in nur spärlich bewohnten Landstrichen, zwei über großen Städten. Der Angriff erfolgte völlig überraschend. Als das KD-D-Kommando die Raketen entdeckte, detonierten sie auch schon. Eine Abwehr war unmöglich, aber die Explosionen konnten als eindeutige Warnung gedeutet werden. Das Oberkommando reagierte dementsprechend.

Aber auch KD reagierte. Der plötzliche Angriff wurde mit einem sofortigen Gegenangriff beantwortet. Das Kommando zum Drücken von Knopf A1 wurde gegeben. Mit voller Absicht wurde nur begrenzt zurückgeschlagen – nur der eine Knopf. Wir wollten keinen totalen Krieg beginnen, solange wir nicht genau wußten, daß der Gegner beabsichtigte, uns vom Erdboden zu vertilgen. Nur 2000 Raketen wurden durch den Knopfdruck auf den Weg geschickt. Ihr Ziel waren militärische und industrielle Anlagen.

Zur gleichen Zeit wurde der Generalalarm ausgelöst, der die Bevölkerung in die Schutzräume rief. Das alles geschah in völliger Ruhe und Ordnung, nur beim Einstieg in Ebene 1 gab es einige Schwierigkeiten. Viele Menschen besaßen noch keine Kennmarke und verlangten, ebenfalls eingelassen zu werden. Es ist möglich, daß einige Unbefugte in die Schutzräume gelangten, während andere dafür auf der Oberfläche zurückgelassen wurden. Die Bunker waren überfüllt, und so blieb es nicht aus, daß Frauen und Kinder zu Tode getreten wurden. Die beginnenden Kämpfe dauerten so lange, wie keine Bomben explodierten. An einigen Stellen war nach vierzig Minuten alles vorüber, woanders dauerte es zwei Stunden, und die blutigen Schlachten wurden um so heftiger, je näher das Aufblitzen der explodierenden Atombomben kam. Die Eingänge zu den Abstiegen waren blockiert. Sie wurden mit primitivsten Waffen verteidigt – mit Küchenmessern, abgebrochenen Stuhlbeinen und mit den bloßen Fäusten. Bis zur letzten Sekunde berichteten Rundfunkreporter, dann starben sie, mit dem Mikrofon in der Hand.

Um 09.15 Uhr, drei Minuten nach unserer ersten Gegenaktion, empfingen unsere Kommandeure eine Radiobotschaft des Feindes, wonach zwölf interkontinentale Raketen mit atomaren Sprengköpfen ihrer elektronischen Kontrolle entglitten seien und vielleicht über unserem Land explodieren könnten. Weiter bat uns der Gegner, keine Vergeltungsmaßnahmen zu ergreifen, da es sich um technisches Versehen handele, nicht aber um einen beabsichtigten Akt der Feindseligkeit.

Es wurde ihm geantwortet, daß seine Warnung zu spät käme. Die Entgegnung des Feindes lautete, man habe zu lange benötigt, um die Tragweite des Geschehens zu begreifen und die Verbindung mit unserem Oberkommando herzustellen.

Das hörte sich verdächtig an. Außerdem mußten wir vorsichtig sein, denn der Gegner wollte vielleicht nur herausbekommen, wie wir uns gegen Atomangriffe zu wehren gedachten. Die zwölf angeblich durch einen technischen Fehler »entflohenen« Raketen waren ein ausgezeichneter Vorwand. So gaben wir keine Einzelheiten über die bereits detonierten Bomben bekannt und verschwiegen genauso, daß zweitausend Atomgeschosse von unserer Seite aus auf den Weg geschickt worden waren und bald auf dem Gebiet des Feindes landen mußten. Per Funk wurde so lange diskutiert, bis gegen 09.32 Uhr die ersten Bomben über Zone A detonierten. Wie die Resultate bewiesen, hatten wir den Feind genauso überrascht wie er uns. Es gab nur einen Unterschied: Er hatte uns mit zwölf Kampfraketen überrascht, wir ihn mit zweitausend.

Dann warteten wir. Wir hofften, der Gegner würde unsere begrenzte Vergeltungsmaßnahme als Warnung betrachten und die Kampfhandlungen einstellen.

Unglücklicherweise war seine Bösartigkeit größer als seine Vernunft. Als unsere Vergeltungsgeschosse eintrafen, reagierte er sofort und ließ ebenfalls etliche tausend Raketen mit atomaren Sprengköpfen bis zu 5 Megatonnen gegen uns und unsere Alliierten starten. Um

09.50 Uhr detonierten die ersten. Weitere folgten und explodierten immer tiefer in unserem Territorium.

Natürlich blieben wir nicht untätig. Das KD-D-Kommando war diesmal auf den Angriff vorbereitet. Automatisch gesteuerte Abwehrraketen eilten den feindlichen Geschossen entgegen und vernichteten Hunderte von ihnen bereits auf dem Anflug, meist über dem Gebiet unserer Bundesgenossen. Die anderen aber – und es waren Tausende – erreichten ihr vorbestimmtes Ziel.

Unser Offensivkommando sorgte für die entsprechende Vergeltung. Tausende von schweren und schwersten Atombomben detonierten an den entferntesten Ecken des gegnerischen Landes und seiner Satelliten. Sie verbreiteten Tod und Verderben.

Dann kam der kritische Augenblick, in dem unsere Experten feststellten, daß der Feind Bomben mit radioaktivem Mantel einsetzte. Das war um 11.05 Uhr. Auf Grund seiner Einstellung hatten wir selbstverständlich mit einer solchen Möglichkeit gerechnet und waren entsprechend vorbereitet. Wir schlugen zurück.

Und wir schlugen hart zurück. Tausende Raketen mit Wasserstoffbomben, von einem Kobaltmantel umgeben, wurden dem Feind und seinen Satelliten entgegengeschickt. Das war gegen 11.20 Uhr und unsere letzte Kriegshandlung.

Die letzte Bombe explodierte um 12.10 Uhr, während uns die letzte Feindrakete um 11.45 Uhr erreichte. Er besaß wahrscheinlich keine Raketen mehr, oder seine sämtlichen Abschußrampen waren zerstört worden, noch bevor unsere Kobaltbomben ankamen.

Es ist beinahe unnötig zu sagen, daß wir siegten.

11. Juni

Zwischen dem Feind und uns besteht nun Radioverbindung, natürlich nur zwischen den Stationen unter Grund. Obwohl die Bomben das entscheidende Wort gesprochen haben, ist so etwas wie ein nachträglicher Streit ausgebrochen. Fast den ganzen Tag übermittelte uns das allgemeine Lautsprechersystem den Verlauf dieser hitzigen Debatten.

Heute früh beschuldigte uns der Gegner, diesen furchtbaren Krieg vom Zaune gebrochen zu haben. Er behauptete, daß die zwölf ersten Atombomben das Resultat eines technischen Versagens gewesen seien und daß unsere Vergeltungsmaßnahme, gleich mit zweitausend Raketen zu antworten, ein Kriegsverbrechen unerhörter Art gewesen sei.

Wir antworteten, daß er – wenn er keinen Krieg gewollt hätte – unsere erste Vergeltung ja nicht hätte zu erwidern brauchen. Die Entgegnung lautete: Wir konnten die Detonationen von zweitausend Atombomben über unserem Land nicht einfach ignorieren. Und eine Vergeltungsmaßnahme, betonte er, müsse immer ein wenig wirkungsvoller sein als der Akt, der sie hervorgerufen habe.

Die Diskussionen führten zu nichts. Jeder beschuldigte den anderen und wälzte die Schuld von sich ab.

»Eure Politiker wird die ganze Verantwortung treffen!« rief der Sprecher des Feindes. »Künftige Generationen und die Geschichte werden ihnen vorzuwerfen haben, daß sie zweitausend Atombomben einsetzten, nur um einen technischen Irrtum zu rächen.«

Die Antwort, die unser Sprecher daraufhin gab, verwirrte mich.

»Unsere Politiker gaben diesen Befehl nicht. Er wurde automatisch ausgelöst, als die zwölf Bomben über unserem Land detonierten.«

Und dann erklärte er, daß die Sicherheit unseres Landes nicht allein von den Reaktionen eines Menschen abhängig war. Menschen hatten ihre Schwächen, konnten krank werden oder gar einem Unfall zum Opfer fallen. Selbstverständlich würden sie in dem vorliegenden Fall den entsprechenden Befehl erlassen haben, aber sie hätten es nicht getan. Der Befehl wurde vielmehr von einem geheimnisvollen Gerät erlassen, das man »Atomphon« nannte.

Es war ein sehr kompliziertes und empfindliches Gerät, das auf nähere Atombombenexplosionen reagierte, nicht aber auf solche, die über feindlichem Gebiet stattfanden. Es ähnelte im Prinzip einem Seismographen, sprach aber auch auf Schallwellen, elektromagnetische Strahlungen und andere Erscheinungen an. Auf ein natürliches Erdbeben reagierte es z. B. nicht. Es klassifizierte die Stärke einer Explosion, und sobald es das getan hatte, gab es automatisch die Anweisung zur Vergeltung, und zwar mit einer nächsthöheren Klasse.

Die zwölf Atombomben hatten es veranlaßt, die geringste Vergeltungsmaßnahme anzuwenden. Und das wiederum waren zweitausend Atomraketen gewesen.

Das war allerdings sehr interessant. Unsere Politiker mußten sich noch auf dem Weg in ihre Ebenen befunden haben, als das Atomphon bereits das Kommando übernahm. Ein Roboter hatte X-117 und mir den Befehl gegeben, auf Knopf A1 zu drücken. Die Sprache stammte sicherlich von einem Tonband.

Nun gab auch der Feind zu, ein ähnliches Gerät zu besitzen. Auch seine Politiker hatten die Angriffsbefehle nicht mehr gegeben. Genau wie bei uns, löste jeder Angriff einen Vergeltungsangriff mit stärkeren Bomben aus.

Das Bild dessen, was geschehen war, wurde nun klarer. Der Krieg wurde tatsächlich durch einen Unfall ausgelöst. Die Vergeltungsmaßnahmen erfolgten automatisch. Ebenso die Vergeltungsmaßnahmen auf die Vergeltungsmaßnahmen . . . usw. – Da jede dieser Maßnahmen intensiver als der vorangegangene Angriff war, konnte es nicht ausbleiben, daß sich der Krieg immer totaler gestaltete, bis das Arsenal einer Seite erschöpft war. Es geschah jedoch, daß beide Seiten annähernd gleich stark gerüstet waren, und zum Schluß hatte niemand mehr eine Rakete abzufeuern.

Der Krieg ähnelte somit selbst der Kettenreaktion im Innern einer Atombombe. Auf der anderen Seite war er in seinem Verlauf nicht anders als alle anderen Kriege der Geschichte auch. Der einzige Unterschied war: Er wurde von Maschinen ausgetragen, nicht von bewaffneten Soldaten.

Ich begann mich zu fragen, warum wir überhaupt ein KD-Kommando benötigt hatten. Die Atomphone konnten doch selbst die Raketen gestartet haben, statt uns die Befehle dazu zu erteilen. Welchen Grund mochte denn das nun wieder gehabt haben?

Vielleicht war es möglich, daß die Atomphone ausfielen und unsere Kommandeure selbst die Initiative übernahmen. Wir hätten dann ihre Befehle ausführen müssen. Es war aber auch möglich, daß in einem besonderen Fall alle Knöpfe auf einmal gedrückt werden mußten. Die Wirkungsweise eines Atomphones schloß eine solche Maßnahme aus. Der Krieg wäre dann in einer Stunde vorüber gewesen.

Es war ein vollautomatischer und totaler Krieg gewesen. Unsere KD-Zentrale war das einzige menschliche Glied in dieser Kette der grausigen Ereignisse. Und aus diesem Grund mußte Ebene 7 so tief in der Erde liegen und absolut hundertprozentig gesichert sein.

Es schien plötzlich, daß alle Reden über unsere »Hoffnungen« und die »Schlechtigkeit« des Feindes nichts als bloße Propaganda gewesen war. Die Entscheidung war bereits vor langer Zeit gefallen. Die Automaten hatten sie übernommen und die Operationen durchgeführt, als die tatsächliche Lage mit der hypothetischen ihrer Planer übereinstimmte.

Vielleicht wäre alles niemals geschehen, wenn jene zwölf Raketen nicht der Kontrolle des Gegners entglitten wären. Es war ein Unfall. Ein Scherz, den man mit uns gemacht hatte. Aber wer? Die Götter? Das Schicksal? Der Teufel? Ist das heute nicht egal? Es ist alles vorbei.

Die Automaten haben sich gegenseitig vernichtet, und die Knöpfe in der KD-Zentrale sind zum Spielzeug geworden.

Aber viel hat sich verändert. Besonders auf der Oberfläche. Wer hat überlebt? Welche Ebenen werden weiterexistieren? Wieviel Menschen sind dem Krieg der Automaten zum Opfer gefallen? Wurde die gesamte Menschheit vernichtet?

Die Fragen scheinen irrational zu sein, denn bei uns auf Ebene 7 hat sich nichts geändert. Das Leben geht weiter, nur ich habe nun nichts mehr zu tun. Trotzdem, es wäre interessant zu wissen, was von unserem Gegner übriggeblieben ist.

12. Juni

Die KD-Zentrale wurde eine Art Museum oder auch Heiligtum. Früher war es nur uns vier Offizieren erlaubt, sie zu betreten, heute darf es jeder.

Heute war ich dort, das erstemal seit dem Krieg. Fremde sind dort anwesend, betrachten alles, spielen sogar mit den Tasten der »Schreibmaschine«. Einige von ihnen stellten recht dumme Fragen.

»War es sehr schwer, die Knöpfe zu drücken?« wollte eine junge Frau wissen. Ich lachte und entgegnete, daß es die einfachste Sache von der Welt gewesen wäre. Ein Kind hätte es tun können, sogar ein abgerichteter Affe.

Meine Antwort ließ eine Frage in mir auftauchen: Wenn es so einfach gewesen war, warum hatten wir dann eine so lange und intensive Ausbildung erhalten? Was hatte man mir eigentlich beigebracht? Knöpfe drücken! Ja, und technische Dinge, die anscheinend nichts mit meiner eigentlichen Aufgabe zu tun hatten. Ich vermute heute, daß es nur deshalb geschah, um die relative Unkompliziertheit meiner eigentlichen Aufgabe zu verschleiern. Ich war überzeugt, daß meine Ausbildung von den Kollegen meiner Frau erfunden worden war – von den Psychologen. Sie studierten die Affen, um die Menschen kennenzulernen, und dann machten sie aus Menschen – Affen.

Während ich darüber nachdachte, erweckten einige Ausrufe meine Aufmerksamkeit. Die Leuchtkarte! Daß ich daran nicht eher gedacht hatte.

Sie funktionierte noch. Als ich sie am 9. Juni um 11.21 Uhr zuletzt gesehen hatte, war sie mit farbigen Punkten und Kreisen und Flecken bedeckt gewesen. Nun war sie völlig schwarz.

A4, B4 und C4 hatten ganze Arbeit geleistet. Den Druckwellen und

Hitzeausbrüchen der Explosionen hatten sie die atomare Verseuchung hinzugefügt. Nicht ein Quadratmeter des feindlichen Gebietes oder desjenigen seiner Satelliten war verschont geblieben. Nicht ein einziger roter Fleck war zu sehen, ganz zu schweigen von einem weißen.

Ich hatte plötzlich ein merkwürdiges Gefühl. Nicht die Vernichtung selbst berührte mich derart, sondern ihre Totalität. Es mag sich verrückt anhören, aber die schwarze Karte veranlaßte mich, die Zentrale sofort zu verlassen, und zwar mit dem festen Vorsatz, sie niemals wieder zu betreten.

Wie mag unsere Karte aussehen, dort drüben, in der KD-Zentrale des Feindes? Trägt sie noch bunte Flecke – rote, blaue, goldene – vielleicht sogar weiße? Oder ist auch sie schwarz?

13. Juni

Endlich erhalten wir erste Nachrichten von den Zerstörungen auf der Oberfläche. Sie müssen vollkommen sein, genauso wie die auf dem Gebiet des Feindes, dessen »Offensiv-Kommando-Zentrale« heute bekanntgab, daß ihre Informationskarte zeige, daß unser Land und das unserer Verbündeten in Schutt und Asche gelegt seien.

Man muß annehmen, daß niemand auf der Erdoberfläche den Krieg überlebt hat. Keine einzige Funknachricht hat uns von oben erreicht. Und natürlich kann auch niemand nach oben gehen, um nachzuschauen. Die Radioaktivität würde ihn sofort töten.

Mehr noch. Mit Ebene 1 ist ebenfalls kein Kontakt zu erhalten. Wir haben sie gerufen, aber keine der Stationen gab Antwort. Sie alle müssen durch die Untergrundexplosion vernichtet worden sein. Vielleicht zum Teil auch durch in der Luft detonierende Bomben.

Aber wie immer es auch geschah, sie wurden ausgelöscht, sie wurden einfach ausgelöscht!

Es sieht so aus, als hätte alle unsere Bundesgenossen das gleiche Schicksal ereilt. Der absoluten Funkstille nach zu urteilen, geschah das nicht nur auf der Oberfläche. Auch ihre primitiven Schutzbunker haben nicht geholfen.

Mit anderen Worten: Nur ein kleiner Prozentsatz der Erdbevölkerung hat den Atomkrieg überlebt. Das gilt sowohl für uns wie auch für den Gegner.

Die Erde ist nun nicht mehr überbevölkert. Hunderte von Millionen starben in drei Stunden.

Mit den Ebenen 6, 5, 4 und 3 besteht Radioverbindung. Sie sind, genau wie wir, dem Verderben entronnen. Es muß den Zivilisten nicht sehr leicht gefallen sein, sich an die neuen Bedingungen zu gewöhnen, aber sie können sich immerhin glücklich schätzen, denn sie leben wenigstens.

Ebene 2 hat sich auch gemeldet. Ein interessantes Problem. Diese Ebene befindet sich genau an der Grenze der restlosen Zerstörung. Von den 40 Sektionen wurden 32 von nahen Treffern vernichtet, nur acht blieben übrig. Mit ihnen haben wir Kontakt aufgenommen.

Sie fragen immerzu, was auf der Oberfläche geschehen ist. Wir haben ihnen die nackte Wahrheit mitgeteilt, aber sie geben immer noch keine Ruhe. Sie stellen nun völlig sinnlose Fragen. »Warum wurden für die Masse des Volkes keine besseren Schutzräume errichtet?« Als ob man heute noch etwas daran ändern könnte!

Es scheint, daß sie die angespannte Lage nur noch kritischer macht. Es fielen schon einige verletzende Bemerkungen gegen unsere Regierung, die als ignorant und dumm bezeichnet wurde.

Irgendwie macht es Spaß, ihren Sendungen zu lauschen.

Das ist überhaupt der größte Vorteil dieser Tage nach dem Krieg: Man hat Radioverbindung. Zum erstenmal seit jenem Tag, da wir von der Außenwelt abgeschlossen wurden, hören wir nun wieder die Stimmen anderer Menschen – nicht von der Oberfläche, zugegeben, aber von den anderen Ebenen. Wir unterhalten uns mit dem militärischen Personal auf Ebene 6, lauschen den Diskussionen der Politiker auf 5 und amüsieren uns über die Bemerkungen von Ebene 2.

Dabei gibt es keine Einschränkungen. Seit dem 11. Juni werden uns alle Nachrichten mitgeteilt, die von allgemeinem Interesse sein können. Soweit ich feststellen kann, gibt es nur eine Art von Zensur: Von mehreren gleichzeitigen Sendungen wird nur eine übertragen, damit kein babylonisches Sprachgewirr entsteht. Aber sonst dürfen wir alles hören, sowohl die gehässigen Reden des Feindes wie auch die Wutausbrüche der Kritiker auf Ebene 2.

Die Menschen auf Ebene 7 sind wie neugeboren. Überall trifft man sie, sie stehen in Gruppen zusammen und diskutieren das, was auf der Welt geschieht – oder wohl besser, was unter der Welt geschieht. In ihren Augen ist ein lebhaftes Leuchten.

Wir sind nicht mehr allein. Wir haben Verbindung zu den anderen Menschen.

Man benachteiligt uns nicht mehr. Wir sind nicht dazu verdammt, in den Tiefen der Erde zu leben, während andere den Sonnenschein genießen dürfen. Wir erkennen sogar, wie sehr man uns bevorzugte.

Unsere in größter Tiefe gelegene Ebene macht uns zu den am meisten vom Glück begünstigten Menschen.

14. Juni

P ist mit meiner geistigen Verfassung sehr zufrieden. Ich habe stets gute Laune, und meine psychologische Behandlung so gut wie vergessen.

Das Gefühl, etwas geleistet zu haben, tut mir gut. Ich habe meine Pflicht getan und keine Arbeit mehr, zugegeben, aber auf Ebene 7 ist eine solche Geschäftigkeit eingekehrt, daß sich das gesamte Leben verändert hat.

P allerdings meint, meine Hochstimmung sei nur eine Auswirkung der psychologischen Behandlung. Vielleicht hat sie recht, aber ich bleibe bei meiner Auffassung, daß nur die Radioverbindung mit den anderen Ebenen dafür verantwortlich ist.

Ich glaube sogar, daß ich niemals seelische Depressionen gehabt hätte, hätte diese Verbindung von Anfang an bestanden. Ich sagte das auch X-107, aber wie gewöhnlich hat er ein Gegenargument. »Wenn wir immer eine solche Verbindung gepflegt hätten«, sagte er, »wäre unsere Sehnsucht, nach oben zu gehen, übergroß gewesen. Wir hätten auf keinen Fall unseren Pflichten ungestört nachkommen können. Heute aber, da niemand mehr das Verlangen haben kann, an die verseuchte Oberfläche zu gehen, und wo wir unsere bevorzugte Position auf Ebene 7 erkennen, schadet sie nichts – im Gegenteil.«

Er hat natürlich recht, wie immer.

Heute erfuhren wir einige sehr interessante politische Neuigkeiten. Der Feind streitet ab, daß wir gewonnen haben, und behauptet, er allein habe den Sieg errungen. Seine Argumente und die Gegenargumente unserer Politiker bieten geistreiche Unterhaltung.

Der Feind führt aus, daß er unser Land zerstört habe, bevor wir das seine zerstören konnten. Seine letzten Raketen starteten um 11.00 Uhr, während wir um 11.20 Uhr zum letztenmal auf den Knopf drückten. Unsere Leute gaben das zu, legten die Tatsache aber im umgekehrten Sinne aus. Sie sagen, daß nur derjenige der Sieger sein könne, der den letzten Schuß abfeuere. Der Gegner, betonen sie, konnte seine letzten Raketen nicht mehr starten, weil unsere Raketen seine Abschußvorrichtungen zerstört haben.

So sei das nicht gewesen, erwiderte der Feind und wechselte prompt das Thema. Er habe für Recht und Freiheit gekämpft, für Ideale also, die siegreich sein müßten – und darum gebühre ihm auch der endgültige Sieg.

Genau dasselbe wurde auch von unseren Politikern behauptet.

Und dann begannen sie, sich gegenseitig mit Schmutz zu bewerfen. Ich entsinne mich nicht mehr aller Einzelheiten, aber einige der markantesten Bezeichnungen blieben in meinem Gedächtnis haften. Sie nannten sich Kriegsverbrecher, unmenschliche Bestien, Tiermenschen, unfortschrittlich, reaktionär, egoistisch, Kindermörder und Erzverbrecher der menschlichen Geschichte. Sie wechselten Komplimente wie »barbarische Mongolen« oder »tierische Nachfolger der Rothäute«, aber auch »Henker der Menschheit« und »Mörder der Menschlichkeit«, um nur einige zu nennen.

Um es kurz zu machen: Der Krieg geht weiter. Das Militär beider Seiten bleibt untätig. Von ihren Höhlen aus aber befeuern sich die Politiker beider Seiten über das interkontinentale Radio mit den unflätigsten Beleidigungen.

15. Juni

Praktisch gesehen ist der Krieg natürlich längst beendet. Die Vernichtung der Erde ist vollendet. Der Feind und wir, dazu unsere Alliierten und seine Satelliten, praktisch die gesamte Erdoberfläche, existieren nicht mehr.

Selbst die Neutralen haben schwere Verluste erlitten. Sie wurden sowohl von Raketen des Feindes wie auch von unseren getroffen. Nicht alle Raketen erreichten ihr vorbestimmtes Ziel. Nicht immer funktionierte die Fernsteuerung, und die Neutralen waren die Leidtragenden. Das ist sehr bedauerlich, konnte aber leider nicht verhütet werden.

Einige stark bevölkerte und unterentwickelte Neutrale konnten es sich finanziell nicht erlauben, überhaupt Schutzbunker zu bauen. Sie verschwanden von der Oberfläche der Erde. Andere wiederum hatten für ihre Bevölkerung tiefe Atomschutzräume unter der Erde angelegt, die sicherlich besser als die unserer Ebene 1 waren.

Wir empfangen nun auch ihre Radiobotschaften. Sie beschuldigen beide Seiten der Unmenschlichkeit. Ihre Worte und Kritiken ähneln sehr jenen, die wir von Ebene 2 zu hören bekommen.

Wen aber soll man für das verantwortlich machen, was geschehen ist? Wenn der globale Atomkrieg ausbricht, geführt mit interkontinentalen Raketen und thermonuklearen Sprengköpfen, dann kann niemals verhindert werden, daß auch die Neutralen unter der Auswirkung zu leiden haben.

Außerdem – warum sollen sie geschont werden, wenn die Großmächte sich gegenseitig vernichten? Sind sie vielleicht besser als wir? Jedenfalls sind sie schwächer!

16. Juni

Die Angriffe der Neutralen gegen die beiden Großmächte lassen nicht nach. Sie behaupten, wir seien auch moralisch für den Tod aller Bundesgenossen verantwortlich, ob Alliierte oder Satelliten. Auch sagen sie, die beiden Großen hätten kein Recht dazu gehabt, neutrale Länder in den Sog der Vernichtung mit hineinzuzerren.

Unsere Funkzentrale auf Ebene 5 antwortet auf die Beschuldigungen. Wir hätten nur in purer Selbstverteidigung gehandelt, und wenn jemand eine Schuld treffe, dann nur den Feind. »Jeder hat das Recht zu überleben«, sagte heute früh unser Regierungschef, »und das ist der alleinige Grund, warum wir uns gegen den verräterischen Angriff wehren mußten. Das Recht auf das Überleben schließt das Recht auf die Selbstverteidigung in sich ein.«

Der neutrale Sprecher nahm dieses Argument auf und zog einen gegenteiligen Schluß. »Im Atomzeitalter kann das Überleben nicht durch Selbstverteidigung garantiert werden, denn eine solche Selbstverteidigung mit thermonuklearen Waffen bedeutet die totale Vernichtung aller.«

Andere neutrale Nationen beteiligen sich nicht an dieser Diskussion, sondern geben lediglich das Ausmaß der Zerstörungen bekannt. Die Berichte beanspruchen unsere Nerven. Unaufhörlich werden die großen Verluste bekanntgegeben und die Zahlen der wahrscheinlich ums Leben gekommenen Menschen in aller Welt. »Die Menschheit wurde dezimiert«, sagte ein Sprecher. »In der Tat, dezimieren ist nicht das richtige Wort, denn von einer Weltbevölkerung mit etwa drei Milliarden Bewohnern sind nur wenige Millionen übriggeblieben. Zwanzig Millionen vielleicht, vielleicht aber auch nur fünfzehn oder zehn. Und dieser Rest ist dazu verdammt, in Höhlen zu leben.«

Das war eine grauenhafte Feststellung, aber irgendwie tat mir die Menschheit nicht so leid wie dem Sprecher. Na gut, dachte ich, dann gibt es eben weniger Menschen auf der Erde. Wo ist der Unterschied? Warum soll eine große Bevölkerungszahl besser sein als eine kleine? Und was das Leben in Höhlen anbetrifft, mich hat man dazu gezwungen, dieses neue Dasein anzuerkennen – warum sollten andere Menschen im Sonnenschein spazierengehen?

Das wäre doch wohl nicht gerecht, oder doch?

Andere Neutrale wiederum bedauern weniger den Verlust an Menschenleben als den – wie sie es nennen – katastrophalen Verfall der Zivilisation. »Bibliotheken und Museen, Kunstwerke, Lehrinstitute, Häuser, Denkmäler, Eisenbahnen, Straßen, Fabriken – alles dies gehört der Vergangenheit an. Was uns für heute und die Zukunft bleibt, sind Schutzräume, Höhlen – eine begrenzte Existenz für die Überlebenden.« Ein anderer fügte hinzu: »Die Mühsal der Jahrhunderte, die Tradition von Generationen, die Weisheit aller Zeitalter – das alles wurde in Bruchteilen von Sekunden von Atomexplosionen hinweggefegt. Es ist der Selbstmord der Zivilisation.«

Diese Art Feststellungen kommt mir seltsam vor und deckt sich nicht mit meiner Denkweise. Vielleicht hat das lange Leben in den Tiefen der Erde Vorurteile geschaffen. Es kann aber auch sein, daß mich die psychologische Behandlung solchen Dingen gegenüber widerstandsfähig gemacht hat. Was immer auch der Grund sein mag, die Beschreibungen und Klagen der Neutralen berühren mich nicht.

Bibliotheken sind zerstört worden. Na und? Die Museen sind zu Asche geworden. Wer geht schon in ein Museum? Die Traditionen der Jahrhunderte sind verschwunden. Wer interessiert sich schon für Traditionen?

Vielleicht wären meine Gefühle anders gewesen, lebte ich noch auf der Oberfläche, obwohl man mich deshalb für meine Aufgabe ausgesucht hatte, weil ich keine sehr gesellige Natur gewesen bin. Ja, dort oben hätte ich vielleicht anders reagiert. Aber hier unten – was kümmert es mich?

Es mag sein, daß dies einer der Gründe ist, warum man das KD-Kommando so tief in die Erde verlegte. Ich glaube heute, daß es sehr unklug gewesen wäre, auf der Oberfläche für uns eine sichere Operationszentrale zu errichten – wie z. B. eine große Kuppel aus dickem Glas –, aus der wir die Welt hätten sehen können. Aus rein psychologischen Gründen, aber auch aus Gründen der physischen Sicherheit mußte man uns unter die Erde schicken, wenn man sich auf uns verlassen wollte.

Wer weiß? Hätte ich die Welt und die Zerstörung, die ich in ihr anrichtete, sehen können, ich wäre vielleicht davor zurückgeschreckt, auf die Knöpfe zu drücken, genauso wie es X-117 tat, als A4, B4 und C4 an die Reihe kamen.

Von ihm haben wir bis jetzt übrigens noch nichts gehört.

17. Juni

Die neutralen Länder haben uns und den Feind aufgefordert, ihnen zu sagen, welche Metalle wir für die radioaktiven Bomben benutzt haben. Sie wollen das wissen, damit sie ungefähr die Zeit abschätzen können, die sie noch in ihren Schutzräumen zu verbringen haben. Die Dauer der Radioaktivität kann zwischen wenigen Sekunden und Jahrtausenden schwanken; das hängt ganz von dem angewandtem Material ab. So erhält das Wissen über die Zusammensetzung der Bomben eine recht praktische Bedeutung. Die Neutralen wollen selbstverständlich erfahren, ob sie bald an die Oberfläche zurückkehren können oder ob sie für unbestimmte Zeit im Schutz ihrer unterirdischen Atombunker bleiben müssen.

Aber wir und der Feind haben uns geweigert, ihnen die Zusammensetzung der Metalle zu verraten. Wir begründeten unsere Haltung damit, daß es sich um ein militärisches Geheimnis handle und der Feind Nutzen aus unseren Angaben ziehen könne.

Die Neutralen versuchten mit beiden Seiten zu verhandeln und wiesen auf ihre begrenzten Vorräte hin. Wir erklärten uns beide bereit, unser Geheimnis bekanntzugeben, vorausgesetzt, die Gegenseite täte das gleiche.

Ich kann mir nicht vorstellen, wie das in der Praxis aussehen soll. Da ist nämlich immer noch die Frage, wer mit seinen Informationen beginnen soll. Und selbst dann, wenn beide Seiten sich damit einverstanden erklärten, sie gleichzeitig zu geben – so wie einer der neutralen Staatsmänner es vorschlug –, so ist es immer noch sehr zweifelhaft, ob der Feind die Wahrheit sagt.

Auf der anderen Seite wiederum hält der Feind auch nicht viel von unserer Aufrichtigkeit. Er behauptet, wir könnten vielleicht falsche Informationen ausgeben, damit die Menschen an die Oberfläche zurückkehrten und durch die Radioaktivität ums Leben kämen.

Damit wären wir also am toten Punkt angelangt.

18. Juni

Heute erfuhren wir Neues über X-117. Sie hatten Ärger mit ihm. Nach dem Zusammenbruch in der Zentrale fiel er in seinen alten neurotischen Zustand zurück, und die Psychologen gaben es auf, ihn heilen zu wollen. Vielleicht schon deshalb, weil man ihn für den Dienst nicht mehr brauchte.

Er leidet an einem Schuldkomplex. Für die Zerstörung der Welt macht er sich allein verantwortlich. Als ob nicht jemand anders seinen Platz hätte einnehmen können – was ja auch tatsächlich geschehen war. Mit einem Neurotiker läßt sich aber nicht diskutieren.

P und ich haben ihn heute besucht. Eigentlich mehr aus Höflichkeit. Er wohnt mir gegenüber, und schließlich arbeiteten wir zusammen. Außerdem hatte P ihn damals behandelt.

X-117 lag halb angezogen und unrasiert auf seinem Bett. Er tat nichts mehr. Als wir eintraten, schien er uns nicht einmal zu bemerken.

P fragte ihn, wie er sich fühle. Aus irgendeinem Grunde geriet er dadurch in Wut. Er setzte sich plötzlich aufrecht und schrie uns an: »Danke! Ich fühle mich gut! Ich fühle mich ausgezeichnet! Es ist mir gelungen, einige hundert Millionen Menschen umzubringen. Ich bin der größte Henker der Weltgeschichte! Warum sollte ich mich nicht wohl fühlen?«

Dann begann er zu weinen. So etwas hatte ich noch nie gesehen. Er schrie wie ein kleiner Junge, dem man das Spielzeug weggenommen hat. Das Schluchzen schüttelte ihn.

P versuchte ihn zu beruhigen. »So dürfen Sie nicht denken«, sagte sie. »Sie haben nur Ihre Pflicht getan. Sind Sie Soldat oder nicht?«

X-117 antwortete, wobei ihm die Tränen über die Wangen liefen: »Pflicht? Kann es Pflicht sein, die Menschheit auszurotten? Der Henker der Menschheit zu sein?«

»Sie sind nicht für das Töten verantwortlich«, erklärte ich ihm. »Warum bezeichnen Sie sich als Henker? Sie haben nur Befehle ausgeführt.«

»Das tut der Henker auch«, lautete seine Antwort. »Aber wenigstens sind es die Befehle eines Richters. Ich aber habe getan, was mir ein Roboter auftrug!« Und dann begann er zu lachen, genauso hysterisch, wie er zuerst geweint hatte.

»Aber sehen Sie doch«, sagte P, »mein Mann hat genau das gleiche getan wie Sie – ja, er hat sogar den Befehlen noch gehorcht, als Sie schon längst gegangen waren; er fühlt nicht die geringste Schuld.«

»Tatsächlich«, fügte ich hinzu, »fühle ich mich jetzt besser als je zuvor. Nicht daß ich mit besonderem Vergnügen auf die Knöpfe gedrückt hätte, aber daß ich es tat, gab mir ein Gefühl unendlicher Wichtigkeit.«

»Sie sind ein bedauernswerter Narr!« gab er zurück. »Wie können Sie es wagen, nach diesem Verbrechen, das Sie begingen, an sich selbst zu denken? Ihre Gefühle! Als ob sie eine Rolle spielten. Sie haben Millionen Menschen ermordet – in Staub verwandelt, verbrannt, vergiftet! – Hunderte von Millionen! Wissen Sie überhaupt, was das bedeutet? Und Sie wagen es, über Ihre Gefühle zu sprechen. Sie sind ein Ungeheuer! Sie sind doch kein Mensch!«

Ich glaubte schon, er wolle mich schlagen; aber er tat es nicht. Sein Standpunkt berührte mich nicht. Wenn jemand keine gesellige Natur besitzt, kann er weder lieben noch hassen. Vielleicht ist aber auch die psychologische Behandlung daran schuld, daß ich zu keinerlei Empfinden mehr imstande bin.

Aber das, was er sagte, erinnerte mich an jene merkwürdige Empfindung in der Operationszentrale, als ich sah, wie die Leuchtkarte an der Wand allmählich schwarz wurde. Diese Empfindung war vorübergegangen und nicht mehr wiedergekehrt, selbst dann nicht, als ich die Einzelheiten der Zerstörung erfuhr. Aber ich kann mich ihrer sehr gut entsinnen. Ich bin seitdem nicht mehr in der Zentrale gewesen. X-117's Reaktion war verständlich, aber ich konnte seine Einstellung nicht teilen.

Noch während ich mit diesen Gedanken beschäftigt war, begann X-117 wieder zu toben. Er schrie: »Warum? Warum habe ich es getan? Warum habe ich auf diese Knöpfe gedrückt und sie alle getötet? So viele . . .«

P gab mir ein Zeichen, daß wir gehen sollten. X-117 sah es, wandte sich ihr zu und rief: »So haben Sie also genug von Ihrem Besuch bei mir, Sie Psychologin, Sie Seelenmörderin! Es ist Ihnen gelungen, mein Gewissen zu heilen, damit ich die Menschheit ermorden konnte. Das gleiche haben Sie mit Ihrem Mann gemacht – vielleicht besaß er früher ein Gewissen. Jetzt habe ich meine Pflicht getan, jetzt braucht man mich nicht mehr.« Er stand auf und streckte uns die Arme entgegen. »Verlaßt mein Zimmer! Alle beide! Schnell, hinaus – bevor ich euch erwürge! Ich werde euch nicht mit einem Knopfdruck umbringen, sondern mit meinen eigenen Fäusten!«

Wir gingen, ehe er versuchen konnte, seine Drohung wahrzumachen.

19. Juni

Am heutigen Morgen wurde X-117 tot aufgefunden.

Sein Zimmergenosse war aufgewacht und vermißte ihn. Seine Uniform lag noch auf dem Bett, also öffnete X-137m die Tür und schaute nach. Er fand X-117 im Korridor. In der Schlinge seines

Gürtels hing er an einer Rohrleitung über der Tür zur Zentrale. X-107 und ich wurden durch das Klopfen an unserer Tür aufgeweckt.

Es war X-137m. Dann sah ich X-117's Körper in der Luft baumeln, sah sein unrasiertes Gesicht und die starren, halbverrückten Augen.

Ich sah ihn nur für den Bruchteil einer Sekunde, denn ich wandte meinen Kopf und ging in mein Zimmer zurück. Ich verschloß die Tür fest hinter mir. Ich hatte wieder dieses gleiche merkwürdige Gefühl, und ich schauerte auch genauso zusammen wie damals, als ich die schwarze Leuchtkarte in der Zentrale gesehen hatte.

Die beiden anderen müssen den roten Alarmknopf gedrückt haben, denn eine Minute später hörte ich Schritte im Korridor und vernahm das Gemurmel von Stimmen. Dann kam auch X-107 in das Zimmer zurück und legte sich schweigend auf sein Bett. Ein oder zwei Minuten vergingen, dann wies uns die Stimme aus dem privaten Lautsprecher an, niemandem von dem Vorgefallenen zu erzählen.

Es mochte etwa eine Stunde vergangen sein, als über die allgemeine Lautsprecheranlage bekanntgegeben wurde, daß KD-Offizier X-117 in der vergangenen Nacht gestorben war. Der Sprecher sagte etwas von »treuer Pflichterfüllung« und der Nervenanspannung, welche die Konstitution X-117's bei Ausübung seiner lebenswichtigen Aufgabe stark belastet habe.

Ich glaube, daß sie ganz richtig handeln, wenn sie die Tatsache des Selbstmordes verschweigen. Warum sollen die Leute unnötig beunruhigt werden?

Warum aber hat er sich erhängt? Den ganzen Tag über habe ich mich das gefragt. Was war mit ihm los? Er war immer ein sehr verträglicher Kamerad gewesen, bevor sich seine Sinne verwirrten. Er tut mir wirklich leid.

Als ich P heute traf, konnte ich mich nicht beherrschen und erzählte ihr die Wahrheit, besonders weil sie ihr Befremden darüber ausdrückte, was durch den Lautsprecher bekanntgegeben worden war. Solange sich X-117 in ihrer Behandlung befunden hatte, sagte sie, hatte er niemals irgendwelche Anzeichen physischer Schwäche gezeigt.

Von nun an hütete ich meine Zunge, und wir sprachen nur sehr allgemein über X-117. P sagte, ich solle mich durch den Tod meines Offizierskameraden nicht unterkriegen lassen. Für ihn sei es ohnehin das beste gewesen, behauptete sie, weil er in keiner Weise für das Leben auf Ebene 7 geschaffen war. Es könnte nur einem Fehler zu verdanken sein, daß man ihn für diese Aufgabe ausgewählt hatte. Während sie sprach, hörte ich noch einmal die Worte, die X-117 gestern – an seinem letzten Tag – gebraucht hatte. Er war nicht bereit gewesen, das Unvermeidliche zu akzeptieren. Er hatte dagegen rebelliert. Er hatte sich nicht an die Realität gewöhnen können. Er war eben anders. Und ganz bestimmt war er nicht der geeignete Mann für Ebene 7.

Eigentlich ist es doch merkwürdig, daß mir X-117 mehr leid tut als jene Tausende von Millionen Menschen, die dem Krieg zum Opfer gefallen sind. Ich glaube, wenn man mir gesagt hätte, ich solle einen Knopf niederdrücken und X-117 damit exekutieren, dann hätte ich es nicht tun können. Aber ohne auch nur einmal darüber nachzudenken, hatte ich auf jene Knöpfe gedrückt, die Millionen in den Tod schickten.

Bin ich ein Henker? X-117 sagte, wir alle wären Henker. In einer gewissen Weise hatte er recht. Vielleicht war es P, die sich irrte, und nicht er.

Aber nein, ich will immer noch nicht glauben, daß ich ein Henker bin. Ich habe auch nicht gern mit Leuten zu tun, die bald sterben. Ich mag den Anblick schlaff herabhängender Körper nicht, aus denen das Leben entflohen ist.

Aber auf einen Knopf zu drücken, eine »Schreibmaschine« zu bedienen, das ist eine ganz andere Sache. Es ist nämlich sauber, glatt und mechanisch.

Hier war es, wo sich X-117 irrte; er machte eben keinen Unterschied. Er konnte sogar die Drohung ausstoßen, P und mich mit seinen eigenen Händen zu erwürgen.

Vielleicht war diese Unfähigkeit, zwischen dem Töten mit der eigenen Hand und der Vernichtung durch einen Knopfdruck zu unterscheiden, die Ursache seiner geistigen Verwirrung.

20. Juni

Aus Ebene 2 erreichen uns alarmierende Nachrichten. Schon vor einigen Tagen gaben sie bekannt, daß alle von einer Art Seuche befallen seien. Die Symptome waren Übelkeit und Erbrechen, dazu schwerer Durchfall. Die Tatsache, daß jeder einzelne zur gleichen Zeit von dieser Krankheit befallen worden war, schien verdächtig; aber wir hatten angenommen, daß die Symptome nachgelassen hatten, weil sie später nicht mehr erwähnt wurden. Die Rundfunksendungen von Ebene 2 hatten sich darauf beschränkt, die Regierung in der üblichen Weise zu beschimpfen.

Heute jedoch meldeten sie, daß sich die Krankheit in verstärktem

Maße bemerkbar mache, die Leute hätten keinen Appetit und litten unter Fieber. Ähnliche Berichte erreichten uns über die Rundfunkstationen der neutralen Länder. Dort griff die gleiche Krankheit um sich. Während einer Sendung unterbrach sich plötzlich der Sprecher mitten in einem Satz, und wir konnten deutlich hören, wie er sich übergab. Es war furchtbar. Jemand anders mußte seine Stelle einnehmen.

Noch während ich dies schrieb, erreichten uns neue Berichte von Ebene 2. Ich will versuchen, das niederzuschreiben, was der Ansager bekanntgab.

Die Menschen sterben wie die Fliegen, berichtete er, um dann zu rufen: »Unser Blut ist radioaktiv verseucht! Ihr habt uns ebenfalls vergiftet!«

Sie haben sich in einem großen Saal versammelt, in irgendeinem der riesigen Schutzräume. Ich kann jetzt deutlich das Stöhnen hören. Niemand spricht – vielleicht sind sie schon zu schwach.

Und wieder der Lautsprecher: »Hunderte von Menschen – sie liegen auf dem Boden – keiner kann ihnen helfen – einige müssen sich erbrechen – sie haben Durchfall – der Gestank ist schrecklich!«

Der Ansager machte eine Pause, hustete und putzte sich die Nase.

Er spricht weiter: »Einige von ihnen scheinen schon tot zu sein – viele sind bewußtlos – vielleicht sind sie aber auch schon tot, wer soll das nachprüfen? – Der Unterschied spielt keine Rolle – früher oder später werden wir alle sterben – vielleicht nur Stunden – vielleicht auch ein oder zwei Tage – welcher Unterschied . . .?«

Die Stimme des Ansagers war plötzlich sehr schwach geworden, leise und undeutlich. Er muß sich vom Mikrofon abgewandt haben – vielleicht war ihm schlecht geworden. Dann hörte ich ihn stöhnen.

Er sagte: »Ich kann nicht weitermachen.«

Das ist alles.

Nein, er versucht noch etwas zu sagen. Er spricht sehr langsam.

»Unsere Schutzräume werden ein Grab, das Massengrab menschlichen Leidens.« Und nun lauter: »Politiker! Soldaten! Aus den Gräbern heraus verfluchen wir euch! Möget ihr uns bald folgen . . .« Seine Stimme bricht plötzlich ab.

Dann ist nichts mehr zu hören, nur noch Stöhnen und Jammern. Jetzt in diesem Augenblick hat die Station abgeschaltet.

21. Juni

Die heutigen Nachrichten unterscheiden sich nicht von den gestrigen. Die Neutralen und die Überlebenden auf Ebene 2 sterben schnell.

Der wahrscheinliche Grund ihres Todes ist die verseuchte Luft. Die auf Ebene 2 und in den neutralen Ländern benutzten Filter bieten nicht genügend Schutz gegen die Radioaktivität – wenigstens nicht genug, um die eindringende Strahlenmenge auf ein erträgliches Maß zu mindern. Niemand weiß das mit Sicherheit, und niemand kann nach oben gehen, um sich von der tatsächlichen Situation zu überzeugen. Aber es kann auch kein Zweifel daran bestehen, daß Millionen von Menschen dem Hitzetod nur deshalb entkamen, um nun an der von Strahlen verseuchten Luft zugrunde zu gehen.

Das bedeutet, daß die Bevölkerung der Erde auf jene reduziert wurde, die in größten Tiefen leben und deren Schutzräume mit von der Außenwelt unabhängigen Luftvorräten versorgt werden. Der Feind wird ähnlich ausgerüstet sein, aber nicht die Alliierten und Neutralen. Wenn die augenblickliche Sterbequote anhält, wird in wenigen Tagen – vielleicht Stunden – die Bevölkerung der Erde nur noch etwas mehr als eine Million betragen. Vielleicht wird die Differenz in den tiefer gelegenen Ebenen – sowohl beim Feind wie auch bei uns – nur einige tausend Menschen ausmachen.

Seit 14.00 Uhr haben wir nichts mehr von den Neutralen gehört. Als sie sich zum letztenmal meldeten, gaben sie einige Daten und Zahlen über das Massensterben durch. Die Sendung endete nicht so pathetisch wie gestern die von Ebene 2. Aber es war gerade der trockene Bericht, der die nüchternen Fakten und die Zahl der Sterbenden durchgab, der ihn noch pathetischer erscheinen ließ. Es gab keine Anschuldigungen und keine Verfluchungen, nur die letzten Neuigkeiten über die Opfer der Radioaktivität in den betreffenden Ländern.

Ganz plötzlich brachen die Sendungen ab. Seitdem haben sich die Neutralen nicht mehr gemeldet. Sie werden sich auch nicht mehr melden.

Von allen Menschen, die auf der Erde lebten, blieben nur der Feind und wir übrig. Um es präziser auszudrücken: nur die Handvoll auf jeder Seite, die sich tief unter die Oberfläche zurückgezogen hatte.

22. Juni

Es liegt irgend etwas in der Luft – andere Leute außer mir haben es auch bemerkt, und vielleicht beschränkt es sich nicht nur auf Ebene 7. Es ist das merkwürdige Gefühl, in einer neuen Welt zu leben.

Die alte Welt auf der Oberfläche der Erde und die unterirdischen Schutzräume, die noch mit der Oberfläche Verbindung hatten und von ihr abhängig waren – diese Welt ist tot. Das Leben hat sich auf jene beschränkt, die tief genug hinabstiegen, die in jeder Beziehung unabhängig geworden sind.

Die Oberfläche der Erde ist verbotenes Land – und sie wird es für lange Zeit bleiben. Wie lange – darüber läßt sich streiten. Mehr und mehr diskutieren wir darüber. Die Neutralen wollten es wissen, aber sie erhielten keine Antwort. Viel hätte es ihnen ja auch nicht nützen können, denn der Tod hatte schon von ihnen Besitz ergriffen.

Wir aber, die wir alle Voraussetzungen besitzen, das Schreckliche zu überstehen, möchten gerne die Antwort hören. Die Halbwertzeit von Strontium 90 beträgt 25 Jahre. Die von Uranium 239 nur 23 Minuten. Uranium 238 aber hat eine Halbwertzeit von 4511000000 Jahren. Welches dieser Isotope ist es, das unsere Erdoberfläche verseucht?

Die Antwort auf diese Frage wird das Leben der Überlebenden entscheiden. Wir auf Ebene 7 sind noch am besten dran. Unsere Lebensmittel reichen für 500 Jahre. Die Lebensspanne von Ebene 5 beträgt aber nur 200 Jahre. Bereits in 25 Jahren werden die Bewohner von Ebene 3 gezwungen sein, ihren sicheren Zufluchtsort zu verlassen, um ihr Glück auf der Oberfläche zu versuchen.

Es darf als sicher vorausgesetzt werden, daß die Verseuchung der Oberfläche für viele Jahre beabsichtigt ist, sonst wären die entsprechenden Bomben nicht eingesetzt worden. Aber sind es Jahre, Jahrzehnte oder Jahrhunderte?

Die Menschen auf Ebene 3 haben sich in sehr praktischer Weise mit diesen Fragen beschäftigt. Da die Menschheit aufgehört hatte zu existieren, war eine Lebenserwartung von 25 Jahren recht gut. Aber sie hatten ein anderes Problem. Sie fragten sich: »Sollen wir Kinder aufziehen?« Alle Kinder, die auf Ebene 3 geboren werden, müssen auf dem Höhepunkt ihres Lebens verhungern, wenn sie nicht zur Oberfläche emporsteigen können.

Für sie also ist es ein sehr wichtiges Problem. Das ist es auch für uns, wenn auch nicht so dringend. Sogar wir, auf Ebene 7, würden gern die Antwort hören. Werden wir noch einmal die Oberfläche sehen, bevor wir sterben? Und wenn nicht, werden es wenigstens unsere Nachkommen im Verlauf der nächsten fünf Jahrhunderte tun können? Rein persönlich gesehen berührt uns das Schicksal unserer späteren Nachkommen weniger, aber wir wollen doch gerne wissen, ob die Menschheit eine Chance besitzt zu überleben und eines Tages wieder die Oberfläche der Erde bevölkern wird.

23. Juni

Im Aufenthaltsraum, im Speisesaal, in den Gängen – überall, wo ich heute den Leuten begegnete, standen sie in Gruppen beisammen und unterhielten sich. In ihren Augen stand immer nur eine Frage: Wie lange wird die Oberfläche radioaktiv bleiben?

Von den anderen Ebenen wird diese Frage ganz offen über den Rundfunk gestellt. Es ist sehr wahrscheinlich, daß sie sich an das unterirdische Leben noch nicht so gut gewöhnt haben wie wir.

Ebene 7 jedenfalls kann ihnen die Antwort auch nicht geben. Jemand auf Ebene 5 müßte sie kennen, und immer wieder haben wir die gleiche Frage stellen gehört. Aber Ebene 5 antwortet nicht oder gibt nur sehr ausweichende Antworten.

Jedenfalls haben sie Ebene 3 den guten Rat gegeben, keine Nachkommen zu zeugen. Das bedeutet in sehr umschriebener Form, daß die Erde auf der Oberfläche in 25 Jahren noch radioaktiv verseucht sein wird. Auch sagen sie, daß das Leben in unseren Ebenen gesichert ist und wir nicht soviel an die Oberfläche denken sollen. Damit haben wir einen ungewissen Anhaltspunkt, wie lange die Strahlung dort oben andauern wird.

Sie behaupten auch, schließlich hänge es davon ab, welches Material der Feind benutzte. Sie verrieten aber nicht, welches Material wir benutzten. Das alles hört sich recht geheimnisvoll an. Warum, zum Teufel, will man uns nicht die Wahrheit sagen?

Wenn wir uns nur persönlich mit ihnen unterhalten könnten! Ich bin davon überzeugt, daß wir aus den verantwortlichen Politikern schon die Wahrheit herausbekämen. Es gibt Mittel und Wege, das zu bewerkstelligen. Aber wir leben ja getrennt – wir hier, sie dort. Die einzige Verbindung sind die Radiowellen. Es gibt also nichts, was wir tun könnten.

Es ist uns klar, daß sie uns nicht die Wahrheit sagen wollen. Und ich weiß mit Sicherheit, daß diese Wahrheit auch keinen praktischen

Nutzen für uns darstellen würde. Wir werden unser Leben hier unter der Erde verbringen.

Ich schätze, die Wahrheit ist schlimmer, als wir alle vermuten. Sonst würde man mit ihr doch nicht hinter dem Berg halten. Sie fürchten sich, nehme ich an. Vielleicht bereuen sie ihre Tat sogar.

Ich weiß es nicht – und – zur Hölle mit ihnen!

24. Juni

Von Ebene 3 kommt die Meldung, daß ein älteres Ehepaar morgen zur Oberfläche hinaufgehen will. Sie wollen wissen, wie es auf der Erde aussieht, und sie wollen nicht den Rest ihres Lebens in Höhlen verbringen. Nicht mehr einen Tag, wie betont wurde.

So ähnliche Anwandlungen hatte ich ja damals auch, bevor man mich psychologisch behandelte. Sie hatten beschlossen, einen kleinen Sender mitzunehmen, um ständig über das zu berichten, was sie sahen. Jeder ist auf diese Berichte gespannt, und die Leute auf Ebene 3 müssen es auch sein, denn sonst würden sie dem Paar diesen gefährlichen Ausflug, der einem glatten Selbstmord gleichkommt, nicht erlauben.

Wahrscheinlich ist es ein Selbstmord. Das Paar wird niemals zurückkehren. Es wird sein letzter Spaziergang sein – und die beiden Menschen wissen das ganz genau. Sie werden aber wenigstens einige Tage im Sonnenlicht leben.

Es gibt auf Ebene 7 kein anderes Gesprächsthema. Einige meinen, die beiden wären verrückt. Andere wiederum vertreten die Auffassung, sie seien tapfer. Wenn ich mich nicht täusche, beneidet sie jeder von uns ein bißchen. Vielleicht wegen der Publicity, vielleicht aber auch wegen des Sonnenscheins.

P ist der festen Überzeugung, daß die beiden Neurotiker sind. Das schließt aber nicht aus, daß sie den Beginn der Berichte kaum noch erwarten kann.

25. Juni

Sie sind draußen.

Am Eingang zu den unterirdischen Anlagen fanden sie einige unzerstörte Fahrzeuge, gaben sie als erste Meldung durch. Sie suchten sich den besten Wagen aus, nahmen aus den übrigen gefüllte Reservekanister und stellten sie auf die Rücksitze. Die ehemaligen Besitzer waren optimistisch genug gewesen, an eine Rückkehr in ihre Häuser zu glauben. Mindestens eine Woche lang konnte das Paar nun im Land umherfahren, ohne auf die nicht mehr existierenden Tankstellen angewiesen zu sein. Nahrungsmittel und Wasser entnahmen sie einem noch intakten Vorratslager unter der Erde.

Der Mann fuhr, während seine Frau den Sender betätigte. Ihren Worten nach zu urteilen, fand in der näheren Umgebung des Bunkereinganges keine Atomexplosion statt. Trotzdem war die Erde und das, was auf ihr gestanden hatte, völlig verbrannt. Die Straße war noch soweit in Ordnung.

Sie sagt, sie wolle sich in einer Stunde wieder melden.

Sie fahren auf eine kleinere Stadt zu. Die Straße wird nun schlechter. Überall liegen Trümmer. Der Wagen hat gute Reifen, und die Frau berichtet, daß sie weiterfahren.

Dem Tachometer nach müßten sie die Stadt nun bereits erreicht haben, aber es ist noch nichts von ihr zu sehen. Früher gab es hier eine Kirche, die das Stadtbild beherrschte. Wo war der auffällige Turm? Nichts, gar nichts! Selbst die einzelnen Trümmerstücke sind klein. Es muß alles verbrannt sein.

Die Zerstörung ist so vollkommen, daß man kaum glauben möchte, daß hier jemals eine richtige Stadt gewesen ist.

Selbst am Horizont ist nichts zu sehen. Dabei durchqueren sie ebenes Land, und es gibt keine Hügel, die die Sicht behindern können. Lediglich fahren sie hin und wieder über Straßenkreuzungen. Das Fahrtempo muß verringert werden, denn immer wieder unterbrechen große Bruchstellen die Asphaltfläche. Die Straße wird schlechter.

Die Frau meldet, daß sie anhalten. Vor ihnen hat sich die Straße aufgewölbt und bildet ein unüberwindliches Hindernis. Sie wird die Sendung unterbrechen, um ihrem Mann dabei zu helfen, eine passende Umleitung zu finden.

Fünfzehn Minuten später; sie sagt, sie hätten eine gute Umleitung gefunden und führen nun wieder auf der alten Straße. Sie wollen unbedingt Punkt Null erreichen, jene Stelle also, über der die Bombe explodierte, aber wenn die Straßen noch schlechter werden, schaffen sie es nicht mit dem Wagen. Wenn sie einen Helikopter hätten, wäre es leichter. Sie werden also die am besten erhaltenen Straßen nehmen und versuchen, ihr Vorhaben durchzuführen.

Heute nachmittag um 14.00 Uhr wird sie wieder senden.

Die versprochene Sendung wurde gerade beendet. Sie begann

später, erst gegen 14.15 Uhr. Der Grund des Aufschubes, erklärte die Frau, war plötzlich aufkommende Übelkeit.

Zuerst war ihr schlecht geworden, und sie hatten anhalten müssen. Das geschah kurz nach der ersten Sendung. Anderthalb Stunden zuvor war sie an die Oberfläche gekommen.

Nach einer kurzen Rast setzten sie die Fahrt fort, aber dann wurde ihr Mann von der gleichen Übelkeit befallen. Erbrechen und Durchfall. Die alte Geschichte.

Das seien die ersten Anzeichen der Strahlenkrankheit, sagte die Frau. Aber es sei ihnen egal. Sie werden weiterfahren, um soviel zu sehen, wie nur möglich ist. In der Nacht werden sie eine Pause einlegen. Sobald etwas Interessantes zu berichten ist, werden sie wieder senden.

26. Juni

Die Eskapade der beiden mutigen Menschen hat eine unglaubliche Aufregung auf allen Ebenen ausgelöst. Niemand versäumt die von der Oberfläche kommenden Berichte. Viele schlafen nicht, um keine Sendung zu verpassen. Und selbst dann, wenn keine Berichte eintreffen – weil die beiden Pause machen oder schlafen –, wird über das Abenteuer diskutiert.

Seit jenem Tag, an dem wir für immer die Oberfläche verließen, hat es eine derartige Stimmung hier unten nicht mehr gegeben. Selbst nicht während des Krieges, wird behauptet. Dabei weiß ich nicht einmal, was während des Krieges auf Ebene 7 passierte; ich war vollauf damit beschäftigt gewesen, ihn zu führen.

Wir interessieren uns für die geringsten Kleinigkeiten, die das Paar angehen. Wer sind die beiden Menschen? Wie alt mögen sie sein? Welchen Beruf hatte er? Von wo stammen sie? Ließen sie in Ebene 3 Verwandte zurück?

Er ist Maler, erfuhren wir. Landschaftsmaler. Seine Frau hat keinen eigentlichen Beruf.

»Das erklärt auch, warum sie nach oben gingen«, sagte jemand. »Hier unten gibt es nicht viele Landschaften.«

»Dort oben auch nicht mehr«, meinte jemand anders. Aber ich kann schon begreifen, wie sich der Künstler in den überfüllten unterirdischen Räumen gefühlt haben muß.

Aber da ist noch etwas anderes, das die Eskapade der beiden erklären könnte. Sie hatten erwartet, ihre achtzehnjährige Tochter auf Ebene 3 zu treffen. Die Kennmarke hatte das vorgesehen. Als die Alarmsirenen heulten, war die Tochter nicht zu Hause, sondern bei Bekannten gewesen. Sie hatten sie angerufen. Die Tochter hatte versichert, sofort zum vorgeschriebenen Bunker zu eilen. Aber die Eltern hatten sie dort nicht vorgefunden. Vielleicht ein Unfall – man würde es niemals erfahren. Nach dem Alarm drängten sich die Menschen zu den Schutzräumen – zu irgendwelchen Schutzräumen.

Nun waren die Eltern auch dort draußen in der strahlenverseuchten Hölle, nicht um ihre Tochter zu suchen, sondern um ihr Leben zu verkürzen. Sie wollten dort sterben, wo sie geboren waren: unter der Sonne.

Ich habe gerade ihren letzten Bericht gehört. Nun fährt sie, während er die Reportage spricht. Sie fühlen sich wieder ganz wohl, aber das ist typisch für Strahlenerkrankung. Nach dem ersten Anfall – Übelkeit, Erbrechen und Durchfall – folgen einige symptomfreie Tage. Aber dann kehren die Beschwerden zurück.

Sie fahren ohne Unterbrechung. Viel zu berichten gibt es nicht. Hier und dort sehen sie die zerschmolzenen Stahlgerippe eines Gebäudes, zu seltsam anmutenden Gebilden verformt. Eines davon muß die Vorstellungskraft des Malers beflügelt haben. Er fand es in seiner Art schön und meinte, es passe gut in eine moderne Kunstausstellung. Man könne es als »Gemarterten Stahl« bezeichnen.

Die beiden sind ausgezeichnete Berichterstatter. Sie sind weder dramatisch noch sentimental. Sie verschwenden keine Tränen, sondern halten sich an die nackten Tatsachen. Mit einem leicht künstlerischen Anhauch, versteht sich.

Wie gesagt, es gibt nicht viel zu berichten. Restlose Zerstörung ist eben restlose Zerstörung. Sie versuchen, sie zu beschreiben, aber es ist nichts als Spiel mit Worten. Man kann nur sagen, was war – und nun nicht mehr ist.

Die beiden versuchen etwas Übriggebliebenes zu finden, aber sie suchen vergebens.

27. Juni

Sie fahren immer weiter und berichten, obgleich sie sehr müde geworden sind. Heute früh passierten sie eine Schutzraumanlage vom Typ Ebene 1. Es muß eine sehr kleine Anlage in nur geringer Tiefe gewesen sein. In unmittelbarer Nähe war keine Bombe explodiert, aber die Decke war von großen und breiten Rissen durchzogen. Sie versuchten in das Innere des Bunkers zu gelangen, aber der Einstieg wurde durch riesenhafte Trümmerstücke blockiert, und sie mußten ihr Vorhaben aufgeben. Niemand lebte mehr. Immerhin wäre es interessant zu wissen, ob die Menschen verbrannt oder unter der Einwirkung der Strahlen umgekommen waren.

Sie fahren weiter, aber ihre Berichte werden seltener. Sie fühlen sich müde – und was sollen sie auch schon berichten?

Die Menschen hier unten sind enttäuscht. Der Ausflug zur Oberfläche scheint langweilig zu sein, langweiliger noch als das Leben unter der Erde.

Viele beginnen auf die beiden zu schimpfen und nennen sie verrückt. Erst eben meinte P wieder: »Sie sind komplette Narren. Sie bezahlen ihr Abenteuer mit 25 Jahren ihres Lebens. Das ist nicht nur neurotisch, sondern heller Wahnsinn!«

Langsam schwindet das Interesse an den Berichten. Natürlich sind sie immer noch das hauptsächliche Gesprächsthema, aber es wird nicht mehr mit dem gleichen Eifer diskutiert. Wenn der Ausflug noch einige Tage dauert, wird man kaum noch zuhören. Die beiden werden für uns sterben, bevor sie richtig tot sind.

28. Juni

Das tapfere und närrische Paar hat beschlossen, nicht mehr weiterzufahren, sondern an Ort und Stelle zu bleiben. Sie langweilen sich ebenfalls, scheint es uns. Die Zerstörung der Erdoberfläche ist ohne jede Abwechslung. Es ist sinnlos, weiterzufahren. Das Bild würde sich nicht ändern, auch dann nicht, wenn sie den Planeten umrunden würden. Das müssen sie eingesehen haben. Auch sind sie erschöpft, müde vom Fahren und von der an ihnen zehrenden Krankheit.

So sitzen sie also im Wagen und ruhen sich aus. Ab und zu berichten sie von persönlichen Dingen. Ihr Interesse an der Umwelt verliert sich. Ich glaube, die Krankheit nähert sich nun ihrem Höhepunkt.

Irgend etwas an diesen letzten Gesprächen weckt erneut das Interesse der gelangweilten Zuhörer. Aber nicht das Interesse an jenen Dingen, die auf der Oberfläche geschehen sind, sondern an dem Paar selbst.

Hier kommt wieder ein solches Gespräch. Ich will versuchen, die Worte gleich mitzuschreiben. Es kommt mir so vor, als redeten die beiden schon im Delirium.

Sie: »Wir sind ein Taubenpaar, das von Noah ausgeschickt wurde, um nachzusehen, ob die Sintflut abgesunken sei.«

Er: »Die Flut ist noch da, und das Wasser ist tief. Wir sind die Tauben, die nicht zurückflogen.«

Sie: »Aber die Tauben, die nicht mehr zurückkamen, verrieten Noah doch, daß die Flut abgesunken war. Sie waren ein Zeichen der Hoffnung und des Lebens, weil sie die Arche nicht mehr aufsuchten.«

Er: »Wie recht du hast, meine Liebe. Wir bleiben hier draußen, bis alles vorüber ist. Diese Flut ist schlimmer als jene, die von Gott gemacht wurde. Die Menschen erschufen diese Sintflut aus Blut und Tränen, die keine Hoffnung mehr zuläßt.«

Sie: »Hört auf uns, ihr Leute dort unten in den Höhlen. Wir haben euch etwas zu sagen. Die Flut ist überall, und sie versucht, zu euch hinabzudringen. Euer Blut ist rot, aber die Erde ist nun schwarz. Bleibt unten in euren Höhlen, solange die Luftvorräte reichen und das Wasser zu euch durchsickert. Und solange ihr den Mut dazu habt.«

Er: »Bleibt für alle Zeiten in der Arche!«

Natürlich hat sie das Delirium gepackt. Aber jeder kann im Fieber solche Worte sprechen. Alle lauschen fasziniert und gebannt den Worten, und selbst P hat es aufgegeben, abfällige Bemerkungen zu machen. In ihren Augen konnte ich heute früh nach einer der Sendungen einen seltsamen Schimmer bemerken. So, als seien sie feucht.

29. Juni

Noch immer erreichen uns die Nachrichten von oben. Das Paar sendet noch, aber ihre Stimmen sind schwächer geworden. Sie legen öfter eine Pause ein. Wir lauschen. Alle lauschen.

In jedem Augenblick kann eine neue Sendung beginnen. Wie gestern werde ich versuchen, gleich mitzuschreiben. Es ist nicht so schwer, weil sie nun auch langsamer sprechen.

Sie: »In der Welt von heute singen keine Vögel mehr, es gibt auch keine Blumen. Wo sind die Felder, die Bäume . . .?«

Er: »Es gibt nur Trümmer.«

Sie: »Männer und Frauen sind verschwunden. Nirgends spielen Kinder.«

Er: »Nur die nackte und verbrannte Erde.«

Sie: »Die Erde ist wie ein Schiff, das von seiner Mannschaft verlassen wurde. Sie erinnert an den Mond – leblos und unbewohnt.«

Er: »Wie ein anderer Planet.«

Ein anderer Planet! Da haben sie etwas gesagt. In ihrem Delirium haben sie vielleicht die ganze Wahrheit erkannte. Die Erde ist ein anderer Planet geworden. Tot wie der Mond – bis auf die Höhlen. Aber wer weiß? Vielleicht sind unter der Mondoberfläche auch Höhlen, in denen Lebewesen hausen.

Ein anderer Planet! Ja, das war die Erde nun geworden . . .

30. Juni

Das Paar gab heute bekannt, daß die Sendungen eingestellt würden. Sie wären nun zu schwach. Die letzten Worte lauteten:

Er: »Dies ist unsere letzte Botschaft, die letzte Botschaft von der Erdoberfläche. Nichts Neues. Die Welt ist leer, aber sie dreht sich noch. Es gibt Tag und Nacht, Sonne und Mond und Sterne. Aber das ist auch alles.«

Sie: »Lebt wohl, Männer und Frauen in den Höhlen. Laßt uns in Frieden sterben.«

Das war heute früh. Seitdem haben wir nichts mehr von ihnen gehört. Ob sie Fieber haben oder bewußtlos wurden? Vielleicht sind sie schon tot.

Wir werden niemals mehr von ihnen hören. Sie sollen in Frieden sterben.

Ich wollte den heutigen Eintragungen eigentlich nichts mehr hinzufügen, aber obwohl es jetzt schon 23.00 Uhr ist, muß ich noch von einem merkwürdigen Gefühl berichten, das mich überkam, als ich die letzte Sendung des Paares gehört hatte. Das Gefühl ist neu für mich, aber trotzdem merkwürdig. Ich fühle mich zu den beiden Menschen dort oben in ihrem Wagen hingezogen. Ich wünschte, ich könnte bei ihnen sein und ihnen beistehen.

Mit mir ist eine Wandlung vor sich gegangen. Sie begann, als ich X-117 draußen im Korridor vor der KD-Zentrale hängen sah. Damals achtete ich nicht darauf, denn das Gefühl ging schnell vorüber. Alles steht damit in Zusammenhang, auch der Anblick der schwarzen Karte in der Zentrale. Doch jetzt ist das anders – kein schnell vorübergehender Schauer, sondern eine anhaltende Wärme.

Ist es Mitleid? Sehnsucht nach Geselligkeit? Können fremde Menschen solche Gefühle in mir erwecken? Gab es einen grünen Fleck im eintönigen Grau meiner Seele, den die beiden Tauben entdeckt haben?

Es ist ein warmes Gefühl, das sich ihnen zuwendet. Aber ich beginne, die ganze Menschheit zu lieben – und mein Gefühl wird erwidert, denn ich spüre, wie es mich von innen heraus erwärmt.

Erst jetzt weiß ich, wie groß meine innere Kälte war. Ich war seelisch tot. Ich beginne X-117 zu begreifen. Er muß ähnlich wie ich gefühlt haben. Selbst die Psychotherapie konnte es ihm nicht nehmen.

Ich besitze nicht soviel wie er. Aber es genügt. Ich schauere nun sogar zusammen, wenn ich an jene Knöpfe denke, die die Karte in der Zentrale so schwarz machten.

Man muß Wärme besitzen, um die Kälte fühlen zu können. Es ist besser, beides zu fühlen, als überhaupt nichts fühlen zu können. Das war ja auch der Grund aller Lehrgänge und Behandlungen gewesen: mich von allen Gefühlen zu befreien.

Aber es war ihnen mißlungen. Ich liebe die beiden Tauben, die dort oben auf der Erde sterben. Ich liebe sie wahrhaftig.

Wenn es Menschen wie diese beiden noch gibt, wird die Erde wieder leben. Wenn ich lieben kann, dann ist meine Seele nicht wie die tote Kruste eines Planeten. Sie kann wieder zum Leben erweckt werden.

Leben und Liebe vergehen nie. Gebt ihnen einen winzigen Raum, wo sie Wurzeln schlagen können, und sie werden eine Welt erobern.

1. Juli

Welchen Unsinn habe ich gestern abend geschrieben! Leben und Liebe vergehen nie!

Tod und Vernichtung, Haß und Teilnahmslosigkeit – das sind die Dinge, die niemals vergehen. Nicht ein Paar Tauben haben die Welt erobert, sondern ein paar Knöpfe. Sie haben alles getötet – auch die Tauben.

Das Gefühl in mir – was hat es schon zu bedeuten? Kann es die gedrückten Knöpfe ungedrückt machen? Kann es die gestarteten Raketen zurückbeordern? Kann es die zerschlagene Welt heilen? Kann es das Zerstörte unzerstört machen? Kann es die Toten wieder lebendig machen? Kann es die Tauben retten?

Es vermag nichts dergleichen. Die Knöpfe sind gedrückt worden. Es ist zu spät – viel zu spät.

2. Juli

Von oben kam keine Sendung mehr. Das Paar wird gestorben sein. Man spricht schon nicht mehr davon. Sie sind vergessen.

Aber ich denke noch an sie. Für mich leben sie. Sie haben den verborgenen Knopf in meiner Seele gedrückt. Den letzten, vergessenen und verborgenen Knopf. Es ist sehr schwer gewesen, aber sie haben es getan.

Es ist ein wunderbarer Knopf. Nun weiß ich plötzlich, daß ich nicht allein auf dieser Welt bin. Es gibt auch andere wie ich. Einige von ihnen sind besser als ich: X-117 war besser. Und jene Menschen, die zu Beginn des Krieges oben blieben. Die meisten von ihnen waren besser als ich.

Warum ist es so schwer, den Knopf der Menschlichkeit zu finden, und warum ist es so leicht, den Knopf zu drücken, der die tödlichen Raketengeschosse auf die Reise schickt? Und warum konnte niemand den grünen Fleck meiner Seele entdecken, als es noch früh genug dazu war?

Am Resultat hätte es sicher nichts ändern können. Wenn ich mich wie X-117 geweigert hätte, auf die Knöpfe zu drücken, hätten es X-107 und X-137 für uns getan. Und wenn sie nicht gewollt hätten, wäre jemand anderer an ihre Stelle getreten. Vielleicht jemand, der nicht einmal gewußt hätte, was er tat.

Selbst ohne die KD-Zentrale – bin ich überzeugt – wären die Raketen gestartet. Alles wäre automatisch erfolgt, ohne daß eine menschliche Hand sich rührte. Die Vergeltungsmaschinerie arbeitete vollautomatisch. Es war auch ein Fehler in der Automation gewesen, der den Atomkrieg auslöste. Von dieser Sekunde an begann die Kettenreaktion der Vernichtung, eine perfekte Automation des Todes, die unseren Planeten vernichtete.

Sie hatten nicht vergessen, Menschen in das Werk der Vernichtung einzubauen, und sie hatten vergessen, daß auch Menschen Seelen haben und Knöpfe darin. Sie vergaßen, daß man diese Knöpfe finden und eindrücken kann. Wie den meinen jetzt.

Was aber hilft es heute? Es ist in jedem Fall zu spät . . .

13. September

Gestern wurde ein Teil meines Tagebuches vernichtet. P riß in einer Art Wutausbruch einen Teil der Blätter aus dem Heft und verwandelte sie in kleine Stückchen. Ich hinderte sie nicht daran. Warum auch? Die Welt ging in Stücke, warum nicht auch mein Tagebuch.

P kann mich nicht verstehen – sie kann meinen inneren Wandel nicht begreifen, der seit den Geschehnissen damals in mir vorgegangen ist, seit das Paar zur Oberfläche stieg. Sie meint, sie hätte mich leicht trösten können, wenn es nur Depressionen wären, unter denen ich leide. »Aber«, um sie zu zitieren, »mit deinem Heiligenschein werde ich nicht fertig.«

Was sie wohl am meisten aufregt, ist die Tatsache, daß ich völlig ruhig bleibe und nicht wütend werde, wenn sie mich beschimpft. Meine Schwäche ist es, die sie rasend macht, obwohl ich das nicht beabsichtige. Ich verspüre keinen Zorn gegen sie. Gegen niemand, genaugenommen.

Das ist alles weder gut noch böse. Irgend etwas in mir ist anders geworden – das ist alles. Meine Stimmung schwankt nicht mehr, sondern bleibt auf der gleichen Ebene. Ich brauche keine Geselligkeit oder Abwechslung. Selbst die Spekulationen und Gedanken über die Zukunft habe ich aufgegeben. Oft packt mich Trauer, wenn ich darüber nachdenke, daß die Welt zugrunde gegangen ist, aber das hat nichts mit »Stimmung« zu tun. Ich weiß, daß die Menschheit durch einen Knopfdruck vernichtet wurde.

Ich denke ruhig darüber nach, etwas entfernt und voller Sympathie. Aber ich verspüre keine Gewissensbisse und kann nichts bedauern. Ich weiß nicht, warum das so ist.

P kann mich nicht mehr verstehen. Ich nehme an, mein Zustand läßt sich nicht mit dem vereinbaren, was sie in ihren psychologischen Lehrgängen lernte. Vielleicht hatte sie immer noch gehofft, ich würde wieder anders werden, bis der gestrige Zwischenfall eintrat. Sie verlor ihre Beherrschung. Sie besuchte mich in meinem Zimmer. Seit Beendigung des Krieges ist das erlaubt, und es wurden auch gewisse andere Erleichterungen eingeführt. Vielleicht glaubte sie, die teilweise Vernichtung des Tagebuches könne mich aus meiner Lethargie reißen, aber als ich nicht reagierte, schrie sie mich an:

»Wenn dich das nicht zur Besinnung bringt, dann überhaupt nichts!«

Und sie schritt aus meinem Zimmer, ohne mich eines weiteren Blickes zu würdigen.

Bis zum 2. Juli zurück hatte P alle Eintragungen zerrissen. Mehr als zwei Monate sind seitdem vergangen. Ich werde die Eintragungen nicht nachholen, weil ohnehin nicht viel passierte. Meine Gedanken und Wandlungen – ich weiß nicht, ob sie meine Leser sehr interessieren, wenn ich überhaupt welche haben sollte.

Eine Tatsache aber sollte ich vielleicht erwähnen, obwohl sie ja bereits im Juni feststand. Die Welt der Lebenden ist beschränkt. Die Menschen existieren nur noch in Höhlen. Die Ebenen 3, 4, 5, 6 und 7 beherbergen etwa 622500 Menschen, Männer und Frauen. Wir wissen nicht, wie es drüben beim Feind aussieht, aber wir schätzen, daß die gesamte Weltbevölkerung zwischen einer und zwei Millionen liegt. Das ist sehr wenig, aber trotzdem leben wir eng zusammengedrängt, denn uns steht nur wenig Raum zur Verfügung.

Es ist erstaunlich, wie schnell der Mensch sich an eine neue Umgebung gewöhnen kann. Drei Monate nach dem Atomkrieg sind geregelte Verhältnisse eingetreten.

Wie beweglich ein Mensch ist – und wie starr und unbeugsam.

14. September

P sagte mir heute früh, daß sie sich scheiden lassen wolle, um X-107 zu heiraten. Er war ja oft anwesend gewesen, wenn sie mich in unserem Zimmer besuchte. So hatten sie sich kennengelernt.

Ich stimmte zu und wünschte ihr Glück. In ihren Augen standen Tränen. X-107 machte einen etwas bedrückten Eindruck, aber ich versicherte ihm, ich würde ihm nichts nachtragen. Das beruhigte ihn sichtlich.

Heute nachmittag fand die Scheidung statt, und zwar in dem gleichen Raum, in dem wir auch getraut wurden. Fünf Minuten später war sie mit X-107 verheiratet. Ich gab X-107 mein kleines Zusatzschild »m«.

Ich glaube, diese Entwicklung war unvermeidlich und ist zugleich die beste Lösung. Vielleicht sollten Männer mit meiner Einstellung niemals heiraten.

Über den allgemeinen Lautsprecher wurde heute bekanntgegeben, daß die ehemalige KD-Zentrale in ein Geburtenheim umgewandelt werden solle. Man erwartete bereits einige Geburten, allerdings nicht vor Januar oder Februar nächsten Jahres. Bis dahin ist noch lange Zeit, und ich halte die Vorbereitungen für verfrüht.

Vielleicht tat man es nur, um uns aufzumuntern. Es wurde sogar auf die symbolische Bedeutung der Maßnahme hingewiesen. Von der Zentrale aus wurde die Welt vernichtet – und am gleichen Ort sollte das Leben wieder seinen Anfang nehmen . . . ». . . und verwandelt die Knopfdruckanlagen in Kinderwagen!« dachte ich unwillkürlich.

Allerdings dachte ich das spät am Tage.

Ich gehe nur selten in den Aufenthaltsraum. Mit wem sollte ich noch sprechen? Alle Menschen, die ich dort treffen kann, denken anders als ich, fühlen anders als ich. Vielleicht wäre mit X-117 etwas anzufangen gewesen, aber er ist tot.

Ich unterhalte mich mit mir selbst. Auch spreche ich im Geist mit dem Landschaftsmaler und seiner Frau, die es vorzogen, die Sonne noch einmal zu sehen und dann zu sterben.

Um mich herum leben Menschen, aber ich lebe nicht mit ihnen. Für mich sind nur die Toten noch lebendig. Die Lebenden aber sind tot.

15. September

Alarmierende Neuigkeiten von Ebene 3. Erste Symptome der Strahlenkrankheit!

Die ersten tauchten bereits gestern auf, aber sie zögerten noch mit der Bekanntgabe, weil sie nicht sicher waren. Heute jedoch hat die Krankheit so um sich gegriffen, daß keine Zweifel mehr bestehen können. Irgendwie ist es der Radioaktivität gelungen, Ebene 3 zu erreichen.

Es gibt verschiedene Theorien, wie das geschehen konnte. Die wahrscheinlichste dürfte wohl die sein, daß verseuchtes Wasser bis in die größere Tiefe vorgedrungen ist. Die dicke Erdschicht bildet einen wirkungsvollen Filter, aber vielleicht reicht er noch nicht aus. Wer soll das wissen? Man hatte niemals Gelegenheit, das in der Praxis auszuprobieren.

Es hat genug unterirdische Atomexplosionen gegeben. Bis in große Tiefen hinab muß die Verseuchung wirksam gewesen sein. Das durchsickernde Regenwasser wurde nicht gefiltert, sondern nur noch mehr vergiftet.

Die wirklichen Gründe für das Unglück sind unbestimmt, Tatsache ist nur, daß 18 Sektionen von Ebene 3 Anzeichen der Strahlenkrankheit zeigen. Sie sind wahrscheinlich verloren.

Die Unruhe hat auch uns ergriffen. Ebene 3 ist von der Oberfläche unabhängig, ein Teil der neuen Welt. Und doch, sagen die Pessimisten, wenn sie verseucht wurde, kann das auch mit jeder anderen Ebene geschehen.

Die Optimisten hingegen führen aus, daß der Tiefenunterschied groß genug sei. Je tiefer die Ebene, desto sicherer ist sie. Das Wasser von Ebene 7 muß durch so viele Erdschichten, daß jede Spur von Radioaktivität verschwindet.

16. September

Die Optimisten haben sich getäuscht.

Erste Berichte vom Ausbruch der Strahlenkrankheit erreichen uns von sechs Abteilungen der Ebene 4 und von zwei Sektionen der Ebene 5. Zwei weitere auf Ebene 3 sind verseucht.

Sie alle werden angewiesen, ihr Wasser künftig zu destillieren. Kochen allein genügt nicht, es muß destilliert werden. Ich kann mir nicht vorstellen, wie sie das ohne die dafür notwendige Spezialausrüstung tun sollen. Aber sie müssen es schaffen, oder sie trinken weiterhin vergiftetes Wasser.

Auf Ebene 6 und 7 ist alles in Ordnung. Unsere Wasservorräte liegen in sehr großer Tiefe.

17. September

Die von Ebene 3, 4 und 5 eintreffenden Nachrichten sind furchtbar. Jeder hat die verhängnisvollen Symptome. Noch gestern gab es einige gesund gebliebene Abteilungen, heute keine einzige mehr. Schon treffen die ersten Todesmeldungen ein.

Sie destillieren nun ihr Wasser, aber es scheint zu spät zu sein. Man hätte früher damit beginnen sollen. In einer Woche werden wir wissen, ob es hilft. Vielleicht früher.

Noch vor kurzer Zeit hätten mich diese Schreckensbotschaften kaum berührt, heute aber tun mir die Menschen dort oben leid. Es muß furchtbar für sie sein, den Tod vor Augen zu haben und nichts dagegen tun zu können. Es gibt immer noch Optimisten, die Wasser destillieren und glauben, das könne ihnen helfen. Was sollen sie anderes tun, wenn sie nicht untätig auf das Ende warten wollen?

Wenn die Ebenen 3, 4 und 5 aussterben, bleiben nur die militärischen Anlagen von Ebene 6 und 7 übrig. Das Defensiv- und Offensivkommando. Unsere Aufgabe der Vernichtung ist beendet; nun müssen wir dafür sorgen, daß der Rest menschlichen Lebens erhalten bleibt.

Können Menschen, die vorher zerstörten, das Leben wieder aufbauen? Welcher Art werden die Nachkommen jener Frauen und Männer sein, die eine Welt zerstörten? Wir sind die Henker der Menschheit, wie X-117 sagte. Werden wir die neue »Elite« formen? Wird es unsere Pflicht sein, die Erhaltung der menschlichen Rasse zu garantieren?

Wie aber wird diese Rasse aussehen? Unsere Kinder werden die Sonne niemals zu Gesicht bekommen. Ihnen werden viele Eindrücke fehlen, die uns selbstverständlich waren. Wenn Menschen, die das Leben unter der Sonne kannten, zu Höhlenkreaturen herabsinken konnten, welche Hoffnung bleibt da für jene, die diese Sonne niemals sahen und die nicht wissen, wie eine Blumenblüte duftet?

X-107 meinte auf meine diesbezügliche Frage, vielleicht hätten unsere Kinder Gelegenheit, die Pflanzen in unseren Treibhäusern zu sehen.

»Nun, vielleicht ist das so, aber trotzdem . . .«

18. September

In einer Sektion der Ebene 5 ist eine Revolte ausgebrochen. Unsere führenden Politiker müssen dort mit den anderen zusammenleben, und einige von diesen anderen wollen sich an den Verantwortlichen rächen. Sie sagen, die Politiker sind an allem schuld.

Sie haben es geschafft. Einer der Rebellen hält in diesem Augenblick eine Rundfunkansprache. Sie haben die Station erobert. Die Politiker, gab er bekannt, sind hingerichtet worden. Man hängte sie. Sie wären ohnehin bald gestorben, sagte der Revolutionär, aber man wollte ein Beispiel statuieren. Verbrecher sollten auch wie Verbrecher sterben.

Der Henker war einer der pensionierten Generäle, einst der gefeierte Kommandeur einer siegreichen Division. Er wird eine Ansprache halten, und ich will versuchen, seine Worte mitzuschreiben.

»Freunde und Bürger auf allen überlebenden Ebenen! Insbesondere spreche ich die Kameraden auf den militärischen Ebenen 6 und 7 an. Gerade habe ich die Kriegsverbrecher gehängt, die sogenannten Politiker unseres Landes. Sie waren unsere Führer – und wahrhaftig, sie führten uns in das Verderben.

Es war ihr Fehler, uns alten und erfahrenen Generälen nicht zu vertrauen. Wir waren – ich darf das ohne falschen Stolz sagen – noch tapfere Soldaten. Zu meiner Zeit führte ich meine Truppen in viele siegreiche Schlachten, und ich befehligte tapfere Männer, die gute Waffen in ihren Händen hielten. Wir zerstörten, töteten und siegten. Einige von uns wurden verwundet oder getötet, aber die anderen überlebten und teilten sich die Früchte ihres Sieges. Sogar die Politiker profitierten davon.

Sie aber vertrauten nicht den alten Methoden. Panzer und Kanonen genügten ihnen nicht mehr. Sie wollten Raketen, Roboter und Elektronengehirne.

Nun haben wir dafür zu zahlen, meine Freunde. Vielleicht wird euch der Gedanke beruhigen, daß sie es nicht überlebten. Wir erlaubten ihnen auch nicht, einen feinen und sauberen Tod zu sterben, nein, wir haben sie aufgehängt, mit einem Strick, in der guten, oft erprobten Weise. Ich selbst habe es getan – und ich darf noch hinzufügen, daß ich es gern getan habe.

Es lebe unsere Armee! Es lebe unsere Nation! Es lebe . . .«

Weiter kam er nicht. Er mußte sich erbrechen.

19. September

Der General hat keine Reden mehr gehalten, denn er fühlt sich nicht wohl. Seine Stelle als neues Regierungsoberhaupt hat ein pensionierter Luftwaffengeneral eingenommen.

Auch er hielt heute vormittag eine Ansprache, die sich kaum von der seines Vorgängers unterschied. Er sprach in warmen Worten von den Luftkämpfen, die in alten Zeiten noch durchgeführt wurden, als es nur konventionelle Flugzeuge gab. »Solange noch Menschen die Maschinen flogen«, führte er aus, »war es kein großer Unterschied, ob diese Maschinen mit 300 Stundenkilometern oder Schallgeschwindigkeit flogen. Aber in jenem Augenblick, da die ferngesteuerten Kontinentalraketen erschienen, war die Zivilisation zum Untergang verurteilt. Der einzelne Mensch konnte keinen Ruhm mehr erlangen, es gab keine tapferen Luftkämpfe mehr, und niemand konnte mehr feindliche Städte bombardieren. Statt dessen wurde der unmenschliche und automatische Krieg eingeführt. Das Resultat: das Ende der Zivilisation!«

Der Luftwaffengeneral war genauso beredt wie sein Vorgänger, aber er mußte abbrechen, bevor er sein »Hoch« auf die Luftwaffe anbringen konnte. Ein Ansager erklärte uns, ihm sei schlecht geworden.

Merkwürdigerweise habe ich bis heute nie viel über das eigentliche Problem des Krieges nachgedacht. Ich war auf meine Aufgabe trainiert worden, und obwohl doch der Krieg mein eigentliches Geschäft war, habe ich den zu drückenden Knöpfen nie viel Aufmerksamkeit geschenkt.

Ging es jenen Soldaten ebenso, die einen Panzer fuhren oder den Drücker ihres Karabiners durchzogen? Was war mit jenen Kriegern, die dem Feind noch gegenüberstanden und mit dem Schwert auf ihn einschlugen?

Ich glaube nicht, daß ich das jemals hätte tun können. Niemals hätte ich einen Menschen mit einem Messer oder den bloßen Händen umbringen können. Aber ich konnte auf die Knöpfe drücken – wo lag da der Unterschied?

Es war so leicht geworden, zu töten und zu zerstören. Ein unschuldiges Kind hätte das fertigbringen können. Der Krieg hatte nichts mehr mit dem Menschen an sich zu tun – das war, so glaube ich, die Ursache für die vollständige Vernichtung der Welt.

Ein Problem bleibt. Wenn es falsch ist, die Welt zu vernichten und die Menschheit auszurotten, warum ist es dann gut, nur zehn Millionen Menschen zu töten, wie die Soldaten es früher taten?

Oder ist es vielleicht gut, mit Pfeil und Bogen zu töten, nur weil es schlecht ist, das gleiche mit Atombomben zu tun?

Sicherlich nicht. Entweder ist es gut zu töten, dann ist es auch gut, die gesamte Menschheit auszurotten, oder das Töten an sich ist schlecht, dann ist auch das Töten mit jeder Waffe schlecht.

Vielleicht hat aber auch die weiterentwickelte Technologie des modernen Krieges einen neuen Soldatentyp hervorgebracht. Der Kopfjäger war bestimmt ein schlechter Knopfdrücker, während der Knopfdrücker sicherlich kein guter Infanterist geworden wäre. Aber töten bleibt töten, wie immer man es auch bewerkstelligt. Wer die Ermordung auch nur eines Menschen gutheißt, erlaubt gleichzeitig das Blutbad an Millionen.

Und doch – die Entwicklung der atomaren Raketen schuf da einen Unterschied. Vielleicht ist es nur ein rein technischer Unterschied, aber das Resultat hat nichts mehr mit Technik zu tun.

Es muß einen Unterschied zwischen begrenzter Zerstörung und totaler Vernichtung geben.

20. September

Es scheint, daß sie alle verloren sind – alle auf den Ebenen 3, 4 und 5.

In einigen Sektionen ist die Krankheit schon sehr weit vorgeschritten und hat das letzte Stadium erreicht, in anderen wiederum machen sich erst die Anfangssymptome bemerkbar. Unsere medizinischen Experten sagen, es ist nur noch eine Frage der Zeit. Die zivilen Ebenen haben nicht mehr lange zu leben.

Sie wissen es, aber sie können es nicht verhindern. Sie warten darauf, daß ihre Höhlen zu Massengräbern werden.

Alles ist so schnell geschehen. Wie merkwürdig, daß das Wasser auf allen unterschiedlich tief gelegenen Ebenen fast gleichzeitig vergiftet wurde. Im Verlauf von drei Tagen hat sich die Strahlenkrankheit auf allen drei Ebenen ausgebreitet.

Das ist nicht so leicht zu erklären. Vielleicht herrschten die gleichen geologischen Verhältnisse, und der Boden war weich. Die riesigen Anlagen in den Felsen zu bauen, wäre auf Schwierigkeiten gestoßen. Hätte man mehr Zeit gehabt, wäre es möglich gewesen, aber gerade Zeit war ja nicht vorhanden gewesen. Ob durchgesickertes Regenwasser die noch reinen Vorräte im Schoß der Erde vergiftet hatte oder ob diese selbst schon angegriffen waren – wir würden es niemals ganz klären können. Tatsache bleibt, daß die zivilen Ebenen verloren sind.

Ebene 6 und 7 sind sicher, das wenigstens behaupten die Experten. Sie liegen tief genug, um eine Entseuchung des Wassers zu garantieren. Die Wasservorräte werden ständig kontrolliert. Wäre das auch weiter oben geschehen, hätte man vielleicht Vorsichtsmaßnahmen ergreifen können. Allerdings erscheint mir das Destillieren von Wasser ohne die notwendigen Spezialgeräte eine undurchführbare Aufgabe zu sein. Die Menschen wären vor Durst umgekommen. Von Ebene 4 kam heute bereits die Meldung, daß niemand mehr darauf wartet, bis die geringen Rationen ausgeteilt werden. Die Menschen trinken halb verdurstet das vergiftete Wasser.

Ich glaube, sie haben es bereits aufgegeben. Es ist ohnehin zu spät. Vielleicht sind die Spezialisten auch schon tot, und es ist niemand mehr da, der die Destillationsanlage bedienen könnte.

21. September

Die Nachrichten von den zivilen Ebenen werden seltener. Es scheint ihnen egal zu sein, ob wir informiert werden oder nicht. Vielleicht fehlen auch die Funker. Was immer auch der Grund sein mag, wir empfangen kaum noch Meldungen.

Merkwürdig, wie schweigsam der radioaktive Tod die Menschen macht, noch bevor sie gestorben sind. Oder kommt der Tod immer so schweigsam?

Was ist der Unterschied? Sie sterben alle – und sie wissen es. Einige gestern, andere morgen. Und wenn einige erst in einer Woche sterben, so leben sie kaum bis dahin. Es ist nur endloser Schmerz.

Die Welt ist erneut kleiner geworden. In unserem Teil lebten vor einigen Tagen noch 622500 Menschen. Bald werden es nur noch 2500 sein.

Der Tod ist schnell. In einer einzigen Sekunde kann er Millionen treffen. Ein Knopfdruck kann Milliarden töten. In einer Sekunde.

Vielleicht übertreibe ich auch, denn in den tiefen Höhlen kommt der Tod nur langsam. Aber er kommt mit Sicherheit.

22. September

Heute stellten wir die Funkverbindung mit dem Feind her. Er hat einen Friedensvertrag vorgeschlagen. Weiter berichtete er, daß auf seiner Seite ebenfalls keine Zivilisten mehr existieren, und auch die Politiker seien nicht mehr. Sie waren in ähnlicher Weise wie die unseren gestorben. Übriggeblieben waren nur die militärischen Anlagen in größter Tiefe – mit etwa tausend Menschen, für Jahrhunderte für ein Leben unter der Erde ausgerüstet.

Als Grund für einen Friedensvertrag gaben sie an, es sei ja nichts mehr vorhanden, um das man sich streiten könne: kein Land, keine strategischen Positionen, keine Industrie, kein Handel – nichts. »Und«, so fügte der Sprecher des Feindes hinzu, »friedliche Beziehungen zwischen den Überlebenden machen vielleicht das Dasein ein wenig erträglicher.«

Es geht ihnen also genauso wie uns. Ihre Nation starb wie die unsere im Massengrab. Nur die militärischen Ebenen blieben. Sie müssen ähnlich wie unsere eingerichtet worden sein. Der Feind hat weniger Überlebende als wir.

Nun werden wir also Frieden schließen, damit das Dasein erträglicher wird. Ein so seltsames politisches Motiv für einen Friedensschluß ist mir noch nie begegnet.

Unsere Funker versuchen, Verbindung mit Ebene 5 zu erhalten. Wir wollen um Instruktionen bitten. Wer von uns sollte schon entscheiden können, ob der Kriegszustand beendet und Frieden geschlossen werden kann? Ein Roboter gab uns das Kommando, die Welt zu zerstören, aber nur die Politiker können uns sagen, ob wir Frieden schließen dürfen oder nicht. Nicht die gleichen wie früher, aber doch jene, die sie hängten.

Die internen Angelegenheiten von Ebene 7 werden durch uns selbst geregelt, aber politische Entscheidungen können wir nicht treffen.

Darum versuchen wir, Verbindung mit Ebene 5 zu erhalten. Vielleicht haben sie die Rundfunkbotschaft des Feindes auch gehört, obwohl sie an »unsere Kameraden im Knopfdruckkrieg auf der anderen Seite der Welt« gerichtet war. Das war auch der Grund, warum wir die Initiative ergriffen. Und wenn sich Ebene 5 nicht mehr meldet, werden wir selbst eine Entscheidung fällen müssen.

23. September

Ebene 5 hat sich nicht gerührt. Vielleicht können sie es nicht mehr, und niemand empfing unsere Anfrage. Jemand auf Ebene 6 oder 7 wird nun entscheiden müssen. Aber wer?

Der Lautsprecher gab soeben bekannt, daß die drei Administratoren von Ebene 7 einen Volksentscheid abhalten wollen. Die Mehrheit solle über Annahme oder Ablehnung entscheiden. Eine sehr demokratische Antwort auf die unlösbare Frage.

Die Wähler sollen auf den roten Knopf drücken, ihre Namen nennen und angeben, ob sie Frieden wünschen oder nicht. Ebene 6 wird an dieser Wahl teilnehmen. Ihre Stimmen werden den unseren beigefügt.

Ich bin für den Frieden und werde abstimmen, sobald ich diese Eintragung beendet habe. Die meisten Menschen werden so denken wie ich. Wenigstens hier unten auf Ebene 7. Wie Ebene 6 reagieren wird, weiß niemand. Dort oben trugen sie die Verantwortung für die Verteidigung, und ich habe keine Ahnung, wie ihr Charakter beschaffen ist. Sie mögen ganz anders denken als wir, und es ist schwer zu sagen, ob sie für den Frieden stimmen werden. Wir werden abwarten müssen, bis ihr Ergebnis durchgegeben wird.

24. September

Ebene 6 antwortet nicht mehr.

Gestern abend und noch einmal heute vormittag versuchten wir, das Wahlergebnis zu erfahren, aber wir erhielten nicht einmal eine Bestätigung für den Erhalt unserer Anfrage.

Das ist merkwürdig, denn Ebene 6 ist uns geologisch gesehen am nächsten. Wir haben unsere Funkanlage überprüft, aber sie ist in Ordnung. Vielleicht funktioniert die ihre nicht.

In der Zwischenzeit informierten wir den Feind, daß er bald das Resultat unserer Umfrage erhalten werde.

25. September

Ebene 6 antwortet noch immer nicht. Sie schweigen wie ein Grab.

Es muß etwas Ernsthaftes geschehen sein. Mit dem Sender kann es nichts zu tun haben, denn die ausgesuchten Spezialisten des Defensivkommandos hätten kaum Schwierigkeiten, wollten sie die kompliziertesten elektronischen Anlagen reparieren. Ein ausgefallener Rundfunksender könnte sie niemals zum Schweigen verurteilen.

Mehr und mehr wird behauptet, daß auch Ebene 6 aufgehört habe zu existieren. Vielleicht so schnell, daß ihnen keine Zeit mehr blieb, sich von uns zu verabschieden.

Wie aber hätte das geschehen können? Vielleicht explodierte ihr Atomreaktor? Ist das überhaupt möglich? Oder die Pflanzen in den Anlagen der Lufterneuerung starben ganz plötzlich, und sie erstickten. Oder vielleicht . . .

Wie sollen wir jemals erfahren, was wirklich geschehen ist? Niemand lebt lange genug unter der Erde, um alle Unglücksmöglichkeiten zu kennen. Es ist möglich, einfach alles anzunehmen. Wir können Flugzeuge bauen, aber Abstürze lassen sich deswegen doch nicht verhindern. Eisenbahnen existieren noch länger, aber immer wieder gibt es Unfälle.

Warum sollte es also keine Unfälle in den Höhlen geben, die wir erst so kurze Zeit kennen? Was geschieht alles bei den Einheiten der U-Boot-Flotte? Wir sind in der gleichen Lage.

Ich sehe nicht ein, warum wir uns so sicher fühlen sollen. Nur deshalb, weil die Oberfläche gefährlich ist?

26. September

Wir haben es aufgegeben, eine Antwort von Ebene 6 zu erhalten. Allgemein wird angenommen, daß alle tot sind, aber selbst die fanatischsten Gerüchteverbreiter hüten sich davor, aus dieser Vermutung voreilige Schlüsse zu ziehen. Aber man kann manchmal die Gedanken auf den Gesichtern ablesen. Der Ausfall von Ebene 6 berührt uns persönlich mehr als alle vorangegangenen Ereignisse. Wenn es möglich ist, daß eine so tief gelegene Ebene, von der Oberfläche unabhängig und mit allem Notwendigen versorgt, plötzlich zugrunde geht, dann können auch andere Dinge passieren.

Das Gefühl der Sicherheit läßt merklich nach. Was auf Ebene 6 geschehen ist, kann auch hier geschehen. Man sieht viele nervöse Gesichter. Sogar X-107m hat nun ein merkwürdiges Zucken am linken Mundwinkel.

Bis heute dachte man allgemein: Wir sind sicher. Wir sind tief in der Erde. Das Schicksal hat uns bevorzugt und auserwählt, der Erde das Leben zu erhalten.

Heute denken manche anders: Werden wir überleben? Sterben wir nicht auch, nur langsamer und später? Wann wird es geschehen, daß wir sterben? Wie werden wir sterben? Werden die Pflanzen eingehen und keinen Sauerstoff mehr geben? Werden wir wissen, wann wir sterben, oder wird es unerwartet und plötzlich geschehen?

27. September

Der Friedensvertrag mit dem Feind wurde abgeschlossen. Es wurde fast einstimmig dafür gestimmt. Warum auch nicht? Wir wollten alle noch ein wenig menschliche Gesellschaft haben, ehe wir den anderen Ebenen in die ewige Ruhe folgen.

Das schrieb ich heute früh. Seitdem denke ich darüber nach, was wir doch für einen merkwürdigen Frieden geschlossen haben. Ist es nicht der Friede des Todes? Wir haben keinen Frieden, weil die Welt sich einte, sondern weil die feindlichen Lager durch eine Mauer des Todes getrennt wurden.

Wir, der Feind und wir, wollten die Herren der Welt sein. Jeder wollte die Menschheit beherrschen und sie retten. Das Resultat unserer Bestrebungen ist kläglich. Nur wenige hundert Menschen blieben übrig.

Es hat niemals in der menschlichen Geschichte eine groteskere

Situation gegeben. Zwei große Nationen, zwei Weltmächte – im Verlauf weniger Stunden wurden sie auf eine Handvoll unterirdisch lebender Kreaturen reduziert. Und jeder fürchtet, die nächste Stunde könne zugleich seine letzte sein.

28. September

Mit Hilfe unseres Radios verschaffen wir uns ein wenig Ablenkung. Der Feind und wir wechseln Slogans, die einst Ideale darstellten und den Krieg rechtfertigten. Der Wert der Unterhaltung liegt darin, daß wir uns heute köstlich über diese einst ernst genommenen Ideale amüsieren. Der Austausch der Ironie geschieht etwa nach folgendem Schema:

»Höhlenmenschen aller Länder, vereinigt euch!«
  »Freiheit und Demokratie für alle Höhlenmenschen!«
»Volksdemokratie für alle Höhlenmenschen!«
  »Wir wollen Sicherheit für alle Höhlenmenschen!«
»Gleichheit für alle Höhlenmenschen!«
  »Redefreiheit für die Höhlenmenschen!«
»Eine klassenlose Gesellschaft der Höhlenmenschen!«
  »Echte Demokratie für alle Höhlenmenschen!«

Und so geht es ununterbrochen. Je phrasenreicher der Slogan, desto mehr lachen wir alle darüber. Unser Ex-Gegner erfreut sich gleich uns an dem Wortspiel. Unsere Sendezentrale hat uns aufgefordert, selbst neue Slogans zu erfinden. Ich habe bereits einen abgegeben. Er lautet: »Endlich ist die Welt geeint!«

29. September

Heute früh wurde mein Slogan übertragen.

Die Antwort brauchte lange, und wir waren nicht sicher, ob sie scherzhaft gemeint war. »Aber sie lebt in verschiedenen Höhlen.«

Ich wurde gefragt, ob ich eine Antwort darauf geben wolle, und nach kurzem Nachdenken fiel sie mir ein. »Dafür werden wir alle den gleichen Tod sterben.«

Diesmal ließ die Entgegnung nicht lange auf sich warten. Sie kam augenblicklich. »Getrennt leben, vereint sterben!«

30. September

Ich habe heute eine kurze Geschichte geschrieben. Vielleicht kann sie über den Rundfunk verbreitet werden. Hier ist sie:

»Es waren einmal zwei Freunde, die hießen A und B. Sie kannten sich schon seit Jahren und verbrachten viel Zeit miteinander. Selbst als A und B Freundinnen fanden, blieben sie doch die alten Freunde und gingen gemeinsam aus. Dabei sahen sie sich nicht einmal ähnlich, im Gegenteil. A trug sein Haar lang und glatt, B kurz und borstig. Ihre Freundinnen liebten sie so, wie sie waren.

Jeder bevorzugte seine eigene Haartracht und hielt nicht viel von der des Freundes, aber sie behielten ihre Meinungen für sich. Doch dann, eines Tages, sagte A in sehr freundlicher Weise zu B:

›Mein Freund, wäre es nicht viel besser, wenn du deine Haare so schneiden würdest, wie ich es tue?‹

Und B antwortete:

›Da du damit anfängst – ich wollte dich schon lange bitten, die Haare wie ich zu tragen. Es würde dir gut stehen.‹

Sie diskutierten die Vor- und Nachteile der beiden Frisuren, ohne sich zu überzeugen. Zum Schluß beharrte jeder auf dem Standpunkt, seine eigene Frisur sei die einzig richtige.

Als A nach Hause kam, legte er die größte Schere zurecht, deren er habhaft werden konnte. B tat genau das gleiche, als er sein Haus betrat. Beide warteten auf die beste Gelegenheit.

Am anderen Tage, als sie sich trafen, zückten beide Freunde ihre Schere und stürzten sich aufeinander. Ohne auf die entsetzten Schreie ihrer Mädchen zu achten, schnitten sie munter drauflos – bis sie in fassungslosem Erstaunen den kahlen Schädel des anderen bemerkten. Erschrocken gingen die Hände suchend zum eigenen Kopf.

Die beiden Freundinnen aber sagten:

›Niemals können wir einen Mann lieben, der keine Haare mehr hat.‹

Und so schnell sie konnten, liefen sie davon.«

1. Oktober

Heute wurde meine Geschichte gesendet. Sie hat allgemein gefallen. Von der Seite des ehemaligen Feindes kam sogar eine Antwort in Form des guten Rates: »Kaufe dir eine Perücke, kahlgeschorener Freund.«

Ich ließ antworten: »Unter der Erde gibt es keine Perücken. Wir werden kahl bleiben müssen.«

Nicht alles kann ersetzt werden, was wir verloren. Eine Glatze ist eine Glatze – selbst mit Perücke. Eine zerstörte Welt bleibt zerstört.

2. Oktober

Die Rundfunksendungen des Gegners haben plötzlich aufgehört. Vielleicht nur ein technisches Versagen der Station. Es ist besser, nicht darüber nachzudenken. Warten wir ab.

X-107m und P vertragen sich gut. Ich sehe P nicht oft, denn nur noch selten gehe ich in den Aufenthaltsraum. Noch weniger kommt sie in unser gemeinsames Zimmer. X-107m jedenfalls scheint mit ihr recht zufrieden zu sein.

Aber er befaßt sich nicht mehr so oft mit mir wie früher. Ich höre nur fast immer Musik, obwohl ich das Band so gut wie auswendig kenne. Heute macht mir das aber kaum noch etwas aus.

3. Oktober

Sie sind still und melden sich nicht mehr. Sie müssen alle tot sein, genauso plötzlich gestorben wie die auf Ebene 6. Aber warum und wie? Wir werden es niemals wissen, wenn wir nicht auf die gleiche Weise zugrunde gehen. Und wenn das geschieht, werden wir es nicht sehr lange wissen.

Wir sind sehr niedergeschlagen. Um mich herum sind die trübsinnigen Gesichter, die unheilvoll an jene Gesichter erinnern, die wir machten, als wir damals von unserer ewigen Verbannung erfuhren.

Sie fühlen sich alle vereinsamt. Nicht wegen der Abgeschlossenheit, sondern nur deswegen, weil wir plötzlich allein in der Welt sind. Wir haben keinen Feind mehr, mit dem wir uns unterhalten können.

Aber die Leute haben auch Angst. Sie haben Angst vor Gammastrahlen und Neutronen, vor Alpha- oder Betateilchen. Sie haben Angst zu atmen, zu essen oder zu trinken. Sie alle haben Angst vor dem Unbekannten. Die Tatsache, daß niemand weiß, wann und wie das Ende beginnen kann, macht sie nervös. Jeder fürchtet sich vor dem Einschlafen, weil er glaubt, nie mehr aufzuwachen.

In geistiger Hinsicht ist die tödliche Strahlung bereits bis zu uns vorgedrungen. Sie verbreitet Panikstimmung. Vielleicht ist die Furcht vor ihr die größtmögliche Form der psychologischen Kriegsführung. Aber auch die passivste. Niemand vermag etwas zu tun, und die Angst wird ein allgemeiner Zustand. Die Idee der Strahlung dringt genauso in das menschliche Gehirn wie die wirkliche Strahlung in den Körper.

4. Oktober

Wir haben den Feind aufgegeben. Wir sind allein.

Wie lange noch? Werden wir überleben? Sollen wir Familien gründen und die Menschheit weitertragen, bis sie eines Tages an die Oberfläche zurückkehren kann?

Oder werden wir verschwinden wie jene in den anderen Höhlen? Werden wir eines Tages wissen, wie wir sterben? Geht es langsam oder so schnell, daß wir tot sind, ehe wir den Tod bemerken?

Wer sollte uns darauf eine Antwort geben können?

Der Atomreaktor, der uns die Energie liefert, muß repariert werden. Für eine Stunde wird die Versorgung ausfallen. Ich werde aufhören zu schreiben und mich ins Bett legen, bevor der Strom abgeschaltet wird. Das Fehlen des Lichtes macht uns zu dieser Nachtzeit nicht viel aus. Die meisten von uns werden bereits schlafen. Alle anderen haben Gelegenheit, die absolute Dunkelheit in Form einer Kostprobe kennenzulernen. Vielleicht ist das ganz interessant.

5. Oktober

Ich schlief ein, aber am anderen Morgen erfuhr ich, daß die Reparatur nicht nur eine, sondern drei Stunden gedauert hat. Auch ist ein Unfall geschehen. Einer der Ingenieure, AE-307m, erhielt eine so starke Strahlungsdosis, daß er noch vor Morgengrauen starb.

Ein kurzer Nachruf über das allgemeine Lautsprechersystem ehrte seinen Opfertod. »Er gab sein Leben, um uns zu retten«, endete die Durchsage. Und das stimmte wahrhaftig. Denn ohne den Reaktor wären wir verloren.

Eine traurige Angelegenheit. Jeder hat Mitleid mit AE-307m und seiner Witwe.

6. Oktober

Die beiden AE-Ingenieure, die bei der Reparatur halfen, sind ebenfalls gestorben. Was aber noch schlimmer ist: Beim Mittagessen sah ich, wie sich jemand übergeben mußte.

Hat es begonnen?

7. Oktober

Ja, das Ende ist gekommen. Wir sind verloren.

Um mich herum ist Krankheit und Tod. Einige sterben, ohne sich zu wehren. Andere wiederum kämpfen und halten es länger aus. Mir ist heute ein wenig schlecht.

Und doch hat die Tragödie ihre ironische Seite. Wir sterben an unserem Reaktor. Die Quelle unseres Lebens, unsere künstliche Sonne, versendet die tödlichen Strahlen durch Ebene 7.

Nicht mehr lange, und alles ist vorüber. Der Anfang des Endes hat begonnen.

8. Oktober

Durch den Lautsprecher wurden wir heute über die Ursache des Unglücks unterrichtet. Irgend etwas muß mit dem Reaktor schiefgegangen sein. Auf der Oberfläche hätte man ihn abbremsen, isolieren und in aller Ruhe reparieren können. Wenn notwendig, wären die in der Nähe wohnenden Menschen abtransportiert worden. Hier unten jedoch gab es keine Wahl. Der Reaktor mußte trotz der gefährlichen Strahlung repariert werden. Ohne seine Energie wären die künstlichen Sonnen im Treibhaus erloschen, und dann wären wir schnell erstickt.

Die Ingenieure riskierten also ihr Leben und hätten fast Erfolg gehabt. Aber es war nur ein Teilerfolg. Der Reaktor würde auch weiterhin seine Energie erzeugen, aber gleichzeitig auch die tödlichen Strahlen. Er versendet zur gleichen Zeit lebensnotwendige Energie und Tod.

Wie und warum, das weiß ich nicht. Es interessiert mich auch nicht besonders. Technische Gründe wird es immer geben – hat es immer gegeben. Das genügt mir. Wie es scheint, den anderen auch.

9. Oktober

Der Tod ist schnell. Die erzeugte Strahlenmenge muß sehr groß sein. Die Menschen sterben wie die Fliegen. Gestern hat man noch versucht, die Leichen fortzuräumen, aber heute kümmert sich niemand mehr darum. Die Menschen bleiben dort liegen, wo sie sterben. Vielleicht ist das medizinische Personal bereits tot, oder niemand hat mehr die Kraft, einen anderen zu tragen. Die meisten bleiben auf ihren Zimmern.

Als ich heute im Speisesaal war und die Toten auf den Stühlen sitzen sah, hätte ich fast nichts essen können. Fast dreiviertel der Teller blieben unberührt.

Obgleich ich mich noch verhältnismäßig gesund fühle, kann es nicht mehr lange dauern. Der Tod weilt bereits in meinem Körper.

X-107m ist gerade in unser Zimmer zurückgekehrt. Er sieht sehr blaß aus und hat sich auf sein Bett geworfen. Vor einer halben Stunde, so berichtet er, ist P gestorben. Er sei bei ihr gewesen, und sie habe auch von mir gesprochen.

»Sie war eine gute Frau«, sagte er.

10. Oktober

Ebene 7 wird bald aufhören zu existieren. Ich ging heute wieder zum Speisesaal. Er erinnerte an ein Schlachtfeld, nur waren keine Verwundungen zu sehen.

Der Lautsprecher schwieg heute. Jene, die ihn bedienten, werden tot sein.

Vor wenigen Minuten starb X-107m. Er liegt auf seinem Bett. Dort wird er auch bleiben, denn es ist niemand mehr da, der ihn holen kommt. Ich bin zu schwach, ihn auf den Korridor zu schaffen. Während des Deliriums sprach er nur wenig. Aber heute nachmittag rief er mich an und deutete auf seine Jacke. Ich brachte sie ihm. Er zog einen Zettel Papier aus der Tasche, gab ihn mir und flüsterte: »Ins Tagebuch . . .«

Es ist ein Gedicht, ohne Verse und Rhythmus. Aber ich werde seinen letzten Wunsch erfüllen und es abschreiben, obwohl ich nicht wüßte, wer es jemals lesen sollte. Hier ist es:

›Als ich noch ein Junge war, sah ich zu, wie meine Schwester ein Kartenhaus errichtete.
Eine lag auf der anderen, gut ausbalanciert.

Ruhe, nicht gegen den Tisch stoßen!
Und dann stand das Haus, hoch und wunderbar.
Aber ich war ein schlechter Mensch. Ich wollte das Haus umblasen.
Ich wollte zusehen, wie es zusammenfiel.
Ich wollte zerstören, was mit so viel Freude errichtet war.
Nur ein Windhauch – und alles war zerstört.
Nichts mehr!
Als ich erwachsen war, stellte ich fest, daß Häuser nicht aus Karten errichtet werden.
Steine, Beton, Holz und Stahl.
Ich konnte blasen, wie ich wollte,
Aber nichts geschah – nicht in tausend Jahren.
Aber etwas anderes konnte es. Der Fortschritt sorgte dafür.
Ein Blitz . . .
Und die Steine, der Beton, das Holz und der Stahl –
Der Atem der Bombe zerstrahlte alles.
Wie ein Kartenhaus fiel alles zusammen.
In diesem Spiel sind die Atome Trumpf.
Dabei ist alles so leicht!
Man muß nur auf den Knopf drücken, ganz sachte,
Und schon wird alles zerstört – die Häuser, die Fabriken,
Die Kirchen, Schulen und Denkmäler der Menschen.
Wie Kartenhäuser.‹

Ich hätte niemals geglaubt, daß X-107m so etwas schreiben könne. Was wollte er damit sagen? Wollte er psychologisch erklären, warum er auf den Knopf drückte? Wollte er sich selbst beschuldigen? Fühlte er überhaupt Reue? Gezeigt hat er es nie.

Wer weiß? Und fast hätte ich hinzugefügt: Wen interessiert es?

Aber es interessiert mich! Er war ein guter Freund und Kamerad.

11. Oktober

Ich bin mager und schwach geworden. Nur mit Mühe gelangte ich heute bis zum Speisesaal, aber der Anblick der Toten und ihr Gestank nahm mir den letzten Appetit. Ich ruhte mich ein wenig aus, immer in der Hoffnung, es käme jemand, mit dem ich mich unterhalten könnte. Aber es kam niemand.

Ich sah heute keinen lebenden Menschen. Es kann sehr gut sein, daß ich der letzte Mensch auf der Erde bin. Ich werde dann aber auch der letzte sein, der stirbt. Der einzige, der allein stirbt.

Eine Ironie des Schicksals, ausgerechnet die KD-Zentrale durch friedliche Atomkraft umkommen zu lassen. Mir scheint das nicht fair zu sein. Die Gerechtigkeit fordert: Auge um Auge, Zahn um Zahn. Es müßte also heißen: Bombe um Bombe! Aber uns tötete nur eine defekte Friedensmaschinerie.

Vielleicht will Gott einen Scherz mit uns machen. »Ihr habt durch Bomben zerstört«, mag er sagen. »Ihr aber werdet durch den Frieden sterben.«

Vielleicht ist Er aber auch ein sehr christlich denkender Gott, und die christliche Nächstenliebe ließ Ihn sagen: »Ihr habt durch Bomben getötet, ich aber werde euch mit einem für den Frieden geschaffenen Atomreaktor auf die andere Seite helfen.«

Wovon spreche ich eigentlich? Gott? Reaktor? Ich friere, aber gleichzeitig ist mir heiß. Ich denke, ich gehe besser ins Bett. Noch habe ich die Kraft dazu. Und unten liegt ja X-107m.

12. Oktober

Ich fühle, daß ich sterbe. Wie froh bin ich, daß ich mein Tagebuch mit ins Bett genommen habe. Ich bin schwach. Außer Schmerzen fühle ich nichts mehr. Ich muß jetzt ruhen.

Ich sterbe, und mit mir stirbt die Welt. Ich bin der letzte Mensch auf der Erde, der letzte Überlebende der Rasse, die sich Homo sapiens nannte. Ja, wahrhaftig . . . sapiens!

Es ist einsam hier. Könnte ich doch zu jemand sprechen. Selbst der sterbende Soldat auf dem Schlachtfeld ist nicht so einsam gestorben wie ich. Er konnte an seine Kameraden denken, an seine Familie – an Menschen, für die er starb – oder für die er glaubte sterben zu müssen. Ich aber sterbe für niemand. Sie sind ja alle schon tot. Niemand lebt draußen auf der Erde, weder bei uns noch beim Feind. Niemand lebt mehr in den Höhlen des Feindes, niemand mehr auf Ebene 7.

Ob jeder, der stirbt, sich einsam fühlt? Ist es ein Unterschied, ob man allein stirbt oder ob sich die Familie um einen versammelt? Ich wollte, ich hätte eine Familie.

Ich würde alles geben, wäre ich nicht so allein. Ich sehe nur ein Gesicht vor mir, aber es gehört der Uhr an der Wand.

Ich kann die Musik aus dem Lautsprecher hören. Wenn ich den Arm weit ausstrecke, kann ich gerade den Anstellknopf erreichen.

Geschafft! Es ist Beethovens »Eroika«. Sie ist wunderbar. Sogar jetzt. Ist sie noch menschlich, oder ist sie göttlich? Sie wird mich jedenfalls überleben. Wenn der Reaktor nicht aussetzt, wird das Band noch Jahre laufen. In zwölf Tagen, wenn ich schon lange tot bin, wird in diesem Raum wieder die »Eroika« erklingen. In vierundzwanzig Tagen wieder, in sechsunddreißig, in achtundvierzig . . . dann wieder in sechzig Tagen. Draußen aber wird die Sonne scheinen, auf- und untergehen, aber es wird niemand mehr da sein, der sie sieht.

Ich sterbe, und mit mir stirbt die Menschheit. Ich selbst bin diese sterbende Menschheit. Aber die Musik soll bleiben. Ich weiß nicht, warum, aber die Musik soll bleiben. Etwas soll bleiben!

Mir wird übel. Nun bin ich sehr schwach. Ich kann kaum noch den Schreibstift halten.

Ich will bei Bewußtsein bleiben. Wie in jenem Alptraum. Ich will! Um meinetwillen, um der Menschheit willen. Ich bin das letzte Lebewesen der Erde. Die Musik soll sterben, und ich werde lauschen. Ich fühle mich sehr schwach.

Ich muß geschlafen haben. Die Zeiger auf der Uhr sind schnell weitergekrochen. Es ist jetzt 16.00 Uhr. Immer noch Musik. Sie wird niemals enden.

Der Gedanke gefällt mir nicht. Ich sterbe. Warum sollte mich etwas überleben? Warum Musik, wenn sie niemand mehr hört? Ich werde sie ausschalten.

Aber ich bin schon zu schwach. Ich versuche es, aber ich kann den Knopf nicht mehr erreichen. Wie komisch. Also gut, soll das Band sich drehen.

Ich glaube, jetzt kann ich auch nicht mehr schreiben. Ich will aber noch! Es ist meine einzige Verbindung mit – womit eigentlich?

Sonnenschein! Ob die Sonne noch scheint?

Ich kann die Uhr nicht mehr erkennen. Aber es ist noch nicht ganz dunkel geworden.

Jetzt! Jetzt wird es dunkel.

Ich kann nicht mehr sehen o Freunde Menschen Mutter die-
Sonne ich ich

Nachwort

»Level 7« lautet der Originaltitel dieses Buchs, und er trifft die geschilderte Situation weitaus besser als das verwässerte »Ultimatum«. Sieben Etagen unter der Erde, die tiefste, die siebente, 1350 Meter unter der Oberfläche – das erinnert an die magische Zahl sieben, die in vielen Legenden eine Rolle spielt, und Mordecai Roshwald, der der Tradition des polnischen Judentums entstammt, ist sicher nicht ohne Absicht darauf zurückgekommen. Doch zunächst einiges zur Person.

Mordecai Marceli Roshwald wurde 1921 in Drohobycz als Sohn eines Kaufmanns geboren. 1934 wanderte er mit seinen Eltern nach Israel aus. An der Hebrew University, Jerusalem, studierte er Philosophie und machte 1947 seinen Doktor. In den folgenden Jahren, bis 1955, war er als Dozent tätig, und zwar zunächst am Israel Institute of Public Administration, Tel Aviv, und dann an der Hebrew University; zwischendurch diente er in der israelischen Armee. Seit 1957 arbeitet er an der University of Minnesota, Minneapolis, wo er heute noch als Professor tätig ist. Zwischendurch hielt er sich zeitweise als Gastdozent an verschiedenen anderen Universitäten der USA, Kanadas und Israels auf. Seine Themen sind »politische Theorie« sowie »soziale und politische Philosophie«. Darüber veröffentlichte er mehrere Bücher, doch wandte er sich verschiedentlich auch anderen Stoffen zu. So schrieb er gemeinsam mit seiner Frau Miriam ein Buch über Moses und veröffentlichte zwei Bücher, die der Science-Fiction zuzuzählen sind, und zwar das vorliegende »Level 7«, 1959, sowie »A Small Armageddon«, 1962. Auch in diesem Band behandelt Roshwald jene Probleme, die ihn auch aus dem wissenschaftlichen Aspekt heraus beschäftigen: die gefährlichen Folgen des politischen Mißtrauens und der daraus resultierenden Spannungen in einem technischen Zeitalter mit hochbrisanten Waffen. Die Geschichte spielt auf dem Atom-U-Boot »Polar Lion«, auf dem – während es auf Erkundungsfahr ist – im geheimen ein Trinkgelage stattfindet. Als der Kapitän einschreitet, wird er getötet. Die Besatzung aber führt ihre Fahrt fort – die sie durch unter dem Druck ihrer Geschosse eingetriebene Erpressungsgelder finanziert. In einem Feuerwechsel mit einer Raketenbasis, die von religiösen Fanatikern besetzt wurde, wird das Unterseeboot schließlich zerstört. Damit ist allerdings die Gefahr des Abschusses von Atombomben nicht gedämmt, denn inzwischen haben Neo-Nazis in Deutschland ihre eigenen Raketenwaffen bereitliegen, und auch einem afrikanischen Staat ist es gelungen, Wasserstoffbomben in Besitz zu bringen.

Dieser Geschichte wurde Unglaubwürdigkeit vorgeworfen – der Kritiker E. R. Bishop weist beispielsweise darauf hin, daß amerikanische Offiziere keine Partys feiern, während der Kapitän schläft, und daß bewaffnete Zivilisten eine Raketenabschußstation nicht in Funktion setzen könnten, selbst wenn es ihnen gelänge, sie zu besetzen. Ähnliche Vorwürfe richteten sich auch gegen Roshwalds »Level 7«.

Nichtsdestoweniger löste dieses Buch heftige Diskussionen aus. Mehrere Wissenschaftler und Schriftsteller, die sich auch um den Weltfrieden bemüht haben, lobten es geradezu überschwenglich. So schrieb Bertrand Russell:

»Ich habe das Buch mit sehr großem Interesse gelesen und billige es völlig. Ich wünschte, daß dieses Buch von jedem Erwachsenen sowohl im Osten wie im Westen gelesen würde. Mit bewundernswerter Geschicklichkeit macht es dem Leser die Unsinnigkeit der augenblicklichen Politik deutlich und das furchtbare Unheil, in das diese uns wohl führen kann.«

Linus Pauling kommentierte:

»In gewisser Weise spiegelt diese Geschichte das realistischste Bild eines Atomkrieges, das ich je in einem Roman gelesen habe. Die Möglichkeit, daß die schreckenerregende Serie von Ereignissen, die von dem Autor in diesem Buch geschildert wird, tatsächlich in wenigen Jahren vor uns abrollen wird, ist nicht von der Hand zu weisen.«

Und auch J. B. Priestley äußerte sich enthusiastisch:

»Dies ist wohl der mächtigste Angriff auf den ganzen Atombombenwahnsinn, den bis heute ein schöpferischer Schriftsteller gemacht hat. Dieser neue Autor, Mordecai Roshwald, zeigt seine Qualität . . . ein junger Schriftsteller, der, wie mir scheint, einiges von der Qualität eines Kafka hat . . . eine fesselnde und aufregende Lektüre. Ich empfehle das Buch rückhaltslos allen klugen Lesern, die ›Das Ultimatum‹ (Level 7) sobald wie möglich kennenlernen sollten.«

Das Urteil der Literaturkritik fiel dagegen alles andere als positiv aus. E. R. Bishop schreibt:

»›Level 7‹ ist ein effektvolles Buch, allerdings von einem Schriftsteller geschrieben, der den Forderungen der belletristischen Literatur nicht gerecht werden kann.«

Und D. Stevens nennt Roshwald einen Autoren ohne Subtilität, und er beendet seine Kritik mit den Worten:

»›Level 7‹ leidet an dem Gebrechen vieler früher Science-Fiction: zu starke Hinwendung an das Geschehen, ungenügende Beachtung der Charaktere und des Stils.«

Damit ist der Finger auf eine Blöße gelegt, die Roshwalds beide Romane ebenso betrifft wie Science-Fiction im allgemeinen – wer sich dazu entschließt, sich der Mittel dieses literarischen Genres zu bedienen, wird es schwer haben, sie zu bedecken –, doch dazu später mehr. Zunächst soll der Autor selbst zu Wort kommen – mit einer Erklärung, mit der er auch seinen Kritikern Auskunft gibt:

> »Die Bedrohung der Menschheit durch Atomwaffen hat mich ebenso zum Schreiben von Belletristik gebracht wie in einem gewissen Sinne auch die Enttäuschung über verschiedene Aspekte des modernen Lebens. Diese Art des Schreibens erzeugt jedoch ebenso einen sich verselbständigenden Impuls, wie sie halb verborgene Emotionen und Ansichten im Bewußtsein des Schreibenden freisetzt. So bin ich gewissermaßen zu einem Romancier geworden, der trotz seiner regulären akademischen Verpflichtungen im Bereich des Lehrens, der wissenschaftlichen Forschung und gelegentlicher journalistischer Arbeiten nicht vorhat, diese Form der Meinungsäußerung und öffentlichen Ansprache zu vernachlässigen. Die Mannigfaltigkeit meiner Aktivitäten hält mich nicht davon ab, nach einem gemeinsamen Nenner zu suchen, nach einer Philosophie, die diese unterschiedlichen Bemühungen verbindet. Ich bin der Meinung, daß ich in allen Ausdrucksmöglichkeiten eine einigermaßen konsequente Haltung zeige. Die Science-Fiction, die ich geschrieben habe, ist stark von sozialen, politischen und kulturellen Bezügen gefärbt. Natürlich ist die Science-Fiction für mich eher eine Ausdrucksform als ein Ziel an sich. In diesem Sinne würde ich sie eher mit Büchern wie Swifts *Gullivers Reisen* oder Huxleys *Schöne neue Welt* in Verbindung bringen statt mit manchen modernen Erzählungen, die mit interstellaren Kriegen, Ungeheuern ferner Planeten und ähnlichem zu tun haben (es sei denn, Geschichten dieser Art stellen Parabeln dar). Obwohl ich meinen schriftstellerischen Haupterfolg im Bereich der Science-Fiction meinem Roman *Das Ultimatum* verdanke, fühle ich mich nicht allein an diese Literaturgattung gebunden.«

Roshwalds Ausführungen wie auch die Art seiner Darstellung lassen keinen Zweifel daran, worum es ihm in erster Linie geht: um eine Warnung vor dem nuklearen Holocaust. Das wird schon daran deutlich, daß er das Buch – verwegene Selbstüberschätzung eines Autors? – Dwight Eisenhower und Nikita Chruschtschow gewidmet hat. Weshalb sollten sich Staatsmänner, zu deren täglichem Geschäft der Umgang mit Waffenpotentialen und Vernichtungsstrategie gehört, gerade durch einen Roman beeindrucken lassen? So befremdlich diese Erwartung erscheint, so habe ich doch eine Erklärung dafür. Man kann es aus eigener Erfahrung bestätigen: Die moderne Technik wie auch der moderne Krieg und alle daran geknüpften Sandkastenspiele und Prognosen spielen sich in einer Region ab, die von der wirklichen Welt so abgesetzt ist, daß man die Wirkungen auf den Menschen, um dessentwillen alles geschieht, aus den Augen verliert. Große Zahlen, die nicht mehr überschaubar sind, ein kompliziertes Netzwerk von Einflüssen und Gegeneinflüssen, Blockdiagramme, Statistiken, Formeln . . . was immer auch sie bedeuten, man kann mit ihnen umgehen wie mit den Geldscheinen bei einer Partie Monopoly. Und gerade deshalb funktioniert Science-Fiction, als Mittel der Warnung gebraucht, so effektvoll: weil das, was in wissenschaftlichen und militärischen Abhandlungen abstrakt dargestellt wird, plötzlich als menschliches Schicksal auftritt. Sicherheit, Kontrolle, Bereitschaft zum Gegenschlag – in Roshwalds Buch erscheint das alles völlig anders, als man es in Zeitungen und Zeitschriften liest. Auf einmal tritt da ein Mensch auf, der in das Geschehen einbezogen ist, ein nüchtern denkender, phantasieloser Mann, ein Soldat, der sich seiner Karriere halber freiwillig zu einem Speziallehrgang gemeldet hat und nun in das Räderwerk des Systems geraten ist, das auf Vernichtung programmiert ist. Von allen literarisch-ästhetischen Einwänden abgesehen – so eindringlich wurden uns die Konsequenzen des Knopfdruckkriegs noch nie vor Augen geführt!

Für seinen Roman »Level 7« hat Roshwald die Form eines Tagebuchs gewählt. Es beginnt am 21. März und endet am 11. Oktober – mit dem Tod des namenlosen Verfassers. Für die Ereignisse ist keine Jahreszahl angegeben, für den Ort keine geographische Position, kein Land. Was hier geschildert ist, könnte sich in den USA ebenso abspielen wie in der UdSSR, und schon dieser kleine Kunstgriff macht die Geschichte allgemein gültig. Trotz aller Unterschiede hat sie mich an Erzählungen erinnert, in denen der Untergang ebenso unausweichlich vorausbestimmt war – von den alten Göttersagen angefangen bis zum »Kampf um Rom«.

Ein Namenloser also, nur durch eine Nummer gekennzeichnet, ein Mann, dem, wie die Kritiker einwenden, der Charakter fehlt. Eine Handlung, die den Literaten banal erscheint, ein Buch, das den Inhalt höher bewertet als Psychologie und Stil. Wie hätte man den Stoff anders bewältigen sollen? Es gibt eine ganze Menge von Büchern, in denen die Apokalypse ästhetische Dimensionen gewinnt, in denen der Schock zum Mittel literarischer Darstellung wird. Bei diesem Buch ist es nicht der Fall. Der Schreiber des Tagebuchs ist kein Schöngeist, seine Darstellungsmittel sind karg, sein Denken bewegt sich auf klischeehaften Bahnen. Ist es die Ausdrucksform, die Denkweise des Autors selbst (was mir höchst unwahrscheinlich erscheint), oder ist diese Rückführung auf das Einfache, Banale, nicht vielmehr Konsequenz des Zwecks? Dieses Buch ist realistisch in einer Weise, wie sie sich nicht mehr überbieten läßt. Der Protagonist in all seiner Beschränkung dürfte genau jenen Helden entsprechen, die man heute – wie etwa als Astronauten – mit verantwortlichen Aufgaben betraut. Genau solche sind es, die man durch komplizierte Tests herauszufinden sucht: verträgliche, nüchterne, phantasielose Männer, auf die man sich verlassen kann. Auch X-127, der Held von »Level 7«, ist durch Tests zum besonderen Einsatz als geeignet befunden. Als sie unten, in der tiefsten Ebene der Befestigung, versammelt sind, erklärt der Lautsprecher:

»Sie wurden Ihrer persönlichen Qualitäten wegen ausgewählt. Sie müssen somit gute Nerven, technisches Verständnis, Ehrgeiz, Intelligenz und eine ausgezeichnete Gesundheit besitzen. Auch müssen Sie die Claustrophobiatests mit Auszeichnung bestanden haben.«

Daß selbst dieser rettungslose Rationalist schließlich eine Psychobehandlung braucht – die dazu benötigte Zeit zwischen 1. und 6. Juni fehlt im Tagebuch –, bedeutet gerade unter den gegebenen Vorausbedingungen eine ungeheure Exaltation. Doch der namenlose Offizier wird als geheilt entlassen, er fühlt sich müde und leer und freut sich darüber, daß es gelungen ist, seinen Geist mit Drogen und elektrischen Schocks wieder zu klären.

Es hat lange gedauert, ehe dieser Mann aus dem Gleichgewicht gebracht wurde. Schon seine Beorderung auf die tiefste Etage war ein Betrug – man hatte ihm danach Urlaub versprochen, doch nun wird er die Zeit seines Lebens tief unter der Erde verbringen müssen –, auch ohne große Worte eine beklemmende, symbolhafte Vision. X-127 steckt es weg, ein wenig unangenehm kommt es ihm schon vor, doch in seinem Tagebuch schreibt er mehr über das Essen als über seine verzweifelte Lage. Er hat keine Familie, keine Freunde, die er vermißt, und als er sich später, um in sein langweiliges unterirdisches Leben etwas Abwechslung zu bringen, zu einer Heirat entschließt, so ist er kurze Zeit danach ohne Zögern mit der Scheidung einverstanden, als ihn ein Kollege darum bittet.

Kann sich ein Mensch so verhalten? – ein Charakter so verarmt sein? Ich komme wieder darauf zurück: Gerade durch die Überspitzung wird der besondere Typ beschrieben, um den es geht, und zwar weniger als Einzelperson, sondern als Ideal eines im technisch-militärischen System funktionierenden Menschen. Nicht jener spezielle X-127 ist der mitleiderregende Held der Geschichte, sondern die auf reinen Funktionalismus reduzierte Kreatur, wie sie die moderne Welt der Politiker und Militärs – scheinbar – benötigt. Ich wüßte nicht, wie anders als durch ein »banales« Tagebuch man jenes menschliche Stadium, das hier angeprangert ist, besser hätte bloßstellen können.

Genau diese Situation, um die es geht, wird durch eine Menge von Details unterstrichen die, da inhaltsbezogen, der Kritik entgangen sein mögen, nichtsdestoweniger aber auch als literarische Darstellungsmittel beachtlich sind. Immer wieder, ganz unscheinbar, doch nicht weniger effektiv, tauchen absurd und grotesk wirkende Passagen auf, beispielsweise, wenn der Tagebuchschreiber erwähnt, daß er zum Major befördert wurde, was in der Umgebung der siebenten Etage ebenso belanglos ist wie die Aufbesserung seines Solds. Solche erhellenden Blitzlichter ziehen sich durch das ganze Buch, bis zu jenen Szenen, in denen – nach Vernichtung der gesamten Menschheit – von einem Sieg die Rede ist und, kurze Zeit danach, wenn die wenigen Übriggebliebenen der beiden gegnerischen Parteien, bis zum Lebensende in ihren Bunkern eingekerkert, über Funk einen Friedensvertrag schließen. Treffend ist aber auch das Milieu geschildert, und auch hier wieder sollte man das Buch nicht nur im Hinblick auf die Apokalypse sehen, sondern auch als eine der erbarmungslosesten Schilderungen einer immer unmenschlicher werdenden Welt. Es ist eine Welt der Spezialisten, die weitaus mehr wissen als der ihnen überstellte Kommandant und doch keine Ahnung von den großen Zusammenhängen haben, es ist eine Welt, in der sich alles Handeln auf den Knopfdruck reduziert – was auch immer die Folge des Eingriffs ist, man beobachtet sie als Leuchtzeichen auf dem Bildschirm: In der unterirdischen Zentrale ist die Erde als Karte dargestellt, auf der die zerstörten Zielpositionen in bunten Farben aufleuchten.

Typisch für diese Denk- und Handlungsweise ist aber auch das Prinzip der mehrfachen Sicherheit, das, gewissermaßen von einer anonymen höheren Befehlstelle geboten, keinerlei Zweifel an der Richtigkeit der Maßnahmen zuläßt. Diese vorgetäuschte Sicherheit bezieht sich nicht zuletzt auf das Leben der Menschen im Dienste des Systems – für die Eingeschlossenen ist bestens gesorgt, die Lebensmittelvorräte reichen für fünfhundert Jahre, sogar die Unterhaltung ist gesichert: Die vorbereiteten Tonbänder mit Musik wiederholen sich erst ab dem zwölften Tag. Raffiniert aber ist natürlich auch die

Vorsorge gegen falschen Alarm, gegen einen Krieg aus Versehen. Diese Maßnahmen werden der Mannschaft zwar nicht völlig offengelegt, aber doch soweit plausibel gemacht, daß sie den Befehlen gehorchen kann, ohne Fragen zu stellen. In dieser Situation, die auf einen einzigen, dem allgemeinen Vernehmen nach höchst unwahrscheinlichen Fall ausgerichtet ist, die ja überhaupt keinen anderen Sinn hat, als eben dann in Funktion zu treten, äußert sich auch die Katastrophe lediglich durch Stimmen aus dem Lautsprecher und bunte Signallichter. Die Tagebucheintragung, die die letzte Phase einleitet, lautet dementsprechend lakonisch: »Heute früh also geschah es.«

Bei der Lektüre von »Level 7« fällt mir eine andere Geschichte ein, die das Etikett »Science-Fiction« trägt und, obwohl mit ganz anderen Inhalten beschäftigt, doch ähnlich eindrucksvoll ist, und zwar die Novelle »Flowers for Algernon«. Dabei geht es um einen Debilen, dessen geistige Kräfte durch einen medizinischen Eingriff aktiviert werden, doch nur für kurze Zeit – dann versinkt der Patient wieder in seine Primitivität. Die Geschichte von Daniel Keyes ist in der Ich-Form geschrieben, in ihr spiegelt sich das Aufflackern und Wiedererlöschen der Intelligenz, und gerade die beschränkte Sicht des Betroffenen, die sich auch in der verwendeten Sprache spiegelt, macht die Darstellung so wirksam.

Um es also noch einmal zu sagen: Genau dieser Kunstgriff, der Aspekt von innen heraus und von unten, steigern die Wirkung eines Buchs zum Gleichnishaften. Denn auch dieses Kriterium – der Gültigkeit über den singulären Fall hinaus – erscheint mir bei »Level 7« erfüllt. Die ausgesprochene Warnung, das apokalyptische Zukunftsbild, die gegen die Zerstörung gerichtete Anti-Utopie, das ist nur die eine, von Befürwortern und Gegnern des Buchs beachtete Seite; darüber hinaus zeichnet dieses Buch aber auch das Bild einer dem Systemdenken bis zur Selbstzerstörung verhafteten Menschheit und ist daher in viel weiterem Rahmen bedeutsam als in der Darstellung einer doch recht unwahrscheinlichen Endzeitvision.

Herbert W. Franke